忌南风

周板娘 著

下　册

青岛出版集团 | 青岛出版社

第十章
没有风

陆鲸打了三四个电话，确认江武刚刚到了"乐飞"，还是带着朋友去的。

他答应了带姜南风去找杨樱，前提是姜南风也必须答应他，不许冲动行事。

姜南风一只手握着公交车扶杆，另一只手揉着眼睛，嘟囔道："我长大了，不冲动了……"

要是真冲动的话，她刚才在商场里见到姜杰和苏丽莹，就应该直接冲上去质问他们了。

陆鲸站在旁边，余光扫过女孩儿微红的眼睛。他想：既然不是因为杨樱的事，也和连磊然无关，那还有谁能让姜南风泪洒公交车站？

陆鲸回想，姜南风的人际关系其实很简单，她的朋友无非就是纪霭、杨樱、好运楼的那群人，还有姓连的及几个聊得来的网友，然后还有……她的家人。

陆鲸蓦地皱眉，想起了一些细节，例如越来越不常在家吃饭且偶尔还会去深圳一两个星期的姜叔叔。

他思索片刻，换了个没那么直接的问法："喂，你刚才说的……那对'我认识的男女'，都是大人吗？"

姜南风的肩膀猛地一颤，过了一会儿她才缓缓地点了点头。

等公交车再开了一段距离，他再问："是……是住在我们楼里的吗？"

"嗯，男的是。"

"住在二楼吗？"

姜南风没点头，但陆鲸已经有了答案。他在心里连续骂了几句"扑街"。

两个人一直无言。公交车到站，下车后陆鲸领着姜南风往"乐飞"的方向走，直至到了旱冰场门口，才沉声唤住她："你的心情都已经那么糟了，还要理杨樱的事，你管得过来吗？"

还没进去，姜南风已经能感受到脚底下的地面有震动感了。

随着喧闹声从厚厚的门里面传出来，面前这个未曾踏足过的场所更让她坚定了自己要做的事。她攥紧了书包带子，说："再糟糕也已经发生了，我的事情是很重要，不过杨樱这件事也很重要。要是不知道就算了，但既然我知道了，就得做点儿什么事。"

陆鲸熟知她的性格脾气，叹了口气，牵住她的书包带子，走在她的斜前方，说："跟紧我，里面很暗，别走散了。"

姜南风看着陆鲸的后脑勺儿，发现这个臭弟不知道什么时候竟高出她小半个头了。

他们一进"乐飞"，店里正好换了音乐，慢节奏舞曲让热烈的气氛稍微冷却下来，但整个氛围变得更加暧昧。

各种气味混杂在一起，灯光也变得昏暗不明，男男女女在舞池里抱在一起摇晃，像连体婴儿一样。

姜南风很快找到了熟悉的小姐妹，并不需要太费劲，因为舞池中外貌最瞩目的那对就是杨樱和她身边的那个男生了。

杨樱长得蛮高，但与那个男生站在一起竟显得小鸟依人。

这男生面生，姜南风没见过他。陆鲸跟她简单地介绍过——江武，比他们大出几岁，已经毕业在外面工作了。具体杨樱是什么时候和他开始有来往的，陆鲸也不清楚。

见姜南风想走进舞池里，陆鲸一把拉住她的袖子："喂，你说过你不冲动的。"

姜南风回头看他："我没冲动，真的，就是过去和她说说话。"

少女被泪水洗过许多次的黑眸如清澈见底的小湖，倒映着小小的他。陆鲸恍恍惚惚地松了手，就这么一小会儿时间，姜南风已经走下池子了。见状，他赶紧跟上。

萨克斯管声音慵懒轻柔，杨樱沉浸其中，还没喝酒，已经微醺。

回想和江武初识的那段经历，她如今觉得那就是缘分吧。如果那天她没有跟舞室的姑娘们一起来"乐飞"，就不会遇上江武。

那天回家后，梦里梦外杨樱总会想起他——需要仰望的身高、锋利如刀削的下颌、一双似狼似虎的眼。明知这人危险性极高，她却压抑不住想再见他一次的心。

于是她又找机会来了趟"乐飞"。

那次落单的姑娘没那么好运，让几个搭讪的黄毛小子纠缠住，眼见对方想要开始动手动脚，江武出现了。他一把将她拉离了风暴圈，但也同时将她拉进了另一个深不见底的旋涡里。

江武在她耳边说着玩笑话。她"嘻嘻"地笑了两声，这时身旁传来一声："杨樱。"

杨樱飞快地转过头，看清来人，瞬间花容失色，连忙把江武推开一些，无措地唤："南……南风……"

虽然答应了陆鲸不会冲动行事，可姜南风还是被眼前的画面刺激得呼吸急促。

杨樱没怎么化妆，只抹了口红。她身上那件柔软的毛衣姜南风是见过的，但对毛衣下搭着的那条牛仔短裤就没见过了。杨樱的一双长腿在霓虹灯下仍白得发光。

眼前的小姐妹整个人变得成熟了许多，姜南风却感到有些陌生。她有一肚子的话想问杨樱，就像也有一肚子的话想问父亲和母亲。

姜南风想问杨樱：为什么不跟她提江武的事？是怕她会跟张老师打小报告吗？之前让她帮忙瞒着张老师的那些周末，杨樱是不是跟着这家伙来这儿溜冰跳舞？今天周日，下午的那节舞蹈课杨樱是不是没去上？

她还想问杨樱：有没有让这家伙欺负了？有没有保护好自己？

可最终，姜南风一个问题都说不出口。她只伸手去牵杨樱的手，哑声道："我们一起回家吧。"

杨樱没反应过来，傻傻地跟着姜南风走出两步，下一秒被人拦腰拉了回去。

江武睇着面前的胖女孩儿，问："你是谁啊？"

杨樱连忙跟他介绍："她就是上次我提过的南风，我的好朋友！"

"哦，是她啊。"江武又瞥了一眼陆鲸，说："既然是杨樱的朋友，来都来了，一起喝一杯吧？"

在这里总不可能喝乐百氏或可乐吧？姜南风环顾四周，每张桌上都摆着一大壶黄澄澄的啤酒，或堆满啤酒罐。

她拉着杨樱的手不放，直接拒绝道："不用了，我和杨樱要回家了。"

江武收紧了手臂，没松开杨樱："我们刚来，还要再玩一会儿。要不然你们先回家吧，到钟点了我会送她回家的，放心吧。"

姜南风被他嘴角痞气的笑容激到了，可到底只是个十五岁的女孩儿，她的脸上开始显露出慌张的表情。她又问了一次杨樱："回家好不好？这里不适合你啊。"

杨樱瞬间眉心微拧，挣开了小姐妹的手，面露难色，欲言又止："南风，我……我想……"

姜南风看出杨樱不想走，心脏又一次被无形的刀片划出血淋淋的伤口。她大喝一声："杨樱，你在想什么啊？！"

刚才被父亲"背叛"，如今又被杨樱"放弃"，两者都让姜南风难以承受。她变得咄咄逼人，说："别的我不说，逃课的事如果被你的妈妈知道……我的天，我都不敢想象会是什么样子！你怎么就这么糊涂？！"

她边说边想去拉杨樱的手，但这次被江武直接擒住了手腕。江武冷淡地说："这位妹妹，杨樱不是小孩子了。要留还是要走，她自己有想法的。"

"嗯——"

不大不小的刺疼感让姜南风有些难受。她刚皱了皱眉，身旁的陆鲸已经一只手伸过来，紧紧地抓住了江武的小臂！

"松开她。"陆鲸瞪向江武，并用力地甩开他的手臂。

江武微怔。像这样隐约带着敌意的陆鲸，他还是第一次见到。

到底是比这群小孩儿大了些岁数，江武很快明白是怎么回事了。他饶有兴致地盯着胖妹妹和瘦弟弟。

气氛有些糟糕，杨樱赶紧隔开两个人，并向姜南风保证："我再玩一会儿就会回家了。南风，你帮我保守秘密好吗？"

姜南风控制不住情绪了，委屈又烦躁地丢出狠话："你要是还当我是朋友，就现在跟我走！"

殊不知，姜南风的这句话像针一样扎破了杨樱胸膛里的气球。

"为什么你也要这样说话？我当然当你是好朋友啊！可我也是一个独立的人，也有选择权吧？我现在选择留下来，不想跟你回去！"杨樱的情绪也破了个口子，她冲着姜南风低吼，"你知不知道，你现在说话的样子和我妈一模一样？"

环境太吵，语速太快，杨樱说的话陆鲸只能听懂一半。但当他看见姜南风脸上渐渐出现了受伤的神情，也知道那段话伤她心了。

"好，好，我知道了……可以，我尊重你的选择。"姜南风故作潇洒地挥了挥手，却止不住鼻子猛然生出的酸涩感。

姜南风不想在这里落泪，抬手用力地捏住鼻子，对杨樱说："别太晚回家，拜拜。"

语毕，她转身朝门口大步走去。

被最后那句道别惹得鼻子一酸，杨樱涌起冲动想追上去，但又被江武拉住了。

江武低声哄她："好啦，先好好玩，我早点儿送你回家就没事了。"

碍于江武在场，陆鲸也没办法和杨樱说姜南风今天心情很差的原因，丢下一句"回去后你要跟她好好聊聊"，就去追姜南风了。

只是在黑暗里待了这么一会儿，走出室外，他们仍会被阳光刺疼双眼。

陆鲸走到她身边，见她憋哭憋得嘴唇都在颤，想了想，故意说了句："叫你不要多管闲事，看吧，是不是热脸贴冷屁股？"

"什么叫多管闲事啊？杨樱的事叫闲事吗？"痛处一下被刺到，姜南风气得直接冲着陆鲸的手臂上甩了好多个巴掌，气愤地说，"陆鲸，你讨厌死了！你是不是不懂得怎么安慰人啊？嘴巴不会说话就缝起来！还有你别忘了，我以前是怎么热脸贴你这张冷屁股的！你才是冷屁股！你才是闲事！"

接下来的十几分钟内，陆鲸任由她打骂，只在她发泄完情绪的时候塞了张纸巾到她手里："行啦，返屋企①。"

"我不回。我不回家，不想遇到他……"姜南风擤了一大泡鼻涕，还想再擦，但纸巾已经用完了，红着鼻子问陆鲸，"还有没有纸巾啊？"

"在这儿等，我去买。"

姜南风坐在路边花坛的小石墩上，耷拉着脑袋吸鼻子，觉得自己估计把过去十五年该流的泪全都哭出来了，顺便还预支了未来几年的量。路过的行人投来的视线她不在乎——反正他们不认识她，她再丢脸也不关他们的事。

陆鲸很快折返，直接塞给她一卷纸巾，语气调侃地说："来，足够你包一大碗'云吞'。"

姜南风连甩眼刀的力气都没有了，还非要骂他："你是不是有毛病？哪有人买纸巾买擦屁股的草纸啊？恶心死了……"

骂归骂，她拆开了卷纸的包装。

"谁知道你要哭多久？这样一大卷才够你用啊，经济又实惠。"陆鲸就在她旁边站着，"你不回家的话，难道要学我以前'离家出走'？"

"你那哪能叫离家出走？就是坐公交车去游了车河，还被司机逮住，超丢脸。"想起三年前的事，姜南风有些恍惚……

怎么今天好像他们的身份互换了？她是想离家出走啊！但她没钱，钱都拿来买送给朱莎莉的礼物了……

礼物……她本来只想要妈妈能开心一点儿，但现在都不知道这礼物还有没有意义。

这时陆鲸的寻呼机骤响，他一看，连忙对姜南风说："是莎莉姨呼我。"

"那你快回她电话。"正想着母亲的姜南风也被吓了一跳，心想这也太巧了。

旁边就有电话亭，陆鲸打给姜家座机。

---

① 粤语：走啦，回家。

朱莎莉接听，语气着急地问："鲸仔啊，你有跟南……"

陆鲸打断："有的，姨，姜南风现在在我旁边，你找她是吗？等一下啊，我让她跟你讲。"

姜南风瞪大眼，急忙摆手，用气音说："我不要！"

她还没想好要怎么面对朱莎莉。

陆鲸坚持，把电话递到了她面前，听筒里传出朱莎莉焦急的声音："南风啊？南风？你有无在听？"

姜南风接过来，弱弱地唤了声："妈……"

"哎哟，你跟鲸仔出去玩了也要打个电话告诉我一声呀！我午睡醒来后发现你还没回来，吓掉半条命！你们现在去哪里玩了？两个人都要注意安全啊，不要因为好奇去那些社会人去的场合玩啊，知道吗？"

母亲像以前一样絮絮叨叨地说着，姜南风曾经好多次都直接怼她是"啰唆的老妈"，这一刻，那些话语却将姜南风心中的惶恐、不安、难过、挫败、低落……通通驱逐到一旁，只留下一股温暖的南风裹住了湿漉漉的心脏，指引着它找回归家的路。

姜南风握紧了话筒，哭得像小时候撒泼打滚要朱莎莉买金发芭比娃娃时那样。

"妈妈……对不起……"

在回家的公交车上，情绪剧烈起伏了一个下午的姜南风昏昏欲睡，脑袋像不倒翁般摇来晃去，如梦呓般自言自语："我会不会变成另一个'郑康民'啊……如果爸爸妈妈都不要我的话，我怎么办啊？"

"乱讲什么！莎莉姨怎么会像康民的妈妈那样？而且现在是什么情况你都还不知道，回去……"陆鲸皱着眉转过头，却见她倚着车窗睡着了。

像是鼻子被堵住，她只能用嘴呼吸，发丝吃进嘴里了都没察觉。

光影在她脸上交错，陆鲸看了好一会儿，最终嫌弃地伸手把那几根发丝拨了出来。

姜南风下车时还没睡醒，双脚像踩在棉花上，得靠陆鲸的提醒才没有踩到地上的口香糖。

快走到老戏台时，她听身后的陆鲸说了一句："如果不想待在家里了,你就来我家。反正阿公会做你的饭,晚上你也可以睡小姨的房间。"

半晌,姜南风点了点头:"知了。"

未到街口,他们已经见到了等候在老榕树下的朱莎莉。

刚才电话里,女儿的言行太反常,朱莎莉在家坐不住,直接下了楼,等两个小孩儿来到面前时,也没有直接问女儿发生了什么事,只问两个人有没有吃饭。

陆鲸替姜南风回答:"她刚吃了点儿麦丽素。"

朱莎莉皱眉:"麦丽素哪能当正餐啦?"

"我不饿……"姜南风细声问,"老爸在家吗?"

朱莎莉顿了顿:"没有,他不在家,怎么了?"

姜南风摇头:"没事,他不在家就行了……"

朱莎莉看了眼陆鲸。陆鲸有些不知如何是好,移开了目光。

母女两个人回了家,朱莎莉让姜南风去洗脸洗手。朱莎莉不放心,又问一次:"你真的不饿吗?用不用我煮碗面给你吃?"

"不用,晚点儿吃饭就行了。"

姜南风从书包里拿出那个黄色礼物袋,见边角被压出几丝折痕,有些心疼。

朱莎莉微微眯眼,凑近看:"这是什么?"

姜南风嗫嚅道:"早上我去买了份礼物,给你的啦……"

"给我的?"朱莎莉惊讶,接过来一看,纸袋和包装盒上面都印着"静心口服液"——这一两年在广告上常能看见,说是一款针对更年期妇女的保健品。

她一下子眼睛酸涩,连忙说道:"哎呀,你怎么买这个?是不是很贵的?"

"不贵啦,广告说喝了这个,你脸上的斑点就会没有了,也能睡得比较好。"

"白仁妹啦,广告当然都是骗人的!怎么可能喝了就会祛斑?"朱莎莉眼眶微湿,瞪了姜南风一眼,"我睡得很好。你看,我中午都睡到两点才起床。"

她翻找着纸袋:"收据呢?你买东西有没有拿收据?没有拆的话还

能拿回去退……"

姜南风的眼眶也湿了,她把袋口抓紧了不让母亲看,语气不耐烦地说:"哎哟,哪有人买东西拿回去退的啦!你就收下,我以前也没给你买过礼物,不许退啦!"

母女两个人视线对上,看着女儿好似樱桃般的红鼻头,朱莎莉不禁笑出声,眼角堆起浅浅的皱纹。她问:"你到底哭了多少次啊?擦到鼻子都破皮了。"

姜南风可笑不出来,一下子像变成了个呱呱坠地的小婴儿,整天只知道哭哭哭。

看女儿泪珠子往下掉,朱莎莉心里也一抽一抽地疼。她一把抱住了姜南风,顺着姜南风的背脊,耐心地问:"到底发生了什么事?你告诉老妈,是不是……有人欺负你啊?"

"我去商场的时候……看到了……"

姜南风憋不住了,潮湿的话语好像那本被撕烂的漫画书,好像夏天放过夜有些臭酸的西瓜,好像台风天里倒涌的屎沟水,好像把父亲的脸涂掉的全家福。

她想寻求最后一点儿可能性,揪扯着朱莎莉的衣服,断断续续地问:"老妈,你是不是早就知道这件事了?是不是心情不好也是因为这件事?是不是以后要和爸爸分开了?"

朱莎莉把脸埋在女儿的肩膀上,又哭又笑地说:"白仁妹,我和你爸爸其实已经分开了。"

朱莎莉在很久之前就察觉到些许异常了。一开始她没细想,但等开始细想的时候已经太迟。

她身边有些工友的婚姻也出现了问题,但他们至今仍然同住一个屋檐下,有人睁一只眼闭一只眼,有人日日吵架家无宁日,也有"战胜"了第三者的"赢家"。

当事情砸到朱莎莉的头上时,她想过和姜杰大吵,想过和苏丽莹对峙,想过要如何逼姜杰下跪认错,甚至想过要到苏丽莹的公司或姜杰的音像店大吵大闹,想过让全世界都陪着她不好过……但每次她将这些想法在脑子里演练,到最后都会出现姜南风的脸。

孩子是无辜的。大人弄得太难看，也会牵扯到孩子。朱莎莉不希望是这样子，这样的话，就算最终自己赢了婚姻，又有何用？

最终她选择尽可能心平气和地与姜杰谈清楚，二人要如何好好分开，但要尽量减少对女儿的影响和伤害。

离婚的过程比朱莎莉想象的顺利得多——姜杰没有过多辩解、挣扎，这让她在深夜里又哭了几次。

在"姜南风跟谁"的这个问题上，两个人稍有争执。姜杰提出自己会去深圳发展，说在华强北的路已经铺好了，自己未来的收入会是现在音像店收入的十倍，甚至几十倍都不止。而且在大城市，他也能给姜南风提供更好的生活环境和学习条件。

姜杰说，同为改革开放最早设立的经济特区，但这个城市的发展有点儿太慢了。

但姜南风的抚养权是朱莎莉最坚持的地方。她表明没有姜南风，其他一切免谈。

朱莎莉心里想：不是城市发展得太慢，只是你嫌我跟不上你的步伐罢了。

"老爸有问我要不要去深圳的，但我拒绝了……"姜南风每说一句，就吃一口面。

姜南风到底还是太饿了，那一包麦丽素填不饱肚子，肚子一直"叽里咕噜"地叫。朱莎莉给她煮了包华丰方便面，还按她最喜欢的那样，水放少点儿，好让那调味粉的味道浓一点儿。

知道米已成炊木已成舟，姜南风当然难过，有一瞬间甚至觉得天要塌地要裂，完蛋了，自己要变成"郑康民"了。

可朱莎莉坚定温柔的声音源源不断地给她注入了许多力量，让她慢慢冷静下来。

"我和你爸谈好了先维持现状，想等到暑假再跟你说分开的事，毕竟这一年对你来说比较关键，不想因为我们的事影响了你的学习和考试。"

"分开的是我们夫妻俩，但姜杰始终是你的爸爸，这一点不会变，也没办法改变。之前我对你的成绩越来越着急，多少和这件事情有关……是我自己没调整好心态。后来看到你每天都学习到那么晚，我也难受。

"肯定需要一段时间去消化这件事的啦！我也花了不少时间来适应，不过未来你的时间还很长很长，慢慢来，都会过去的。

"没必要因为这件事去对谁恶言相向，也不要去埋怨谁导致了这一切。因为如果让怨气和愤怒占了上风，就会变成之前'撕烂漫画书的朱莎莉'，像个挣脱了束缚的怪物，太可怕了。"

母亲还说了很多，姜南风能听出来，母亲没把她再当成"什么事都不懂的小孩儿"了。

朱莎莉故意逗她："你为什么拒绝啊？深圳多好啊，而且你爸他会挣钱，我呢……"

"不许再说你自己是下岗女工！"像是知道朱莎莉要说什么，姜南风急忙打断她，"他挣的钱也得给你一部分，我知道的，离婚有那什么……什么……'生活费'。"

她看过许多TVB的连续剧，懂很多的。

"对对对，'生活费'。"朱莎莉没有纠正她，提了提嘴角，说，"其实我也可以出去找工作的，又不是无脚无手。你就放心地念书吧，我会继续把你养得白白胖胖的。"

那一晚父亲没有回来，姜南风知道是母亲给他打了电话，让他暂时先别回来，让身为女儿的自己能先消化一下这件事。

连磊然直接把电话打到家里来了，问姜南风还有没有不舒服。她向他道歉，说过段时间再请他吃拉面。

晚饭时间陆鲸送了几道菜过来，没有问她情况如何，只问她明天周一用不用请假，还说刚上五楼确认过，杨樱已经回家了。姜南风说自己没事，不用请假。

晚上七点半，楼上准时响起了琴声。

姜南风想：等自己情绪调整好了，再找机会跟杨樱谈谈。

之前那本被撕掉好多页的漫画书，朱莎莉已经在尽可能地修补了，但工程量太大了，还没修补完。

姜南风看着贴满透明胶带的小册子，眼睛又红了，说朱莎莉是"白仁老妈"。

晚上朱莎莉拿了枕头过来，和姜南风一起挤那张小床，还说好久没有母女一起睡觉了,这让姜南风半夜被光怪陆离的梦忽然闹醒的时候,没那么惊慌。

母亲睡觉的时候会打鼾,一声接一声,姜南风听着以前觉得吵闹的鼾声,慢慢又陷进梦境里,像细时阵①那样。

隔天早上姜南风还是请假了,不是因为情绪不好,而是因为重感冒了。

她和之前陆鲸那次"离家出走"后发烧一样,像是因为流失了太多水分,身体发出强烈的抗议。

她喉咙疼得说不出话,每一个关节都酸疼难忍,疼痛感仿佛要把旧的"姜南风"撕成碎片,再重新拼成一个新的"姜南风"。

迷迷糊糊中,她说梦话,说她好喜欢以前的那个姜南风,能不能把"她"还给她。

朱莎莉替姜南风请了假,煮了白粥让她吃一点儿再服药。一整天她都在睡觉,中间时不时被朱莎莉拉起来吃粥、吃药。

傍晚时,纪霭和杨樱来看姜南风。她看着杨樱,哑着声说了一句"等我病好了再找你",杨樱无声地点了点头。

其他好运楼的伙伴也来看她了,还调侃道,能把姜南风击倒的这感冒病毒有点儿厉害。陆鲸站在人群最外,姜南风瞥他一眼,见他在自己的嘴巴上做了个"拉链"的手势。

哟,他没把"秘密"说出去,真是她的乖弟弟。

那晚姜杰回来了,姜南风躺在床上,竖起耳朵想偷听父母在客厅里讲什么,但听不见。

后来姜杰进了她的房间里,她急忙转身装睡。

她以为父亲会对她说点儿什么,可是等了很久很久,等到都快要装不下去了,想要起身喊他出去时,才听见父亲说了句"对不起"。

周四,姜南风带着一大卷卷纸回学校上课。

第二节课课间,"肖蜡头"来喊姜南风去单独谈话,她才知道朱莎

---

① 小时候。

莉提前跟班主任提起了这场家庭变故。

老肖说生活就像大海，只要有风吹就会起浪，有波澜起伏才是人生常态，让她不用惧怕。

姜南风还从老肖那儿得到一个文件袋，里头是一些试卷的复印件。神神秘秘地说，这些是在他那里补习的小孩儿才能拿到的练习题，他还叫姜南风回家得空就做，有不懂的都可以记下来问他。

第三节课课间，杨樱来教室找姜南风，给她塞了封信，有些赧然地让她等没人时再看，说完就跑开了。

信里，杨樱跟姜南风道了歉，说那天她语气不好，态度恶劣，让南风原谅她，又说江武人不坏，希望以后有机会能介绍他们俩认识。

杨樱还说她不会再逃课去玩了。她清楚自己在做什么，也希望南风能尊重她的选择。

姜南风把信折好，妥善地收进书包里。她自然是相信杨樱的，但真心不喜欢江武——直觉告诉她，江武是个危险人物。

中午放学时，姜南风在校门口见到了姜杰。

她给自己做了两天心理建设，可到了面对面的时候，心里还是慌慌张张的。

纪霭跟姜杰打了招呼："姜叔叔。"

姜杰笑笑："阿霭，我有事要找南风聊聊，辛苦你得自己回家了。"

明显察觉到姜南风的手紧了紧，纪霭顿了顿，先跟姜杰说了声"不辛苦"，再凑到姜南风的耳边问："需要我等你吗？"

姜南风摇头："不用不用，你先回家吧，我们下午见。"

今天的"阿杰音像"没有营业，卷帘门紧闭，姜杰拿钥匙开了小门走进去，姜南风跟在他身后。重感冒后的声音很哑，她问："有什么要聊的啊？"

"就像我们以前那样聊聊天。"空气浑浊，姜杰开了排气扇，苦笑一声，"还是说，南风以后都不想和老爸聊天了？"

姜南风低下头，双手在校服袖口处乱抠，说："不是……但我觉得我聊着聊着就会跟你吵架，我们最好就不要聊太久吧，妈妈还在家等我吃饭。"

女儿明显的排斥让姜杰心中酸涩翻涌——这一切都是他咎由自取。

333

"老爸去深圳之后，音像店会交给安迪哥哥去打理。店里的碟你想拿哪张就拿哪张，没有想要的就跟安迪哥哥讲一声，让他给你找。"姜杰停顿了几秒，继续哑声道，"但是老爸预计，这音像店可能开不了几年就要被淘汰了。"

姜南风蹙眉，不解地问："为什么？"

货架上的 CD 盒子排得有点儿乱，姜杰本能地收拾起来，说："就像磁带代替了黑胶唱片，VCD 代替了录像带，CD 代替了磁带，现在国外都流行起 MP3 了，很快唱片行业也会被冲击到。"

他把盒子排列好，看向女儿，低声说："老爸在深圳的生意虽然还没有很稳定，但已经踏出了第一步。现在就想再问你一次，你愿不愿意跟我一起到深圳生活？"

姜南风向来开朗活泼，除了生病，姜杰很少见到她像现在这样无精打采的样子，心里更是多难受了几分。

他试图再一次争取："南风啊，如果你愿意到深圳生活，老爸现在就可以给你物色好一点儿的高中。你不是一直想买电脑吗？台式机也好，笔记本电脑也好，老爸都可以给你买，还有手机……"

"老爸，"姜南风蓦地打断他，语气严肃地问，"你去深圳，是跟苏阿姨一起去的，对吗？"

姜杰猛地睁大眼，没想到女儿会这么直接地提起苏丽莹。

"嗯……"他含糊地回答，"你跟苏阿姨不是……不是一直都相处得很好吗？她很喜……"

"那种事不重要。"姜南风又一次打断他。

虽然她的喉咙依然很干很疼，但阻止不了声音越来越坚定，音量也渐大，她说："老爸，我觉得你刚才说的事情不对。目前 CD 是比磁带更新潮、更流行，但是每个阶段的记忆都是独一无二的。虽然听磁带倒带时很麻烦，经常只能从头听到尾……听 CD 是方便许多，但 CD 并不能代替磁带在我的生活里存在过的痕迹，而且就算我未来有了 MP3，它也无法代替我拿'小飞碟'听歌的回忆！"

语气越来越激动，眼眶里有泪水在晃荡，她继续说："就像老妈，虽然矮矮胖胖的，爱穿便宜又有点儿土的衣服，说话还粗声粗气的，动不动就掐我的脸蛋儿或拍我的屁股，做饭不好吃，买东西爱砍价，总给我买男孩子的衣服……但她就是我妈,没有谁能代替她!"

声音在窄小的空间内来回盘旋,每一个字都在男人的脸上抽出响亮的耳光。姜杰张大嘴巴,却说不出一个字,宛如一条砧板上的将死之鱼。

姜南风缓了缓呼吸,声音微颤地说道:"老爸,你有苏阿姨,可老妈只有我,我也只有老妈了。你喜欢跟谁在一起就跟谁在一起,喜欢去哪里做生意就去哪里做生意,这些事情也跟我没关系了。不重要,它们不重要……"

几分钟后,姜南风拉开小门走出音像店,再"砰"的一声甩上门。

她怕她停留得越久,越无法控制自己的情绪,会有一只可怕的"怪物"撕裂她的身体钻出来。

等女儿离开后,店里只剩下姜杰一个人,还有伴随"嗡嗡"声运作着的排气扇。

他像被人抽了脊椎一样,直接坐到地上,满脑子都是女儿临走前说的那句话。

姜南风问他,还记不记得他逮住了偷CD的学生,后来又把人放走的那件事。

回忆涌进脑中,姜杰想起了女儿当时对这件事的态度。

做错事就是做错事,姜南风不会因为他曾经是个好爸爸,就忘了他背叛了妈妈和家庭。

姜南风刚走出两步,就听到谁喊了声"喂"。

陆鲸从旁边走过来,看她一眼:"没哭吧?"

"你怎么在这里?"

"我去后面买游戏碟。"

"这么巧?"

"要不然呢?"

姜南风撇撇嘴:"我还以为你专门在这里等着我。"

陆鲸翻了个白眼,打开书包给她看刚买的游戏碟:"呃,你有金执啊①？"

他回头瞄了一眼音像店紧闭的铁门："刚才我看见你跟姜叔叔走了，有无事？"

"没事啊，就是随便聊了几句。"姜南风一边往车站方向走，一边若无其事地说着，"我爸说他过段时间就要去深圳了，问我高中要不要去那边读书，会给我买电脑、买手机，反正什么都买。"

"你要去吗？"

"啊？当然不去啊！"

听到她的答复，陆鲸刚蹙起的眉毛很快舒展开。他"哦"了一声。但姜南风下一句话，让他一颗心脏重重地又往下掉去。

姜南风说："我高中想去华高读。"

初冬，午间的阳光不热不冷，温度正好，她深深地吸了一口气，把这几天好不容易下定的决心说了出来："陆鲸，我想走艺考这条路。"

"我一定是当时病得神志不清，才决定要走艺考的路……"

姜南风嘴里嘟嘟囔囔，但手中的画笔不停，快速地在画纸上起型。

旁座的余皎笑出声："你别每次被'韭菜'批评，就念一遍这句话。"

姜南风蓦地伸长脖子，瞅了一眼在画室另一端指导其他学生的老师，才小声说："你看他，给小婧指导的时候轻声细语，来到我这儿就是个暴躁大魔王，恨不得把我画里头所有的毛病全挑出来。"

过了那段混沌且酸苦的日子，姜南风跟朱莎莉认真地表达了自己未来想学美术的想法。

姜杰当时还没去深圳，表示只要姜南风喜欢，自己会无条件地支持她，无论是精神还是经济上。朱莎莉反而有些犹豫，担心她没有正统美术的基础，在这条路上会走得异常辛苦。

后来姜南风信誓旦旦地向母亲保证了自己一定不会三分钟热度，朱莎莉才同意让她试试看，但表明学习方面她得先跟上大队伍，画画

---

① 粤语：骗你有金捡吗？

的事等她中考后再讨论。

初中的最后一个学期，姜南风拼了老命和三门理科死磕到底，和所有的消遣娱乐活动都暂时说拜拜，也不再排斥补习和刷题了。

虽然中考成绩比起之前进步许多，但很遗憾，成绩最终还是比华高的分数线低了些许。

赞助费的话，一中三万元，华高两万元，朱莎莉豪迈地大手一挥，说哪所学校都行，让姜南风挑自己喜欢的。

最后，姜南风选择了没有纪霭、杨樱、陆鲸在的华高。

纪霭和陆鲸去了一中。

纪霭不用多说，而陆鲸这种人真的是"犯众憎"，这家伙整天玩电脑、打游戏，平时考试成绩在中游徘徊，可一到大考总能出人意料。

就像这次中考，考试前陆鲸还偷摸玩网游。这下连远在广州的陆嘉颖都怒了，说要把家里的网络停掉，他才稍微收敛一点儿。

分数线一出来，陆鲸竟踩线进了一中！这简直就是天理难容！老天爷不长眼！

大家本以为杨樱一定会去她母亲所在的一中，最后她竟选择去了大海对面的津高。

津高的升学率和一中的不相上下，不过它是一所寄宿式高中，杨樱会在每周周五的傍晚回家，再在周日傍晚去码头坐渡轮过海上学。

姜南风明白杨樱为什么这么选择，只是对大家分散到不同的学校感到伤感。

去了津高的杨樱似乎更乖巧了，但没再学钢琴和舞蹈。她不学钢琴姜南风还能理解——她不学舞蹈姜南风就不明白了。

姜南风问杨樱，杨樱说现在每个周末只有一天半的休息时间，再去上舞蹈课就太累了，而且在津高有晚自习，她连压腿都没时间了。

姜南风也试探地问过杨樱，还有没有和那高大个儿有来往。她摇摇头，笑着说早就没有了，她就是一时贪玩，才去旱冰场玩过几次。

关于江武，姜南风也去问过陆鲸。陆鲸说，大概是他们中考前两三个月的时候，江武去广州了。听罢，姜南风这才松了口气。

中考后的那个暑假，姜南风开始来这家画室学画，是连磊然介绍的。

城内大大小小的画室有好几个,但专门做美术艺考生系统培训的目前只有这一家。

创办画室的老师叫顾才,用普通话念他的名字时和潮汕话的"韭菜"接近。顾才知道自己的外号,也没阻止学生们这么唤他。

接近四十岁的男人长了张娃娃脸,姜南风初到画室时觉得他面相随和亲切,但后来第一次被他评画时,瞬间将他选为"人生中遇到过最凶的老师"。姜南风在这儿学了快半年,就没从他的嘴里听过一句好话,作品也没上过墙。

连磊然安慰她,说顾老师很负责,评画一针见血,一下就能精准地抓住大家的薄弱点,在他的画室学习过的美术生基本都有飞跃性的进步。连磊然也让她不要太介意,顾老师就是这个性格,对谁都没好态度的,自己在画室这么多年,也没少被嫌弃过。

姜南风现在觉得才不是呢,胡婧和她同样是零基础,但"韭菜"对胡婧可温柔了。

余皎耸耸肩:"大家都善待靓女嘛,像我们这种呢,就只能靠才华倾倒众生啦。"

姜南风一听,更沮丧了,说:"那我就更惨了,即不是靓女,又没才华。"

"那边的,'窸窸窣窣'地说什么啊?"

突然传来的问话让姜南风蓦地缩起了脖子。她像只小鹌鹑一样,余皎也是,两个人藏在各自的画板后面挤眉弄眼。

姜南风如今只怪自己过分年轻,盲目自信,曾以为自己还有好多潜力未被挖掘出来,未来肯定是只高贵的小天鹅。结果,现实告诉她,她只是一只飞不起来的小鸭子,还是肥肥的那种。但还能怎么样?既然这是她选择的道路,爬也要把它爬完。

好!那她就先确立个小目标,作品要"上墙"!

"韭菜"对画画时听歌这件事没有明令禁止,所以姜南风可以戴上一边的耳机继续画画。她时不时跟着"大笑姑婆"轻声唱:"乱唱的歌也觉悦耳,乱拍的拖我也愿试①……"

"年纪轻轻,拍什么拖……"

阴森森的声音从身后传来,姜南风被吓了一跳,手一抖线条又重了。

回头见是"韭菜",她赶紧摘下耳机,结结巴巴地说:"老……老师……"

顾才没好气地提醒她:"说多少次了!细节,注意细节。下手轻点儿,你的画总跟你的性格一样,大大咧咧的,是个粗线条。"

"知……知了……"

下课后,顾才叫姜南风留下,把她刚完成的静物素描点评了一番。他毫不客气地把画中的问题一一列举出来:"暗部太闷太重、主次拉不开、色块过渡生硬、排线不够细腻……"

姜南风本来给自己建立起来的信心又被一一击垮,末了拉下脸问:"老师,我真的一点儿优点都没有吗?"

顾才刚点了根烟,闻言,挑眉看她:"你觉得自己的优点是什么?"

姜南风毫不犹豫地回答:"我觉得打形和透视都比以前好挺多的。"

"嗯,你见我现在说过你透视的问题吗?换作半年前的你,你能有这样的自信吗?你刚来的时候,三个小时的素描练习里,连个圆锥体都画不好。现在呢?三个小时你能画出什么,心里有数吧?"顾才懒洋洋地吐了口烟,继续说,"你既然来我这里学画,我当然得不停地给你批评和建议了。未来你的路还很长,有夸赞也会有批评,夸呢可能只会夸你画得好,贬也一样,只会说你画得烂画得丑。你想找个人真心实意地帮你看看哪里能有改进的地方都难。"

姜南风没想到顾才会一连串地说那么多,既惊讶又感动,一句感慨脱口而出:"真没想到大魔王也能说出人话……"

"嗯?什么?"

"没有没有,"姜南风赶紧改口,"谢谢顾老师的指导!我们下周

---

① 杨千嬅于2002年11月22日发行的《小飞侠》。

再见！"

顾才瞄了眼门口，扬扬手："去吧去吧，去拍你的拖吧。"

姜南风差点儿呛到自己的口水，转过头，在门外见到了探头探脑的连磊然。

她慌忙地解释："你不要乱讲话，我们只是朋友！"

羞涩的少女落荒而逃，顾才轻笑一声，叹一句："年轻可真好啊！"

连磊然见姜南风蹦蹦跳跳地跑出来，笑着问："今天心情这么好，上墙了？"

"哪有可能！不过'韭菜'夸我了，我就挺开心的。"姜南风已经自动把老师刚才那段话当作了表扬和鼓励。

连磊然戏谑道："哇，'韭菜'魔王今天是转性了？"

教室里传出一声咆哮："你们两个臭小鬼！能不能走远点儿再讲我坏话？！"

姜南风和连磊然面面相觑，接着不约而同地笑出了声。

连磊然的练习作品基本每期都上墙，姜南风跑去隔壁教室瞅了一眼，语气羡慕地说："什么时候才轮到我上墙啊？"

"快啦。"连磊然帮她拎过工具盒，"我觉得在我们去广州之前，你肯定能上。"

一声"我们"，像只小蝴蝶倏地从姜南风的耳侧飞过，惹得她耳朵发痒。

今年夏天发生了许多事，其中包括"HAPPY"书吧的高老板与其妻子共同成立了本地的第一个漫画社团——"梦想岛"。

姜南风和连磊然两个人都第一时间加入了，第一次开社团会议的时候，高老板笑称"在这里的都是祖国漫画事业的未来栋梁"。

今年年底最后一个周末，广州会举办一场漫展，"梦想岛"报上了名，拿了个摊位做宣传，还可以卖自制周边。

高老板和妻子，还有社团里的另外两个女生会去广州负责开展活动。姜南风也好想去，但朱莎莉当然不同意她单独跟几个成年人出远门，尽管大部分都是女生。

姜南风立刻搬出第二套方案，眨着眼问亲爱的妈妈要不要和她一起去"旅行",除了漫展,两个人还能去其他景点逛逛玩玩。

这话一出,朱莎莉当晚就同意了,事情顺利得姜南风都觉得不可思议。

她再想一想,老妈好像和她一样,也有许多年没出去旅游了。

那个周末连磊然也会去广州,除了去漫展,还要去了解一下美院附近的出租屋情况——他今年高二,暑假之后要开始集训了——美院附近的画室虽然配备宿舍,但宿舍的环境比较恶劣,他想要在外租房。

去广州的明明有好些人,但连磊然的那声"我们",让姜南风竟有一刻觉得去广州的只有她和连磊然。

连磊然送她去了公交车站。今天的公交车来得慢,等她告别连磊然上车时,天已经暗下来了。

公交车走了一半的时候,姜南风书包里的手机响了——这台诺基亚8250是朱莎莉的,周日她外出的时候就会带上,方便母亲能找到她。

来电显示是"201 老陆",姜南风接听电话:"喂——"

话筒那边的陆鲸直截了当地问:"阿公问你什么时候回来,要炒菜了。"

姜南风把自己所在的位置报给陆鲸后,他说了句"知道了",就挂了电话,连"拜拜"都不说。

姜南风盯着被挂断的手机,几乎要被气笑。

这叛逆期的小孩儿真不好搞,动不动就甩脸色给人看。

上了高中的陆鲸明显越发寡言,仿佛越长越回去了,变回了当初刚到好运楼时那模样,又成了那个别扭又矫情的"冷屁股"!

姜南风下车时,月亮早已升起,挂在未黑透的天空中。

她顺路先去租书铺取了自己订的两本漫画杂志,再往家走。快到街口时,她忽然想起家里的素描纸用完了,便转了个方向,想去美术用品店买一包。

老戏台前仍停满大货车,司机们的吵闹声依旧,姜南风心有警惕,但已不像三年前那么杯弓蛇影。

刚走到店门口,手机又响了,她接起——陆鲸问她怎么还没回来,阿公的菜都炒完了。

姜南风如实说道:"我来买包素描纸,买完就回去。"

"去哪里买？"

"还能去哪里？戏台旁边的美术用品店呀。"

话音刚落，那边电话瞬间挂断，姜南风一愣，骂了句"没礼貌的死小孩儿"，去柜台付钱。

刚走出店门口，远远地，姜南风就瞧见有个人往她的方向跑过来。

路灯正好在这时候亮起，姜南风看清了，跑进蜂蜜色光圈里的是陆鲸。

昏黄的灯光在少年的身上如飞鸟掠过，地上的影子时短时长。

宛如跃出海面的鱼群，灵感瞬间在脑子里蹦出来，姜南风一下子就想好了社团参展的作品自己要画什么内容了。

陆鲸跑到她面前，稍有些喘，见女孩儿呆愣在原地，难免疑惑："你怎么了？这么盯着我。"

姜南风回神："没事没事，你怎么来这儿了？"

陆鲸瞥一眼在戏台上搭桌子吃饭的男人们，再扬扬下巴指向不远处的食杂铺："阿公叫我买初汤，你在这里等等，我买了就回来。"

他跑过去又跑回来，手里拎着一瓶初汤："走吧。"

短短的时间内姜南风已经在脑子里把构图想好了，抬腿跟在陆鲸身边往回走时才忽然反应过来，问："阿公不是已经炒完菜了吗？怎么这时候才叫你下来买初汤？"

陆鲸脸不红气不喘地回答："今晚炖了鸡脚汤，要蘸。"

来汕四年多，陆鲸觉得自己的舌头跟胃都被同化了，比如，牛肉丸要蘸沙茶酱，炖鸡爪要蘸鱼露，卤鹅要蘸白醋，炊鱼要蘸普宁豆酱，炸虾枣要蘸橘酱，连平淡无奇的清汤萝卜都有"最佳拍档"——本地辣椒酱……

陆鲸以前觉得怎么只是吃一顿饭就得用上这么多种酱料，如今不用等陆程提醒，看着餐桌上的菜肴，就自觉地去倒搭配菜肴的酱料了。

姜南风先回家放了东西，再到陆家吃饭。

母亲与父亲离婚的事整栋好运楼都知道了。朱莎莉到底还是给姜杰留了几分薄面，只在有厝边问起的时候，言简意赅地说一句"没感情啦，各自安好就行"。

但姜南风不知道为什么，陆爷爷知道了真实的原因——她严重怀疑是某人没拉紧嘴巴的拉链。总之姜杰离开的那天,陆爷爷没去送他。

两家凑一起也就四个人,陆程干脆让她们母女都到201吃饭。有时他精神欠佳,朱莎莉就会邀请爷孙俩到203吃饭。

吃饭时,陆程提到了母女俩过些天去广州的事,说已经交代了陆嘉颖带她们到处去玩玩。朱莎莉连忙说道:"哎呀,你找嘉颖说这事干吗?她生意那么忙……我们两个人随便逛逛就行,不用麻烦她!"

陆程大声说:"跟我们客气什么啊!"

姜南风倒是开心。她对省城的印象,基本上都是从陆鲸口中得知的,那里车水马龙,高楼耸立。

她挺想去看看陆姨姨工作和居住的地方,还有陆鲸好久以前提起的那些大商场和大酒楼,再坐坐那条"大蚯蚓"。

饭后,陆程收拾厨房,嘀咕道:"奇怪,怎么多了瓶初汤?"

在旁边刷碗的陆鲸面不改色地问:"是不是你买过之后自己忘了?"

陆程拍拍脑袋,叹了一句:"身体不中用,现在脑子也不中用了!"

他又问陆鲸:"你小姨今天还问我,你为什么不跟着南风她们一起上广州呢。你也好久没回去过了,就没想回去看看吗?"

刷碗的动作顿了顿,很快陆鲸沉声道:"不去。"

他本来确实有过要跟着去广州玩两天的念头,姜南风也问过他要不要一起去看漫展,说她会有作品挂墙。

但陆鲸不想见到连磊然,不想让自己总处在那种消极负面的情绪里。

就像挑选高中时那样,他本可以往下选择华高,可去了华高,势必每天都要看见那家伙。

要是事情闹得不好看,姜南风会夹在他们俩中间,甚至,他和姜南风连朋友都可能没法再做……所以,他挑了一中。

陆鲸反问阿公:"那你呢?你也好久没去过广州了吧?小姨说,你还没去她的新公司看过。"

"不就是工厂变大了吗?有什么好看的。"老头子不以为意地挥挥手,"知道她过得好就行。"

"那你阿公一个人住在这边，好像会很寂寞。"

陆鲸时不时就会想起姜南风说的这句话——他觉得，可能连姜南风本人都忘了这句话是她说过的。

当时他也没想到，这句话却像颗种子一样落在了他的心里。

他没察觉，没在意，等日子一天天过去，低头一看，那种子竟发了芽，开了花。

陆鲸把洗好的碗倒扣在沥水盘上，声音有点儿哑地说道："我妈妈那套房子……一直空着，如果我大学去了广州读，你就过来住吧。"

陆程愣了一会儿，才明白男孩儿的意思，吞吞吐吐地说不出一句完整的话。

"你一个人在这边，身体不好，脑子不中用……"陆鲸把阿公刚才的话复述了一遍，接着说，"小姨会一直很担心。"

他自然也会担心。

漫展在广州一个新开业不久的商场里举办，下沉的中庭广场摆满了桌子和展板。本地社团占了三分之二，剩下的社团多是来自周边城市，深圳、江门、新会……都有社团来参展。

因为免费入场，所以来逛的人非常多。现场还有许多 coser（cosplayer，角色扮演玩家），当中有不少已经小有名气，甚至已经被杂志邀请做过专访了。大家排队围着他们，等着拍照和合影。

很多社团印了宣传画可以供大家免费领取，一些有了漫展经验的社团更是做了不少周边，像钥匙扣、挂饰、明信片、手绘文件夹……

那些社团主笔的名字在杂志上经常能看到，所以姜南风兴奋得不行，和几个姐姐在会场内来来回回地穿梭。她拿了宣传画或买了周边，再去找主笔们签名。

"梦想岛"的主笔自然是"莲"，他的画被挂在摊位展板上最显眼的位置。

他这次将擅长的水墨风格融进了作品内，画的是一位素衣少女坐于莲池中，与仙鹤戏水的情景。画面素雅优美，仙鹤栩栩如生，女孩儿俏皮活泼，在现场众多日漫风格的作品中更显个人特色。

早上漫展才开场没多久，已经有客户说要买下这幅画，开价一千元。"梦想岛"一行人没想过还能这样子卖画，但连磊然拒绝了，说这画是非卖品。

姜南风和姐姐们逛了一圈，回到自家"地盘"，发现展位前站了不少女生，热闹得很。

姜南风走近一看，果然是来找"莲"签名的粉丝。她们准备充分，自带专门用于签名的画本，连大头笔都备好了。她们毫不吝啬对"莲"的夸赞，说连磊然与前几期杂志专访的那位"美男子漫画家"相比，真是赢他九条街。

"你们太夸张啦。"连磊然抬起头冲她们笑了笑。他把签绘完的画册交还给她们，再和她们合影握手，最后女生们才依依不舍地离开。

姜南风这才能从桌子旁边的缝隙钻进展位内，噘着嘴调侃道："大大真的好厉害啊，跟明星一样，握手、签名、合影一条龙。"

连磊然蓦地抬手轻弹一下她的脑门："你再阴阳怪气试试看？"

姜南风捂住额头哼哼唧唧："她们是怎么知道你来了漫展的啊？"

"说是在《漫友》的论坛上看到的，有人专门发了个帖子，介绍参展的社团和主笔。"连磊然简单地解释了一下，从桌子底下拿出一盒巧克力，"刚才的女生们给的，你要吃吗？"

姜南风撇撇嘴，心里酸酸的，说："这可是粉丝们给大大的一片心意，我怎么能吃呢？"

从小就看少女漫画的姜南风又怎会不知道巧克力代表着什么？瞧瞧，连包装盒都是爱心形状的呢。

连磊然慢条斯理地说："你不吃我就收起来了，明天带回家，好好供在书桌上，毕竟是粉丝送的礼物……"

姜南风赶紧夺过来："吃吃吃，我吃！"

高兴也伸手，一句"南风我也要"刚说一半，就被妻子小雅猛撞了一下。妻子示意他不要当两个年轻人的电灯泡，接着就把他拉去逛展和跟其他社团负责人交换联系方式了。

姜南风嚼着巧克力，见连磊然一直抬头看着她这次挂墙的作品。她这次画的也是一幅手绘作品，画中的少年围着红围巾，微笑的嘴边有白雾聚集——少年伸手去摸纸箱里的流浪猫，流浪猫也冲他友好地摇起尾巴。

姜南风在画的时候才越发觉得,这半年来自己并不是毫无进步。她现在学会了先好好观察自己想画的对象,在脑海里归纳好画面,再落笔起稿,而不是像以前那样随心所欲、画哪儿算哪儿。她也会去认真地打磨细节,一点儿一点儿地调整,使画面的完整度更高。

她笑嘻嘻地问:"莲大大要给我评画吗?"

连磊然佯装痛苦:"这么艰难的任务还是留给顾老师吧。"

"喂!"

连磊然笑得眉眼弯弯:"我的评价就是,画得很好。"他指着画中在路灯下纸箱里的那只猫咪,问,"这是'细细粒'吗?"

姜南风连连点头:"对!看得出来吗?"

"看得出来啊,毛发颜色一样的。"连磊然又指那逗猫的男生,问,"那这个男孩儿,你画的是谁啊?"

姜南风愣了愣,然后很快地回答连磊然:"没有专门画谁耶,就是……就是随便画了个角色。"

但当时她构图起稿,满脑子全是陆鲸在路灯下跑向她的那个画面。

连磊然安静地看了一会儿画,蓦地开口,语气有些遗憾地说道:"好可惜,我还以为你画的是我。"

朱莎莉今天没跟姜南风一起行动。她早上先到漫展溜达了一圈,给女儿拍了些照片,然后就和广州的朋友吃饭去了,等到下午才过来商场。

漫展只举办一天,活动接近尾声,人群陆续散去。许多社团已经开始收拾东西准备离开,高兴他们也是。他们一行人计划明天下午开车回家,连磊然会坐高兴的车一起走,而姜南风则和母亲坐大巴回汕。

大家忙着撤展,朱莎莉便拿相机在旁边给他们记录下来这一刻。

晚上姜南风要跟陆姨姨吃饭,没法跟社团的人去吃回转寿司。她帮忙把画框放上车,小声地跟连磊然说了句"明天一路顺风"。

连磊然点头说:"你也是。"

晚上七点多,陆嘉颖来宾馆接她们。她开一辆颜色好拉风的小轿车,做了新发型也染了新发色,姜南风大呼"姨姨,你太酷了"。

陆嘉颖在南园酒家订了包间,酒家内美轮美奂的岭南园林让姜南风看呆了眼，也让朱莎莉手里的相机快门停不下来——还没上菜，她已经在庭院内拍完一卷胶卷了。

吃饭时，陆嘉颖问姜南风漫展好不好玩。

姜南风嘴里咬着块烧鹅，点头如捣蒜，说："特别好玩。"

她把今天发生的许多事描述给了陆嘉颖听，包括连磊然的画有人出价四位数的事。

"那你的画呢？卖出去了吗？"陆嘉颖问。

"当然没有，我又没有名气。"

"哎呀，这关名气什么事，只要画得好，那就是好作品。你那张画姨姨能不能买下来啊？"

朱莎莉惊诧地说："你喜欢的话，叫南风直接送你就好！买什么买！"

陆嘉颖说："那不行，那可是南风花费时间和精力画的作品，我不能白要。"

姜南风有些小感动："谢谢姨姨！不过那张画我和朋友交换了，等下一次我画张新的再给你看。"

撤展的时候她跟连磊然说好了，回去后要交换两张画。

"可惜可惜，姨姨的新办公室里有点儿空，想要挂几张画呢，下次的画记得要留给我。"

"好！"

朱莎莉这时候插了一嘴："不过那张画还挺适合嘉颖你的。"

陆嘉颖眨了眨眼，问："啊？为什么？"

姜南风也疑惑，接着就听到老妈说："那张画她画的是陆鲸耶——你的外甥。"

刚进嘴里的豆腐还来不及咬，直接滑下喉咙，把姜南风呛得猛咳嗽！她急忙解释："我没有画陆鲸啦！那就是随便画……随便画！"

她不明白，为什么大家都说那个男生是陆鲸啊？就不能是巫时迁吗？！

饭后，三个人去夜游珠江。江面波光粼粼，船只切碎月光，途中姜南风见陆嘉颖接了几次电话，说着什么"感冒""板蓝根"之类的词。

送母女俩回宾馆的路上，陆嘉颖中途停了车，进了一家路边的药店里,但很快就回来了,说:"这家没有,得去别家看看。"

朱莎莉问:"你要买什么药?"

"这几天广州有不少人得了流行性感冒,说很多药店的板蓝根都被抢完了,朋友叫我看见药店就进去买一点儿。"

"啊,中午我和朋友吃饭的时候也听她们说起这件事,情况很严重吗?"

陆嘉颖单手转动方向盘,笑着说:"不用紧张,应该没那么严重。"

姜南风坐在后排,望着陆续走进药店里的路人,隐隐约约感受到了一丝紧张。

最后陆嘉颖买到了几包板蓝根冲剂,给了朱莎莉一大包,让她们放松心情好好休息,还说明早来接她们去饮早茶。

姜南风洗完热水澡,出来时桌上已经摆了两杯热气腾腾的板蓝根。朱莎莉让姜南风记得喝,接着走进浴室里洗澡。

姜南风正捧着杯子吹热气,桌上的手机突然响起,拿起一看,是"201 老陆"。

她直接接起:"喂,阿公吗?"

陆鲸低声说:"是我啦。"

"哦,怎么啦?"

"就是那个……"陆鲸难得有些吞吐,"刚刚巫叔叔来家里,说广州有什么感冒,好像很多人中招了,又说要买板蓝根冲剂,还要买什么白醋……你看用不用叫莎莉姨先去药店买包板蓝根?"

"有啦有啦,你小姨已经买了,给了我们一大包,我现在正喝着呢。"姜南风抿了一小口,烫得她的舌尖都麻了。她把杯子放下,有些疑惑地问:"这流行性感冒这么严重啦?但买白醋干吗?也是拿来喝吗?"

"不是喝的吧,好像说拿来擦桌子和拖地板。"

"哇,那岂不是整间屋子都酸溜溜的?"

"是吧,但说是能消毒杀菌。"陆鲸换了话题,"明天你们下午几点的车?"

"我们和小姨饮完早茶就回去啦。对了,我妈说明天要在酒楼买些手信回去派街坊,问你有没有想要吃的。"像是入乡随俗,姜南风一句话里头带了好几个粤语。

"无所谓啦，阿姨买什么都行。"陆鲸答。

说是这么说，但隔天晚上收到姜南风拿来的老婆饼时，陆鲸还是莫名其妙地羞臊了好一会儿。他知道自己变得奇怪——一丁点儿东西都能让他想入非非。

这半年内，陆鲸开始明显地感受到自己的身体出现了变化，变得不男不女的声音，被拉扯得极疼的骨骼，不知不觉露出脚踝的校服裤子，还有某天早晨起床时湿了一片的睡裤……

他知道是怎么一回事，觉得好丢架①，把弄脏的衣物先藏了起来，等到晚上洗澡时再偷偷拿出来丢进洗衣机里。

藏在胸口里的那个口袋已经装了不少东西，沉甸甸的，陆鲸竭力控制住，以防里面的东西满得溢出来。他生怕把他和姜南风之间的关系弄得一塌糊涂。

他清楚地知道自己在姜南风心里的身份是什么——是朋友，是邻居，是伙伴，是"好兄弟"，甚至是家人，不带一丝暧昧。

他也清楚一早就住进姜南风心里的那个人是谁。

所以有些话，陆鲸觉得自己无须说出口。

说了也没用，他不想两个人见面时变得尴尬，能像现在这样，在同一张桌子上和和气气地吃饭就足够了。

世界也在变化。

大家本以为并不严重的"流行性感冒"成了"非典"，翡翠台和本港台喊它"沙士②"。小孩子们懵懵懂懂，大人们慌慌张张，谣言四起，一醋难求。

几乎家家户户都在熏醋，大家把门窗关紧，卡式炉上坐着一锅白醋，让它慢悠悠地烧，酸醋味充斥家里每个角落，连学校也是——周末统一"消毒"，周一的桌椅上全是醋味。

两块钱一瓶的白醋价格水涨船高，姜南风听陆嘉颖说，深圳有人

---

① 粤语：丢脸。
② "SARS（传染性非典型肺炎）"的粤语发音。

把囤积的白醋卖到几百块钱一瓶，都还被哄抢一空。

姜杰打来电话，叫朱莎莉和姜南风出门尽量戴口罩，勤洗手，白醋没用，要用酒精消毒。

三月下旬，"沙士"在香港淘大花园大爆发，TVB每个时间段的新闻都在讲这件事。

直到四月一日那一天，一则突发新闻宛如从高楼落下的玻璃碎片，把许多人扎得头破血流，痛不欲生。

那一天姜南风放学回家，发现朱莎莉坐在地上，低着头在哭。

客厅里没开灯，只有电视屏幕亮着，但电视又被按了静音，好似夜里不出声的鬼魅，屏幕画面把母亲的侧脸映得惨白。

姜南风心惊，飞快地上前，问朱莎莉是不是身体不舒服。

朱莎莉脚边散落着一张张黑胶唱片，几乎每一张的封面上都是张国荣的相片——姜南风已经很久没见过它们了，不知道母亲之前将它们收在哪里。

"哥哥他走了……怎么会这样子……？"朱莎莉泪流满面，声音含糊，手里用来擦眼泪的纸团已经皱得不像话，随手一擦，脸上就会沾上纸屑。

见状，姜南风赶紧用手替她擦去那些纸屑，不解地问："啊？哪一个'哥哥'？惠州那个舅舅？"

很快她瞄到了电视上走马灯般滚动的新闻标题，反应过来，"哥哥"指的是那位巨星。

老款的山水牌黑胶唱机笨重，在电视柜旁边安静了许多年，但朱莎莉一直没有丢弃它，还给它铺上蕾丝盖头，再放上当时在海滨路早市工友的摊位上买的花瓶，插着植绒的、塑料的鲜艳花朵。

朱莎莉拿起花瓶，掀起蕾丝布，给唱机通上电，再取了张黑胶碟放进去。

"你爸以前嫌它老，嫌它过时，我才不这么觉得。我觉得黑胶碟永远不会过时，我不像他那样，总是喜新厌旧……

"1997年，哥哥来我们这里开演唱会，很庆幸那次我去看了……那时候我们位置远，前面的人总站起来，我就算站到椅子上也比别人矮，你爸直接把我抱了起来……

"那是我第一次看演唱会,也可能是最后一次了……

"我们以前也有很多相同的爱好,有很多共同的话题,我不知道什么时候起了变化……

"我们曾经还说过,如果哥哥年纪大了,要举行告别演唱会,一定要买票去看……

"姜杰不讲信用就算了,可为什么连哥哥……连哥哥都……?"

碟片一圈一圈地绕,朱莎莉在干净的歌声之中回忆往事。

熟悉的副歌响起,朱莎莉跟着轻声哼:"我是什么,是万世沙砾当中一颗。石头大这么多,我也会喜欢这个我①……"

母亲边哭边呢喃,她的粤语很不标准,但姜南风觉得无所谓,母亲唱得很好听。

母亲也像是在跟谁对话。

以前姜南风很少听朱莎莉说起过去。

这个时候,姜南风才知道母亲原来也会追星,母亲有她的少女时光,母亲有她的青春期,母亲有爱过一个人……

没有哪个妈妈生来就是"妈妈",朱莎莉和姜南风,其实没什么区别。

过了不知多久,朱莎莉渐渐冷静下来。她开始觉得自己好丢脸,在女儿面前目汁目滴。

她擤了擤鼻涕,哑声跟姜南风说:"老妈没事,就是下午听到消息,太难受了……你回来后洗手洗脸了没有?差不多要去隔壁吃饭了……"

"妈,"姜南风蓦地打断她,语气认真地说,"以后等我赚了钱,带你去看演唱会。"

又是一年七月炎夏,板蓝根、白醋、"沙士"……像被炎热的阳光蒸发掉的水蒸气,从大家的视野里渐渐淡出。

南国商城三楼新开了一家"鬼屋",号称"粤东地区最恐怖"。"梦

---

① 张国荣《我》。

想岛"的几个小年轻组织活动说要去试胆，一个个都说自己从小看着伊藤润二的作品长大，胆子大，区区人造"鬼屋"怎么能吓得了他们。

姜南风在一旁提起僵硬的嘴角，说："就是就是，那些都是假的，都是工作人员扮的。"

呜，但是她害怕啊！别说伊藤润二，她光是看《地狱老师》都会被里头的一些画面吓到！

但大家都嚷嚷着想去玩，连磊然也去，她只好硬着头皮跟着。

黑灯瞎火的入口、雾蒙蒙的干冰、涂满"血手印"的招牌、从天花板上垂下来的医用绷带，还有好像是谁在哭泣的背景音乐……站在"鬼屋"门口的姜南风心里慌得要命，背脊也被热汗打湿。这时不知从哪儿吹来一阵阴森森的风，她打了个寒战。

站在她身边的连磊然自然感受到了她的紧张，凑近她问："你要是真那么怕，就别进去了，我陪你在外面休息？"

姜南风故作勇敢，不停地给自己洗脑打气："不怕，我怎么会害怕呢？呵呵……对，我不怕……"

这时"鬼屋"里面骤响几声尖叫，是其他玩家的声音，惹得姜南风又缩了缩脖子。

连磊然无奈地笑笑："那你等会儿跟紧我。"

"鬼屋"是医院主题的，负责接待的店员也很认真地穿着沾满"血迹"的白大褂，给他们介绍游玩时的注意事项："无论被吓得多慌张，也拜托大家不要动手打里面的工作人员，拜托拜托……"

店员幽默风趣的介绍方式让姜南风稍微没那么紧张了。

后来她一细想：不对啊，里面是得多可怕，玩家们才会慌得乱打工作人员？

"梦想岛"来玩的小伙伴们人数挺多，需要分成三批进场，姜南风和连磊然就在第三批。一个跟姜南风交好的女生——娜娜说想跟着他们，问可不可以。姜南风当然说"可以"。

这时店外又走进一批客人。

"欸？姜南风？"

听见有人唤她，姜南风回头，竟是好久不见的郑康民！

中考后郑康民赞助去了一中，说他的好兄弟陆鲸去哪儿，他就要跟着去哪儿。

郑康民惊喜地往身后喊:"陆鲸,你的好厝边也来玩'鬼屋'啦!"

姜南风倒抽一口冷气,怎么又遇上陆鲸了?这是不是就是传说中的"冤家路窄"?!

她再傻再天真,也早就感受到陆鲸和连磊然之间不对付了。这两个人磁场就是不对,虽然姜南风至今没搞明白陆鲸为什么那么不喜欢连磊然。

连磊然微微敛了笑,直起身看向那个从人群后方走上前的少年。

他有挺长一段时间没见到这个"小孩儿"了,虽然时不时会从姜南风口中知道陆鲸的近况,却不知陆鲸已经长高了那么多——陆鲸几乎可以与他平视。

陆鲸把头发剪短了一些,显得整个人干净清爽,也露出了好看的眉眼,尽管那眼神依然不怎么"和蔼可亲"。

心一沉,连磊然也变了眼神。

毕竟,陆鲸不再是"小孩儿"了。

姜南风扫了一眼同样在看她的男生女生,小声问陆鲸:"他们都是你班里的同学啊?"

陆鲸收回视线,垂眸,问道:"嗯,你和社团的人来玩?"

"对啊。"

"你不怕?"陆鲸还记得他玩《生化危机》时被丧尸吓得大叫的姜南风。

"我……我怎么会怕这些?呵呵……"

店员见两组客人认识,数了数人数,提议姜南风和朋友能不能凑一队。

郑康民马上风风火火地张罗起来:"行啊,那就我、陆鲸、小洁和姜南风组队吧。"

他又问姜南风:"老同学,这样可以吗?你再找两个女生凑一组……"

连磊然直接打断他:"南风和我是一组的。"

郑康民这时才正眼看向姜南风身边的高瘦少年,感到有些意外地问:"这位是……?"

"是和姜南风同一个漫画社团的朋友,他们都在华高。"陆鲸率先开口替姜南风做了介绍,声音平淡,没什么情绪。

连磊然笑着跟郑康民打招呼:"你好,我是南风的好朋友。"

这时前面的玩家从"鬼屋"里走了出来。一个女生紧紧地抱住身边的男生,眼角红红的,像是被吓哭了。那男生则是一脸幸福,宠溺地安慰女生不用怕。

见状,郑康民心里乐开了花,对其他同学说:"那就这么决定啦,你们六个一组。"

剩下的同学里是四男二女,有个女生立刻不满了:"郑康民,凭什么你能跟小洁一组?我也想跟陆鲸一组啊。"

这句话的意思太明显了,姜南风听见后,立刻看向了说话的那个女生。

哇,看来臭弟在一中挺受欢迎哟……

就在郑康民和同学们协调分组的过程中,"梦想岛"前面两组的人已经玩完出来了。

就连被伊藤润二磨练过胆量的漫画少年们都说:"比预想中还要恐怖一点点,但也更好玩了。"

店员忙着招呼下一组客人进场,郑康民先下手为强,不顾其他同学在身后骂他重色轻友,带着好兄弟和女同学直接走进入口,再喊姜南风和她的"好朋友"跟上。

"那我们也进去吧?"连磊然问两个女生。

姜南风脑子里还装着朋友们说的"比预想中恐怖"这件事。她紧紧地勾住娜娜的手臂,一脸英勇就义的模样走进了"医院里"。

按店员之前的介绍,玩家们需要走到"废弃医院"最里头的"档案室",取到一份"重要文件"后再离开就算挑战成功。而"废弃医院"只有一条路,玩家只需要按照地上偶尔会出现的荧光箭头走即可。

"废弃医院"里可谓场景逼真、灯光极暗、音乐恐怖,不时会有物品掉落下来,还有玻璃破碎、木门被砸的声音,或者有工作人员扮演的"丧尸"从暗处忽地探出头或手。别说姜南风了,连郑康民都被吓得尖叫连连。

"鬼屋"的地图是设计过的。本来是郑康民等三个人走在前方,中途一个拐弯后,就变成了连磊然走在最前,姜南风和娜娜第二梯队,后面是郑康民等三个人。

姜南风几乎把一双眼全闭上了，一惊一乍地龟速前行。

她只想着能赶紧结束，根本没办法分出注意力去思考别的事，完全不知道自己在惊吓状态中都喊了什么话。

一行人好不容易来到"档案室"门口，这才发现店员原来留了一手——到这里需要每个人单独进去拿"文件"，不能结伴前行。

"档案室"是一条只能容一个人走进去的狭窄通道，连磊然自告奋勇地说道："我先进去看看是什么情况。"

很快连磊然出来了，给他们看他手里的一个乒乓球："走到尽头墙上有一个小洞，手伸进去就能摸到一个球了，有荧光指示牌的，跟着做就可以了。"

郑康民身边的女生紧张地问："有没有'鬼'跳出来吓你？"

"没有，所以不用怕。"说话的时候，连磊然看向了姜南风所在的方向。

几个人陆陆续续进去摸了个球。娜娜还在遗憾着怎么这么容易就结束了，还以为能有更刺激的环节。

最后剩下了陆鲸和姜南风两个人。

陆鲸问："你先还是我先？"

姜南风咽了咽口水，颤声说："你……你先吧，我给大家垫底。"

"好。"

陆鲸进去后，连磊然低声问姜南风："要不然我再进去一次，帮你把球拿出来吧？"

姜南风睁圆了眼："还能这样？"

"就是一个游戏而已，当然可以。"

就这么一会儿的工夫，陆鲸已经出来了，但他的双脚站在"档案室"门口处没有往外走，忽然喊了声："姜南风，手伸出来！"

姜南风一时没想太多，循着声递出手："干吗啦？"

接着一个轻飘飘的乒乓球落在了她手里。

"球给你，你在这儿乖乖地站着就好。"

少年处于变声器，声音有点儿青涩，像还没熟透的青梅。一说完，他又折返进"档案室"内。

郑康民看热闹不嫌事大，语气羡慕地说："真不愧是金盾边、好朋友啊!"

姜南风白了郑康民一眼,没搭理他,把乒乓球握在手心里,跟连磊然说:"正好,不用麻烦你再走一趟啦,让陆鲸去拿就好。"

"行……"

连磊然突然有些庆幸这里头灯光不明亮,才能让昏暗遮住他没有一丝笑意的眼睛。

中午吃铁板牛扒的时候,娜娜跟社团其他人分享在"鬼屋"里发生的事,说小南太可爱,太好笑了,全程都在念"老爷保贺",又说小南的那个朋友帮她拿了球,超级有绅士风度。

姜南风被热气腾腾的牛扒烫了舌尖,龇牙咧嘴道:"我的天,他这样就是'绅士风度'了吗?你们是没看过我们俩烧骂烧拍[1]的时候是什么样……"

还有个刚进社团没多久的女孩儿暑假过后即将上高中,一听说那男生读一中,立刻兴奋地问姜南风能不能把男生的QQ号码给她。

姜南风最后没给,说没把他的QQ号码背下来,等下次有机会再说。

饭后大家各回各家,连磊然照例陪着姜南风在公交车站等车。

平时总像晴朗的阳光一样的少年,今天话特别少,姜南风当然能看出来他不开心。

她从包里掏出糖递给他,小声问:"你怎么了?"

连磊然接过后拆了糖纸,含着糖果摇摇头,说:"没什么。"

车来了,姜南风准备上车,没想到连磊然也站起了身,说:"我陪你坐回去吧。"

他摸出钱包里的公交卡,垂眸,征求姜南风的同意:"可以吗?早上人太多了,没机会和你聊聊天。"

树影斑驳摇晃,地面蒸腾暑气,姜南风一颗心乱蹦乱跳。她点头说:"当然可以。"

午后的公交车里人少,空位多,两个人走到车后方的二人座位处

---

[1] 吵架打架。

坐下。

说要聊天的连磊然没开口，姜南风自然也没吭声，两个人心照不宣。

少年肩宽腿长，车身摇摇晃晃的过程中，两个人难免会触碰到对方。姜南风被热辣辣的风吹得有些恍惚，总感觉有什么情绪在炎夏里发了酵。

不知道过了多久，小尾指被碰了碰，她像一只受惊的兔子本能地想躲进树洞里，却让一片温暖覆盖住。

她浑身紧绷，成了块动弹不得的木头。直到听见身旁少年唤她"南风"，她才缓缓转过了头。

一切都成了曝光过度的慢镜头，慢得连空气中的浮尘颗粒都能看清，姜南风看少女漫画的时候总会陷入粉红色的幻想中，但让炽热的影子渐渐覆住时，连眼睛都忘记要闭上。

夏天到了，聒噪的永远不止树上的夏蝉，还有少年们自以为成熟、实则依然懵懂的心。

高一这个暑假姜南风格外忙碌，几乎每天都会去画室报到。

顾才难得夸了她几次，说她色彩不错，当然每次依然会附带七八个需要修改的地方，但她现在已经能用平常心去面对自己的不足了。

她没有从小打下来的基础，天赋也一般般，那么就后天努力呗！不是能变天鹅的丑小鸭，那她就当能先飞上天的小笨鸟。

连磊然也是每天都在画室里从早待到晚，姜南风有一次听到了他跟顾才谈论选专业的事。

顾老师问他："决定好方向没有？"

姜南风是知道的，连磊然想进动画专业，但家里人希望他学国画专业。

其实姜南风觉得这两者并不冲突啊，就像连磊然上次漫展送给她的那张画，就是两种风格融合并和谐共处的最佳例子。

她鼓励连磊然跟着心走，还振臂高呼，说中国动画的未来就靠他了，惹得少年"哈哈"大笑。

除了画室，她还要帮社团一起筹备第一届的本地漫展。

高兴夫妇四处奔波，联系了周边城市的两三个小社团，成功地拉来一小笔赞助，最后还有一个小型展厅愿意免费提供活动场地。

大家士气高涨，在各大论坛和聊天室里乐此不疲地宣传这次活动，并面向本土独立画手征集稿件，承诺完整度高的优秀画稿会在专属展区里展示。

姜南风提前给朋友们派了她负责画的传单，希望他们都能来玩。

陆鲸也收到了那张黑白传单，一边嫌弃这传单不知道复印了多少份，都已经泛白了，一边记下了漫展举行的地点和时间。

八月中旬的一个周日，漫展顺利地举行。

姜南风的同班同学和画室的朋友们都来看她，一拨人刚走，巫时迁和陈熙他们一行人就来了。

她忙着招呼，说话说得口干舌燥。社团的人调侃她，说原来这边才是小南的主场。今天的她，甚至比连磊然还要忙。

那天姜南风跟母亲借了一部傻瓜相机，半邀请兼半强迫地要大家站在她挂墙的那幅作品前面拍照留念。

她还说未来等她成名了，大家就能拿这张合影跟别人吹牛皮。

最后她麻烦连磊然拿相机，帮她和好运楼的小伙伴们一起拍了张合照。

巫时迁和连磊然对上了视线。巫时迁笑了笑，连磊然也提了提嘴角。

陈熙是带着妹妹一起来的，看见有漂亮姐姐扮装不知火舞，忙叫姜南风帮他拍照，气得黄欢欢对陈芊说："你看你哥，一见到靓女就走不动道了。"

下午两点多纪霭来了，和她一起来的还有黎彦。姜南风睨着那空有一副好皮囊的帅气少年，阴阳怪气地哼了好多声，直到黎彦拿出了"探班礼物"——枟果沙冰，姜南风眼睛一亮，立刻被"糖衣炮弹"打倒。

循例在画作前合完影，姜南风把纪霭拉到一旁说悄悄话。黎彦貌似漫无目的地在展厅里瞎逛，但视线总偷偷瞟向常在姜南风身边徘徊的那个少年。

过了一会儿，黎彦走出展厅，走到无人的角落里，拿出手机打了个电话出去。对方没接，他再打了几次，那边才有接起的声音，还有嘈杂的背景声音。

没等陆鲸说话,黎彦先没好气地骂:"你到底来不来啊?说是三点半就要开始收拾东西了。"

陆鲸沉默了一会儿,声音平淡地说道:"我不去了。"

黎彦有一肚子话想说,但觉得陆鲸肯定没心情听,最终骂了个脏词,警告道:"你就继续扭扭捏捏的吧,回头后悔了别来找哥哥我哭。"

陆鲸确实没心情听,草草应付了黎彦几句,就挂了电话。

他走回自己的位子,从口袋里摸出一串摩托车钥匙,丢到旁边郑康民的电脑桌上,说:"钥匙还你。"

郑康民瞥了眼表,惊诧道:"兄弟,你是开到西伯利亚去买水了吗?整整去了一个小时?!"

陆鲸沉沉地"嗯"了一声,取消了电脑的挂机状态,把已经喝掉大半杯的杧果冰沙放到桌子边角上。

"欸,我那份呢?"郑康民这才发现陆鲸没给他带水。

陆鲸顿了顿,接着面不改色地说:"忘买了。"

他戴起耳机,阻隔掉郑康民骂骂咧咧的碎碎念。

他有什么好后悔的?反正姜南风身边总有那么多朋友,多他一个不多,少他一个不少。

他也没什么心情玩游戏,坐到三点半,就收拾东西回家。

陆鲸四点出头就到了家。客厅储存满了一整天的热气,打开的窗户没有一丝风吹进来,像极了少年那颗烦躁不安的心。

阿公没在客厅和厨房里,整个屋子静悄悄的,但阿公的房门半掩,陆鲸走过去,见阿公躺在床上睡觉,风扇左右摇头的声音有点儿吵。

阿公的房间里是有空调的,但他不怎么开。

今天实在太热了,陆鲸放轻脚步走进去,把窗户关了,帮阿公开了空调,再关了风扇。

他去冲了个冷水澡后,回房间里躺在床上听歌。张学友唱不到几句,他就已经睡着了。

他做的梦光怪陆离,一张张或熟悉或淡忘的脸跳了出来,有些飞逝而过,有些停留下来跟他讲了许多莫名其妙的话。

例如,他转校到第三小学时的第一个同桌孔斌。

戴眼镜的小男生站在讲台上,哭着说:"陆鲸对不起,是我偷了你

359

的钱包。"

梦里的小陆鲸声音冰冷地说:"我早就知道了。所以,小学毕业的时候我没有找你写同学录。"

例如,他最不想遇到的连磊然。

他们在篮球场上一对一,学校广播正播着"有什么不妥,有话就直说①"。他还是那个长不高的小矮子,连磊然却高得头顶快能触及篮板。

他投出去的三分球自然都直接被连磊然盖帽,大比分输了之后,还要听连磊然笑着说:"陆鲸,别以为我不知道你心里想什么。每次放学和姜南风一起回家,经过老戏台的时候,你是不是心里希望跳出个醉酒大汉来骚扰姜南风,这样好让你能英雄救美?陆鲸,你心理这么阴暗,姜南风知道吗?"

又例如,他在广州的小学同学,那个送了他张学友的 CD 的女仔。

女孩儿伤心又气愤,骂他无良心:"不是说很快就要回广州吗?为什么到现在还不回来?"

最后是一个没有脸的中年男人,像游戏里的丧尸一样,扑上来喊他的名字。

陆鲸大哭着推开无脸男,说:"滚开,我不认识你!"

无脸男说:"我是你的爸爸。"

陆鲸惊醒,发现自己出了一身冷汗,这一睡竟睡了一个多小时。

屋外的天昏昏沉沉,像没有擦干净的铅笔笔迹。

他起身走出卧室,想去洗把脸,把那些记不清,但感觉并不舒服的画面驱散。

客厅依然没开灯,厨房也没有一丝烟火气,陆鲸皱了皱眉,走到阿公的房间门口,推开门,唤了阿公两声:"六点啦!阿公,要煮饭啦,我饿了。"

今晚朱莎莉会带姜南风去锯扒,只剩他们爷孙俩吃饭,可现在回应他的只有楼下"丁零"的单车声。

---

① 周杰伦《斗牛》。

陆鲸揉着眼睛，突然，整个人僵住。

他慌忙地开了灯，吸顶灯颜色苍白，显得床上的老人面色惨白。

脑子里一片空白，他也不知道自己喊了多少声"阿公"，最后走到床边，跪坐到了地上。

陆程逝世，大家安慰陆鲸，说阿公应该是太想念天上的奶奶了。

这一次的葬礼，好运楼里年纪较大的那些孩子都去参加了。他们坚持要见陆爷爷最后一面，也想陪在陆鲸身边。

好运楼里各家的大人基本都参加了，除了巫母——她意外怀孕了，陆嘉颖让她不用来，说红白相冲，心意到了就行。

就连已经搬离好运楼的部分老住户也专门来送老头子一程，其中包括从深圳回来的姜杰。

和五年前那个夏天相比，陆鲸的身高高了一些，肩膀宽了一些，脸庞上的稚气逐渐减退，但他还是哭得像个丢了钱包的孩子。

陆鲸把头发理得极短，短得老七叔说不能再短了，这才罢休。

他哭着跪在玻璃棺材前，哑着声说："阿公，你骗人，你还没有做汉堡给我吃，怎么可以就这么走了。"

灵堂内无人不为之动容，其他人无论男女都哭作一团，陆嘉颖哭得倒是很安静，泪水"潺潺"流。

今天她把头发染黑，将所有的首饰都摘掉，素面朝天，是很多年前那副乖女孩儿的模样。

姜南风哭得快晕过去了。不知道从什么时候开始，她不再称呼陆程为"陆爷爷"，而是直接喊他"阿公"。

长大的意义到底是什么？是越来越清楚人生的道路上有太多无可奈何的告别吗？如果是这样的话，她宁愿不要长大。

那晚她不顾父母反对，硬是在灵堂那儿陪着守夜。

夜深的灵堂内只有师父念经的声音，两个小孩儿坐在墙边，姜南风问陆鲸："那时候你说过的……'只要没有忘记，对方就会一直存在'……这句话你还相信吗？"

陆鲸的嗓子全哑了，像坏掉的收音机，他回答："我相信的……"

姜南风憋得眼眶通红，语气坚定地说："那你不要怕，我会一直记得阿公。"

少年的背脊一点儿一点儿弯了下去,手肘抵住膝盖,他将那些破碎不堪的情绪藏在双掌之后,沉沉地应了声:"谢谢。"

那一晚没有风,闷热得好像树底下的泥土,湿热、软烂,把夏蝉褪下来的一个个空壳,掩埋住。

告别式之后,陆嘉颖没立刻回广州,虽然每晚来 203 吃饭的时候姜南风总能听到她响不停的电话。

姜南风大概心中有数,知道接下来会有什么变动。

巫时迁、陈熙、黄欢欢、杨樱,甚至黎彦都托纪霭来问她:"陆鲸会不会跟着小姨回广州?"

巫时迁还对她说:"陆姨姨每晚都在你家吃饭,你得积极一点儿,多探探口风啊。"

没等姜南风打探到情况,每个暑假绝不缺席的台风天来了。

八月底,即将开学的前几天,双风眼超级台风"杜鹃"登陆,电视挂红色台风警报,好运楼楼下依然淹水,水高及腰。

停电停水的那一夜,雨落不停,虽然开着的窗送进来阵阵凉风,但躺在床上的姜南风还是无法入眠。

忽然之间,窗外传来敲击声,很慢,很轻,是防盗网被敲响的声音,姜南风立马起身,拉开纱窗探出了身子。

陆鲸收回尺子,突然想到,第一次姜南风敲响他的房间的玻璃窗,用的是长长的晾衣竿,而如今他只需要伸长手,拿着短尺,就能够得着 203 房的窗了。

他们的距离,比起五年前那个夏天近了许多,但接下来又要变远了。

"喂,臭妹。"

"你说啊。"

"等这个台风过了之后,我也要走了。"

一瞬间安静下来,姜南风觉得仿佛连雨水都停了几秒。

陆鲸深吸一口气,告诉姜南风他与陆嘉颖商量好的事情:"小姨不同意我一个人住在这边,现在才高一,转学的影响不会太大——她已经帮我联系好学校了。"

虽然姜南风早做好了心理准备,可仍有源源不绝的酸楚从胸口一点儿一点儿地往上冲。

"你说得好轻松,但怎么可能会没有影响……"姜南风吸了吸鼻子,"你去了新的学校,要重新适应环境,又要重新交朋友……你这个人啊,矫情又任性,还有少爷脾气!你都不知道你那时候多讨人厌!"

少女当着他的面不停地数落他的缺点,从小学六年级开始。

陆鲸安静地听着,眼睛难免再次覆上水汽。

你这么讨厌我的话,是不是就不会忘记我?

陆鲸有许多话想说,可还是嚼碎了,把它们都咽进肚子里……有些话一旦说出口,就没有弯转了,骂他无用鬼也好,他承受不起再一次失去重要的人的痛苦了。

姜南风说了许久,久到差点儿以为陆鲸睡着,转过头一看,陆鲸正趴在窗台上,侧着脸看她。

她揉了揉眼角,哑声道:"现在比起以前方便太多了,你有手机,也有QQ,可以随时随地和我们联系……我们可不像你以前那些小学同学,说要给你打电话,结果影子都没一个……"

姜南风发现自己真的记仇,那时候陆鲸总是主动地打电话给之前的同学,而那些家伙每次都说了几句就结束通话,这算什么朋友?塑料做的吧……

"喂,姜南风。"陆鲸忽然唤她的全名。

"嗯?"

"我后悔了。"陆鲸直起身,忍住左胸口一阵又一阵的疼痛感,再重复了一次,"我后悔了,南风。"

姜南风没察觉到里面的细枝末节,直接反问:"你后悔什么啊?"

陆鲸又沉默了。

姜南风也没在意,想了想,替他回答:"你是不是后悔没有跟阿公再好好聊聊天,后悔没跟阿公好好说再见?"

陆鲸喉咙酸涩,苦笑一声:"对,没错。"

到底成长的意义是什么?他总在向往成长,总希望能早日丢掉那个幼稚的、别扭的、不讨人喜欢的自己。

可这个时候,他又有些羡慕那个在二路车总站和姜南风一起大哭的那个小鬼,至少那个家伙敢不管不顾地喊出"我喜欢吃汉堡包"。

第十一章
十九岁

大巴刚停稳，姜南风立即背好书包，迫不及待地往车门外走。

她本来以为卧铺大巴会比较舒服，至少累了就能躺下来，活动空间也比较大，殊不知，当整车人都脱鞋上铺时，哇……那味道比小学电脑房里的味道还要臭！

电脑课也就四十五分钟，但今天高速公路上有连环车祸，大塞车，所以姜南风在这辆卧铺大巴上忍耐了快八个小时！而且她的位置靠后，总能闻到车上厕所飘来的阵阵"清香"，简直是双重折磨！

后来她得跟朱莎莉借来风油精，不停地涂在鼻前，才能盖住部分异味。

下车后姜南风深吸一口气，本以为能呼吸到新鲜的空气，却只吸了一嘴汽车尾气，被浓烈的汽油味呛得咳嗽不停。

朱莎莉也下了车，一只手在鼻子前面来回挥："白仁妹，臭死啦，快走到旁边等。"

她把手里沉甸甸的塑料袋交给姜南风，快步走去大巴后方取行李。

整辆大巴坐满人，两边的行李舱都被塞满，坐了太久车的乘客们心烦气躁，争先恐后地去抢行李，朱莎莉好不容易找到自己的行李箱和行李袋，却找不到女儿的画袋了。

朱莎莉低头环顾四周——原来大画袋不知何时被人丢到地上，上面都有灰脚印了。她心更急了,却挤不过去,只好大声嚷嚷:"别踩!别踩那个画袋!"

这时,有人拾起黑色画袋,并拍了拍上面的灰,直接一把背到肩上。

朱莎莉愣在原地,而挤进人群里想要帮老妈拿行李的姜南风也是,两个人呆呆地看着那个比周围人都要高的少年一步步地走到她们面前。

朱莎莉先反应过来,无比惊讶地说道:"陆……陆……鲸仔?!"

陆鲸先瞄了眼张大嘴巴的肥妹仔,再朝朱莎莉点了点头,但他的声音里有些疑惑:"姨,才一年没见,你就认不出来我了啊?"

"认是肯定能认出来,就是没想到你高了那么多!"朱莎莉既兴奋又欣慰,直接朝着陆鲸的手臂重重地拍了两下,"哇,架势不错啊!不像以前那样吃多少都不长肉。"

姜南风终于回过了神,慢一拍地大喊:"你什么时候长这么高的?!聊天的时候也没听你说过啊!"

陆鲸脸颊微烫,嘟囔道:"这种事有什么好说的啊……"

他帮朱莎莉拉过大行李箱,说:"姨,我们走吧,先到车站门口等一下,我给司机打个电话。刚才这里没车位了,我让他到附近的商场等。"

姜南风又大叫:"你还有司机了?!"

她不能理解!怎么回事?陆鲸一回广州就恢复"少爷"这个真实身份了是吗?

女孩儿一惊一乍的样子和以前一模一样。

陆鲸忍住笑,睇她一眼:"是小姨公司的司机阿叔啦。本来小姨要自己来的,但临时要回工厂跟进点儿事情,就派一辆车跟着我了。"

这时他才看见姜南风手里还提了个黑袋子:"你手里拿的是什么?"

"牛肉丸,早上我妈去菜市场买的,说是你喜欢吃的那家的牛肉丸。"

虽然都是牛肉丸,但不同牛肉摊卖的丸子都有些微差别,有些掺粉多,有些调味重。陆鲸的嘴刁,喜欢吃纯肉的丸子,口感稍微沙一点儿他都能吃得出来。所以,陆程以前常在同一家牛肉摊给他买牛肉丸。

陆鲸顿了顿，很快转向朱莎莉说了声"谢谢莎莉姨"，顺势也从姜南风那儿拿过了那个袋子："一起给我吧。"

姜南风记得，一年前陆鲸的声音处于不上不下的尴尬期，而如今他变声期已过，声音完全沉淀下来了，像一头在深海里缓慢游动的鲸鱼。

姜南风家里还保留着当初阿公给的钥匙，陆鲸有许多东西都没带走，笨重的电脑、家用游戏机、一沓沓的游戏杂志，还有那张跳舞毯，都被留在了201房。

他说按小姨的习惯，阿公家里的电话和网络应该不会停掉，因为他的妈妈去世这么久了，小姨还一直给他原来住的家里交电话费。

他让姜南风需要用电脑或玩游戏的时候直接开门进去就好，而且姜南风还有不少漫画书"存放"在他的书柜里。

虽然姜杰给姜南风买了一台笔记本电脑，但她还是经常跑去201上网。这一年她常在QQ上和陆鲸聊天——多数时候是她把身边发生的事告诉他。

例如，好运楼迎来了一名"新成员"——巫时迁的弟弟，名叫巫柏轩。巫妈妈高龄意外怀孕本来就情绪不高，现在更不开心了。她说自己总求生个女儿，现在倒好，又来一个铁钉屁股。

陈芊在幼儿园里被小男生欺负了，陈熙竟然去找那小孩儿算账，结果把人家小孩儿给吓到濑尿。

过完年后门房伯换人了，听大人们说，陈伯身体好像也查出了一些小毛病，他的儿女把他接回乡下老家了。

新来的门房伯不像陈伯那么开朗，但对"细细粒"挺好的。

例如，城市创文，街道的下水道被喷了驱虫药，搞得蟑螂全跑出来了，金的、红的、黑的，到处乱飞乱爬，巫时迁叫得最大声。

小公园开始改建了，南国商城的"鬼屋"据说因为太恐怖遭人投诉，关门大吉了。

越来越多的人力三轮车装上了电动马达，乘客一坐上去就"突突突"地往前跑，虽然车费要比纯人力的便宜一半，但没有了以前那种慢悠悠的感觉，她不大喜欢。

例如，陆鲸的电脑好像快"满"了，有很多游戏她都没办法安装；她在自学用 Frontpage 建网站；她有单稿被杂志编辑选上了；她所在的画室里有多少人考上了美院……

还有，她九月份要到广州的画室集训了，叫陆鲸这个"广州仔"带她去吃好吃的。

九月中旬的天还跟七月那般热，姜南风站在路边不到五分钟，已经满头大汗。

很快一辆黑色的车子停到他们面前，司机下车帮忙拿行李，姜南风听着陆鲸沉稳且礼貌地跟司机交流——他说着流利的粤语，"唔该""帮手""辛苦晒"。

她忽然觉得，这样的陆鲸好陌生。

陆鲸拉开后车门，招呼朱莎莉上车，回头一看，姜南风还站在树荫下直直地盯着他。

"你今天怎么傻傻的？"陆鲸伸手在她面前挥了挥，"上车啦，傻妹。"

这个瞬间，陆鲸又变回姜南风熟悉的那个小男孩儿。

她噘了噘嘴，"喃喃"道："你比我高那么多，我可没好意思再叫你弟弟了。"

陆鲸轻提嘴角，没应她。

车上冷气充足，还有淡淡的柠檬香，姜南风终于活过来了。

在大巴上她不想上厕所，所以一直忍着没喝水，现在口渴到不行，问："妈，你的茶杯里还有没有水？"

"无啦，全喝完了。干吗？你口渴啦？"

"嗯……"

陆鲸坐到副驾驶位上，一只手拉安全带，另一只手往后递了两瓶矿泉水："莎莉姨，给你们水。"

朱莎莉急忙接过："谢谢你啊，鲸仔！我本来以为你也是找个商场吹吹空调，没想到你一直在车站等着我们。"

高速公路上塞车的时候朱莎莉提前给陆鲸打过电话，说大巴不能准时到站，这小孩儿说没关系。

"没事，我也没别的安排。"陆鲸给陆嘉颖发了条短信，说已经接到人了,继续对朱莎莉说,"小姨可能还得再忙一会儿,我先带你们去看看房子。你们坐这么久的车也累了,可以先休息一下,晚点儿再去吃饭。"

少年把时间和路线安排得井井有条、妥妥当当,姜南风静静地喝着水,再次觉得这个"陆鲸"好陌生。

姜南风这次艺考集训时间长达半年,从现在开始便要一直拼搏到明年三月校考联考。

集训的画室是顾才在广州的朋友开的,两者已经合作许多年,在顾才的画室,且以广美为目标的考生基本都会到这边来集训,去年连磊然也是。

本来姜南风想给朱莎莉省点儿钱,说去住画室提供的宿舍就可以,但陆陆续续听过几个师姐吐槽画室的宿舍后,就打消了这个念头。

师姐们说,每间宿舍住十二个人,鸭仔铺,像天花板和墙壁上有霉斑、厕所很脏种种环境问题还都能克服,最大的问题是宿舍如果单纯住女生就算了,但也有一些男生住在隔壁,单身女生居住十分不方便。

姜南风听得目瞪口呆。

一个师姐还说,她本来想忍一忍,但有一次在洗澡的时候总觉得有些不对劲,一转身,发现木门下的排气窗有影子倏地闪过,自己心惊胆战了一晚,第二天立刻去附近租了房子。

姜南风回家在饭桌上提了一嘴这些事。朱莎莉也目瞪口呆了,当晚就决定要陪姜南风过来集训,说母女俩租一间小房子,她还能给姜南风做做饭、炖炖汤。

姜南风上广州集训这件事不知怎么就传到了陆嘉颖那儿。陆嘉颖立刻说怎么这么巧,她之前买楼花的一套精装修房子,刚好在过年之前交了房,小区离美院老校区和画室都很近,等她去配齐家具、电器后,母女二人直接拎包入住即可。

车子直接驶进地下车库里,姜南风见陆鲸摁下二十层的电梯按钮,咽了咽口水,嘀咕一句:"我还没住过这么高的房子呢……"

陆鲸笑笑:"景色还可以,从阳台能望到一小角江景。"

房号是2003,有点儿巧。房子面积不算大,两室一厅,但麻雀虽小五脏俱全，阳台落地窗一打开便灌进来一室微烫的风，姜南风觉得伸手似乎就能摸到玫瑰色的晚霞。

姜南风还真的举起了手，感受到风在她的指间穿过。她问陆鲸："为什么小姨自己不住在这里啊？"

陆鲸把客厅里的空调打开，答道："小姨的公司在天河区，我们现在住的房子离她的公司比较近，而且这套房子小姨是买来投资的。"

"买房子怎么投资？"姜南风听不大明白。

"就是不是拿来自住的，可能之后小姨会放租出去吧，但主要是趁房价低的时候买入，等未来房价涨了再卖。"

"哦……"姜南风假装自己听明白了。

朱莎莉参观房间时顺势问了几个关于楼价的问题，陆鲸一一回答："小姨买楼花的时候还不到两千块一平方米吧，现在已经涨到快五千块了……天河我们住的房子目前六千块出头……嗯，每一年都在增长，所以小姨近期的爱好就是到处看楼……"

姜南风站在门口安静地听着，心想：陆鲸原来也能说这么多话啊……

陆鲸领朱莎莉走进厨房后，打开了冰箱："早上我去超市买了些鸡蛋，先帮你放进去了。调味料我买了些基础的，但超市里找不到初汤，等回头再去别的超市找找……"

他还给朱莎莉看了装满米的米箱、放了香菇和粉丝的橱柜，说："楼下走五分钟就有一家百佳超市，吃完饭我带你们去逛逛。姨，你先看下还缺什么，待会儿直接补齐。"

朱莎莉有一肚子话想讲，最终只是说了一句："阿公真是没白疼你……"

鼻子顿时微酸，陆鲸抿着嘴点了点头。

姜南风先去洗了个澡，把沾满复杂味道的头发洗干净——洗发水也是全新的，刚拆封，是朱莎莉爱买的那个牌子。

姜南风出来后，轮到母亲进浴室里了。姜南风擦着头发走到客厅，见陆鲸正在阳台上跟谁打着电话，隔着玻璃窗，姜南风的耳朵听不清。

他背对着她，任由风牵起他白色的衣角——他整个人陷进绮丽且浪漫的夕阳里。

若是只听声音，不瞧正面，姜南风是真不敢直接喊出陆鲸的名字了。要知道，她第一次在好运楼楼下见到陆鲸时，觉得他整个人就像个姿娘仔，现在这个大高个儿是谁啊？

跟小姨汇报完，陆鲸挂了电话，一转身，被不知什么时候出现在身后的姜南风吓了一跳。

女孩儿脸上没带笑，眼神十分认真。陆鲸有些苦恼，拉开阳台落地窗，问："你怎么从刚才开始就在发呆？也不怎么说话，平时嘴巴可是停不下来……"

姜南风突然举起双手，一只手一边，扯住陆鲸的脸颊，用力地往外拉！

"嗞——"陆鲸疼得皱眉，说话都成黐脷根[①]："李（你）干吗啊？"

姜南风再扯了两下，才松手，苦笑一声："我看看你是不是什么人伪装成了陆鲸的样子。"

陆鲸揉着腮帮子，没好气地说道："姜南风，你的'病情'一年比一年严重，怎么青山还没来收你？"

这是他们之间开过的玩笑。

心里那些陌生感减去一大半，姜南风鼓起腮帮子"喃喃"："你变了太多，我都不敢认你了。你都不是那个爱耍小脾气的'陆鲸'了。"

陆鲸看了她几秒，叹了口气，语气有些自嘲地说："爱耍小脾气的'陆鲸'是我，现在你面前这个靓仔也是我。"

"哇，这么厚脸皮的靓仔我还是第一次见！"高楼晚风渐凉，姜南风走出阳台，伸了个懒腰，戏谑道，"陆鲸可是脸皮很薄的，被人讲两句就要眼湿湿呢。"

陆鲸笑了一声，背倚玻璃围栏，陪她"做大戏"，问："你说吧，你要怎么才能相信我是'陆鲸'？"

"你说些只有我知道的'秘密'来听？"

女孩儿水润的黑眸里盛满了夏末的颜色，温暖、明亮，且温柔。

陆鲸微微眯眼，提了提嘴角，举起右手，含住两根手指，吹了个

---

① 粤语：口齿不清。

响亮的口哨。

陆嘉颖赶到饭店时已经七点半了,姜南风冲她挥着手:"小姨,这里!这里!"

陆嘉颖快步走过去,有些歉意:"不好意思啊,让你们等了这么久,都饿了吧?赶紧叫吃的。"

"我已经点好叫起了。"陆鲸端起茶壶给小姨斟茶,挥手唤来附近的服务生,让对方通知厨房可以上菜。

少年有条不紊、从容不迫的模样让朱莎莉心生感慨。她忍不住跟陆嘉颖夸起陆鲸:"下午在车站看见鲸仔,我是真不敢认,怎么一下子长高了这么多?而且他整个人沉稳了好多,跟个小大人一样。"

陆嘉颖抿了口茶,笑道:"他来广州后,每天早上都自己煮鲜奶,还敲两个鸡蛋进去,这么个吃法,不长高都难,还好没横向发展。"

姜南风伸长手去夹陆鲸面前的花生仁,抬眸瞄了他一眼。

她记得,牛奶加鸡蛋,是阿公以前常给陆鲸煮的……

陆鲸把装花生仁的小碟拿起,放到姜南风面前,看向朱莎莉,说:"我倒觉得是好运楼的原因,你看巫时迁他们都长得挺高的。"

陆嘉颖点头:"确实是,巫时迁从小就比别的孩子高,但没想到陈熙也慢慢追上来了。"

朱莎莉撇着嘴摇头:"也不全是,你看南风。"

姜南风不满地说:"妈!"

陆嘉颖笑了一声,又问:"那两个小孩儿都读大一了吧?上哪个大学?"

姜南风争着回答:"巫时迁去了珠海北师大,陈熙考上了警校,也在广州的……什么什么路来着?"

"滨江东路。"陆鲸替她补充,"但他这段时间军训不在市内,我约了他,等他军训完后出来见个面。"

陆嘉颖睁大了眼:"陈熙考警校?!"

姜南风和陆鲸互视一眼。

对于陈熙的选择,他们听到的时候也觉得不可思议,但陈熙铁了心,说他未来想当一名刑警。

陈父离开后，陈熙变了许多，令人庆幸的是他在往好的方向发展。

而陆程的离开，也在不知不觉中影响着陆嘉颖和陆鲸。

也可能与年龄渐长有关，陆嘉颖如今不再挑选那些特立独行的发色，一头乌丝长度及肩，垂坠感十足。她穿着衬衣和西装裙，脚蹬细跟高跟鞋，一副都市丽人的模样。

"没办法，现在要跟人谈生意签合同，得穿得稍微正经一点儿。"陆嘉颖夹起一箸青菜，无奈地笑了笑。

姜南风还发现，陆姨姨的手边不再总放着烟盒和打火机了。

谁说成长是小孩子的事情？不是只有幼儿园到小学、初中到高中、大学到步入社会才叫作"成长"，二十岁到三十岁、四十岁到五十岁，就算到了七八十岁，人都要继续成长。

在每一个岁数，在每一个人生阶段，人都会遇上之前从未见过的难关，这些问题在教科书上不教，考卷上没有标准答案，父母和旁人也不一定能提供帮助，得靠自己一点儿一点地摸索出属于自己的那条路。

这条路或许笔直，或许弯曲，或许平坦，或许崎岖，没有人能预料到前方会有什么，或许有大雨滂沱，也或许有万里晴空。

两个大人有聊不完的话题，从两地相差甚远的楼价，聊到明年小孩儿的升学问题。

听到陆嘉颖提起想送陆鲸出国，姜南风惊讶得忘了嚼嘴里的脆皮叉烧。她习惯性地在桌子下狠撞了一下陆鲸的膝盖，细声问："你怎么没跟我说过你要出国？"

陆鲸睨她一眼，说："那是小姨'想'，我没有说'要'，你的语文是不是退步了？阅读理解能力有点儿差。"

姜南风鼓起腮帮子长长地吐了口气，把额头上的刘海儿吹起："那就好，巫时迁去了珠海我都觉得好远了……"

随着孩子们一年年长大，好运楼越来越安静了。

以前一起踢球、玩游戏机的伙伴们有些已经搬去东区，而搬进来的都是上了年纪的阿姨叔叔或爷爷奶奶，九月，巫时迁和陈熙去上大学后，老楼更静了。

姜南风不习惯这么安静的好运楼，却无可奈何。因为再过一年，她和杨樱也会离开好运楼，之后是黄欢欢，之后是……

陆鲸是知道的，姜南风看上去勇敢潇洒，实则极其恋家。她喜欢顺其自然，喜欢待在自己的舒适区里，简简单单地过她的小日子就行。

他淡淡地说："姜南风，你的世界也会慢慢变大的，不会永远都在好运楼。"

姜南风有些苦恼地说："我知道啊。所以我在努力地学习走出我的'小世界'。"

陆鲸换了个话题："你们画室周末有休息吗？"

"应该有的，明天我去画室报到的时候问问。你问这个干什么？"

"你不是说要我这个'广州仔'请你吃好吃的吗？"

一听到吃的，姜南风就来了劲，瞳孔黑黝黝的。她说："好啊！我要吃回转寿司！"

陆鲸嘴角轻扬："那碗仔翅、萝卜牛杂、七仔的施乐冰、仙踪林……这些都不要了？"

姜南风一双眼更亮了："废话，当然要啊！"

饭后，陆鲸还带朱莎莉她们在小区旁边走了一圈，给她们介绍超市和菜市场在哪里。二十四个小时营业的便利店是沿海小城没有的，货架上和冰柜里琳琅满目的零食和饮料都仿佛在朝姜南风招手。陆鲸给姜南风买了杯她念叨了很久的施乐冰，可乐口味的。

省城的夜风比家里的温热许多，陆嘉颖说，那是因为现在盖的楼越来越高，空调越来越多，要是夏天正午走在街上，感受到的不是夏天的风，全是空调的热气。

姜南风仰起头，夜空是黑红色的，见不着月亮和星星。一栋栋高楼高耸入云，灯火密密麻麻，她瞧不见哪一片窗户属于陆嘉颖的那套房子。

回到住处时已经汗流浃背，母女俩又得洗一次澡。

浴室里传出"淅沥沥"的水声，姜南风赶紧趁朱莎莉冲凉的时候，拿自己的手机拨了个电话出去。

手机也是姜杰给的，姜南风一开始还担心老妈硌硬，没想到朱莎莉说，当然要拿，姜杰现在做的就是这行生意，不拿白不拿，最好让他每一次出新的机型就给姜南风带一部。姜南风乐得"咯咯"笑，说那得集齐七部召唤神龙。

连磊然刚洗完澡回到宿舍门口，就听见了手机响起的声音。

相处了一个星期的室友们纷纷调侃："磊然，来电话啦。"

连磊然没搭理室友们的挤眉弄眼，拿起手机和洗衣盆，边走向阳台，边接起电话："喂。"

姜南风"嘿嘿"了两声："是我。"

"笨蛋，我有来电显示。"连磊然笑了一声，将手机夹在脖子处，把洗衣盆放进水槽中，伸手去取香皂，"我刚洗完澡，正准备洗衣服。"

"今天军训累吗？"

"还行，就是今天特别热，班里有好几个女生都中暑了。"连磊然给迷彩服打上了香皂。

其实他今天也被晒得有点儿蔫，晚饭都没什么胃口吃。

他得军训到下周五，九月底那个星期才正式上课。

他们这一届新生不在广美老校区了，而是在今年刚启用的大学城新校区，宿舍和教学楼崭新，但周边是一片荒凉，没商场、没食肆、没地铁、没的士。他们得倒好几趟公交车，花一两个小时才能出一趟"城"。

广美还好一点儿，校区旁边就有一个小村子，他们晚上想吃个夜宵还能找到一两家村民自己开的大排档，其他几所高校的学生想"改善伙食"，也得特意跑过来一趟。

姜南风关心地说道："那你今晚多喝点儿水啊。"

"嗯，我知道了。"连磊然笑道，双手搓揉着衣物，问，"你今天在高速公路上堵了那么久啊？"

军训时没法带手机，连磊然等回到宿舍才看见姜南风发的数条信息。

"对啊，而且卧铺大巴太可怕了……"姜南风心有余悸，吐槽了几句，再换了个话题，"我和妈妈现在搬进陆姨姨的房子里来了，住得好高，从阳台上就能看到珠江。"

她边说边走到阳台上，望着远处亮灯的海印桥，依然有些不真实感。

姜南风把今天发生的事一样样地分享给连磊然，当提起陆鲸时，她的语气难免有些激动,说好运楼的臭弟弟如今变了好多,不仅仅是外貌,还有做事稳重踏实了好多,说话语气都仿佛变了个人,等等。

她说,回到广州的陆鲸就好像弹中一等奖的弹珠,也好像找到了清晰频道的电台。

一直夹着手机的脖子有些酸麻,而且手机机身发烫,像烧红的烙铁,连磊然快要被熨得皮开肉绽……他把洗了一半的衣服丢到盆里,蓦地打断了姜南风的话:"南风,我们换个话题吧。"

姜南风呆住,瞬间察觉到连磊然的情绪变化,急忙道歉:"对不起,我自顾自地说了那么多话。"

"不,是我态度不好。"连磊然喘了口气,压住心里的不悦,"可能是今天太累了,抱歉啊。"

"那你赶紧洗完衣服就去休息吧,明天我去画室报到后再给你发信息。"

"行,加油,有什么问题你给我留言,我中午回宿舍后就给你打电话。"

"好!你也加油!"

挂了电话后,姜南风盯着陌生的夜景看了许久。直到朱莎莉洗完澡,她才走回屋内。

她忽然觉得,一直想要让连磊然和陆鲸做好朋友的自己,好天真啊。

自己压根儿没问过连磊然想不想和陆鲸做朋友,而陆鲸之前说过他不想和连磊然做朋友的那次,她也没当回事。她真的好自以为是……

连磊然把迷彩服刚晾好,有室友也走到阳台上准备洗衣服,跟他打了声招呼:"打完电话啦?"

"嗯。"连磊然朝室友勾勾手,"有烟吗?来一根。"

烟烧了半根,连磊然还没能编辑完给姜南风的信息。他打了删,删了打。

他其实很想跟姜南风说,他不想再听到"陆鲸"这个名字了,但到最后,只是发了一句"晚安,早点儿睡"。

信息刚发完,手机响了,连磊然以为是姜南风,但来电人是母亲。

所以，他没有接。

虽然他学动画专业这件事最后是爷爷给他撑腰，但父母依然反对，总想劝他转专业。

电话响了几回，终于没了声响，连磊然转身回房。

室友们说班里组织新生活动，军训结束的那晚出"城"，去市区找家钱柜或加州红唱歌，问连磊然要不要去。

他们说，还会有其他专业的新生一起去玩。

连磊然想了想，摇头说："不了吧，我军训后的那天已经约了人了。"

姜南风站在商场门口，头顶上是十月依然炎热、刺眼的阳光，身后是从商场内吹出来的冷气。一冷一热来回交缠，惹得她浑身难受。

她来回张望许久，眼睛都快泛白光了，还是没见着连磊然的身影。

连磊然昨天军训结束，晚饭后他们俩通过电话，约好了今天中午十一点在越富广场门口碰面，但这会儿都十一点半了，连磊然还没出现。

姜南风和连磊然认识那么多年，他向来准时，还没像这样迟到过。

姜南风给他发过信息，也给他打过电话——他手机关机了，她只能在商场这儿继续等。

她又有种当时信件消失在茫茫人海中的无助感，不安感像黏腻的海藻一样从脚底往上蔓延。

姜南风又热又饿，肚子"叽里咕噜"地叫，正低着头给连磊然编辑信息，突然听见有人喊她的名字，连名带姓的"姜南风"。

她一抬头，果然是陆鲸。他身旁还有三四个男生女生，几个人身上都背着书包。

之前陆嘉颖给了她一张羊城通，说地铁和公交车都能用，但姜南风还没尝试过在广州独自一个人出门。她不认识去商场的路，于是在周四晚上提前发了短信，问陆鲸坐什么交通工具比较方便。

她没跟陆鲸说约了谁，只说自己一直想去越富广场逛逛那些动漫周边店，玩玩传说中的进口原装扭蛋机。也是巧了，陆鲸说他和同学约了周六要在越富广场附近的书店买学习资料，可以顺路带她走一趟。

陆鲸教她如何在站内的便利店里给羊城通充钱,也教她如何在地铁售票机上买票。

姜南风看着"十"字形状的地铁线路图有些发蒙。那上面的每一个站名都是陌生的,许多她听都未听过。

陆鲸指着体育中心站,说小姨家在这里,再指了指体育西路站,说他以前和母亲住的老家在这里。最后指向烈士陵园站,他解释说姜南风上次参加的那个漫展,是在这个地铁站连接的其中一个商场里。

陆鲸领着她刷卡进站,教她要怎么看地铁的方向,提醒她上车后要留意到站广播。他还指着二号线末尾的琶洲站,跟她说这条"蚯蚓"未来还会"长"出"小尾巴",而这个"尾巴"会连接上另一条"蚯蚓",可以直接通往大学城。

陆鲸说:"等你一年后住进大学城里的时候,四号线应该也差不多能通车了。"

姜南风笑他是不是太看得起她了,怎么就确定她能考上广美呢。

陆鲸看了她一会儿,才说:"是你对你自己太没信心了。"

陆鲸又走到她面前,问:"你逛完商场了?吃饭没有?"

姜南风摇了摇头:"我……我……"

在刚才的半个小时里,她忽然理解,当初陆鲸独自一人到了一个完全陌生的环境中是什么样的心情。

陆鲸一下看出她的慌张失措,追问道:"到底怎么了?"

"我中午约了连磊然,他昨天刚军训完……"

姜南风不再瞒着陆鲸,把自己和连磊然失联的事如实告诉他。

陆鲸沉默了片刻,问:"你有没有他的室友的联系方式?"

姜南风低声道:"没有……"

陆鲸看了看表,回头用粤语跟同学们说:"你们先去茶餐厅拿位,我同我的朋友等个人,迟点儿过来。"

有男生好奇,问:"这位是……?"

"姜南风,之前我提过的,准备考美院的那个朋友。"

"哦!哦!你就是南风!"男生们互相交换眼神。

"你们还不快点儿去?迟了卤鸡腿又要卖光了。"陆鲸扫了他们一眼。

"去！即刻就去！"

同学走远后，陆鲸扯住姜南风的书包带子，带着她往后走进商场里："别站在门口等，一冷一热容易感冒。"

姜南风用手背擦去额角上的汗珠，问："你知不知道，这里有没有公交车能去大学城啊？"

陆鲸明白她的意思，想了一下，摇摇头："这我还真不知道。"

"那我从这里打车过去呢？车费会不会很贵？"

"具体多少钱我不知道，但肯定不便宜，说不定要一百多块钱。"

"一百……一百多……"姜南风重复地"喃喃"着这个数字。

要知道，她们来广州的大巴车票也不过是一百三十元。

等得越久，姜南风就越着急，而越着急，她的肚子就越饿。

陆鲸抱着臂，本来心情就没多好。

他花了一年的时间让自己尽量变得成熟，谁知道重遇姜南风后，又有点儿变回那个别扭且矫情的小鬼了。

但一听见女孩儿肚子发出"咕噜咕噜"的惨叫，陆鲸一下子就没了脾气。

连姜南风自己都觉得难为情，捂住肚子，不解地说道："我早上吃了八块钱的牛肉肠粉，怎么这么快就饿了？八块钱耶！是不是这边的肠粉偷工减料啊？在我们那边，一条肠粉五块钱就要撑到肚子爆炸了。"

她想着要不然先去便利店买包饼干垫垫肚子。

"我们那边的肠粉确实是特别扎实。"陆鲸顺着她的话讲，拿出手机拨了个电话，叫刚才的同学拿位时多加一个人。

陆鲸又扯住姜南风的书包带子，带她往外走："先带你去吃饭，茶餐厅过个马路就到了，很近。要是他一直不出现，我就给小姨打个电话，看能不能找辆车送我们去大学城。"

姜南风刚才听到"卤鸡腿"就已经流过一次口水了，但心里还是记挂着少年的失约，问："如果我一走，连磊然就来了，那怎么办？"

"白仁妹，他有你的手机号码啊，就算他的手机没电，也能找个公共电话打过来吧？"陆鲸尽量让自己的语气显得轻松淡定，故作潇洒且大方地说，"要是他来了，就叫他过来茶餐厅一起吃饭咯。我请他吃碗餐蛋面。"

"餐蛋面是什么？你刚才说的卤鸡腿好吃吗？"姜南风饿到都有点儿飙冷汗了，一边给连磊然发留言信息，一边问陆鲸。

陆鲸解释了一下午餐肉和煎鸡蛋，加上出前一丁面的绝妙搭配，继续说："卤鸡腿是那家茶餐厅的招牌，我的同学都很喜欢，但我觉得……"

"还是阿公的卤鸡腿好吃，对吧？"姜南风没多想就插上话。

心里一瞬间就被焐得暖烘烘，陆鲸抿着嘴"嗯"了一声。

午饭时间，街边许多家餐厅的门口都站满等叫号的客人。

这点也是姜南风不能理解的。在汕头，她从没见过需要排队等候的餐厅。

这个星期姜南风还发现，在街上几乎每个人都走得很急。她看着看着，就会不由自主地也跟着加快脚步，结果累得自己气喘吁吁。

她坐地铁的时候也是——车门响起警报的时候，还有人从缓缓关闭的车门中间硬要挤上车，看得她心惊胆战。

可他们又很乐意花很长很长的时间去等候一家餐厅的美食。

她过去十几年早已成习惯的生活模式，在短短一个星期内被冲击多次。什么时候该快，什么时候该慢，她好像没了主意。

还有画画方面，她好不容易在顾才的画室成了墙上的"常驻嘉宾"，一来到新的画室，又被新的老师打击得体无完肤。

不过看着其他同学的作品，她心中也很清楚，自己还没能上墙的原因在哪里。

他们都跑得好快，她落后了好长一段距离。

斑马线的绿灯开始倒数，许多行人拔腿狂奔向马路对面，姜南风又跟着紧张起来，对陆鲸说："我们也赶紧跑过去吧？"

说完她就想往前冲，但下一秒，她的手腕被人拉住了。

"不用急，等下一趟就好。"陆鲸很快松开她，若无其事地把手插进裤袋里，"姜南风，你在急什么？"

"可是，大家都在跑……"姜南风还在犹豫。

当周围的人都在做同一件事，自己没跟着做的时候，她就会觉得自己是不是有点儿格格不入……

· 379 ·

陆鲸看向了姜南风。

她正向前看，目光不知落在何处，嘴角没有带笑，还有点儿驼背。

他不在的这一年里，以前那个总是无忧无虑的肥妹仔，似乎也变了许多，明明以前她的笑容，应该比这头顶上的阳光还要灿烂，能驱逐所有的冰冷和黑暗。

陆鲸叹了口气，抬手，重重地朝她的背脊拍了两掌！

"啪啪"两声很结实，姜南风疼得龇牙咧嘴，扭头骂他："衰弟！你拍我干吗？！"

"莎莉姨在这儿的话肯定也会这么做，叫你站直，不要老驼背！"陆鲸把她的头发胡乱地揉散，就像好久以前姜南风总吃他的"豆腐"那样，说，"你管别人是跑还是走？按照你自己的速度走就行了啊。"

"啊，别摸！都是汗！"姜南风忙着拨开他的怪手，像赶苍蝇一样。

陆鲸收回手："有汗就擦，困了就睡，累了就躺，饿了就吃，这不是姜南风你的人生信念吗？怎么才一年，你就忘光光了？"

姜南风抿紧嘴角，把被弄乱的刘海儿草草梳好。

等到信号灯转绿，她大步往前走去。陆鲸错愕了两秒，赶紧跟上。

大城市车多，马路上空气谈不上清新，但姜南风还是深深地吸了一口气，然后中气十足地说："那你等会儿要请我吃两个卤鸡腿和一碗餐蛋面！因为我超级无敌饿！"

笑意渐渐灌满少年的眼眸，陆鲸笑出声："行啊，再加一杯杂果宾治。"

他们到茶餐厅时，陆鲸的同学们刚好拿到一张大台。姜南风坐下后，用蹩脚的粤语跟他们做了自我介绍："雷地猴，鹅系……姜……姜'兰'风……"

陆鲸把菜单推到姜南风面前，用普通话说："你说普通话就好了啊，干吗非要讲粤语？"然后他对同学们说："从现在开始转成普通话频道啊。"

同学们不禁失笑："但我们的'煲冬瓜'也很烂啊！"

气氛意外地很轻松，姜南风悄悄地松了口气，跟着笑出声："你们说粤语就好了，我能听得懂。"

等到吃完饭，姜南风的手机才响起来，她匆忙地跑去餐厅外接听。

连磊然急得不行，声音沙哑地说："南风，对不起！昨晚我们班级临时说要去唱歌……结果手机没电，我的闹钟……它没响……"

姜南风很少能听到连磊然将一件事表达得如此混乱，也听出了他的声音与平日不同，好低，好沉，好像破了的钟。她连忙说道："没事没事，我也是想到你手机没电，你别着急。"

"你现在在哪里？我立刻过去。"

"我还在越富附近。不好意思啊，我刚太饿了，就先找了家餐厅吃饭。"

"不，你别这么说……你找个地方坐着等我一下，我坐车出来。"

连磊然的声音有点儿大，多少闹醒了宿舍里其他人，蓦地有把女声从对床的上铺传来："小点儿声……还想睡呢……"

他匆忙地走出宿舍："南风，刚才我说的你有听见吗？我现在坐车……"

"要不我们改天再约吧？"姜南风打断了连磊然的话。只在太阳底下站了这么一会儿，本来干透的额头又渗出汗，她擦了擦，接着说："你先赶紧去吃饭，然后再好好休息一下，你的嗓子都哑了。下午我想回画室练习，回头我们重新约个时间出来逛街吧？"

连磊然顿了顿，过了会儿才应道："行，那你回去的路上小心，到了画室给我发条信息吧？"

"好呀。"

挂了电话后，姜南风盯着手机看了一会儿，最后用力地摇摇头，把那些胡思乱想赶出脑子。

连磊然在走廊里站了一会儿，等宿醉的眩晕感过去后才回了宿舍。

昨夜的衣服难闻至极，上面充满了烟味、酒味、香水味，他皱着眉捧起，拿去阳台洗。打皂之前他掏了下裤袋，发现里面有张纸巾，不知谁在上面歪七扭八地写了一串数字。

他心生烦躁，洗完衣服后，把纸巾丢进了厕所的垃圾桶里。

2005年，南方盛夏。

即将十九岁的姜南风已经不需要木头凳子了，站着往窗外探出身子,就能看见内街街口。

黄欢欢的妈妈昨天说,邮局的同事陆陆续续地在派录取通知书了,应该很快姜南风就能收到。

在四月份术科成绩公布后,对于志愿栏要如何填写,姜南风已经做到了心中有数。文化分出来后,她就更加确定了,八月份自己需要做的,就是等那张录取通知书。

这半年内发生的事,姜南风每一件都记得清楚。

画室的老师们评画时没一句好话,谁迟到一分钟就要被罚画一张速写,迟到超过十五分钟就只能站在走廊里画画。但老师们又会直接在教室里煲糖水或煲汤给学生们喝,还会带学生们去学校体育场跑圈。

前几届的师兄师姐会在周末来画室帮忙指导,连磊然一有空也会过来。他们会分享自己联考或校考时的考题和考场情况,叮嘱学弟学妹们考色彩的当天最好带两盒颜料以免其中一盒被打翻、留意自己的卷面以免被别人有意无意地弄脏等诸如此类的"小技巧"。

深夜两三点都还亮着灯的画室、每天都要添上新颜料的颜料盒、手指指尖处渐渐明显的小茧子、一条条花花绿绿的围裙、总是黑乎乎的手和脸、大家交换着听的CD、被老鼠咬掉一半的"模特"苹果……每一样都成了姜南风珍贵且难得的宝藏记忆。

画室黑板上的校考倒数数字是同伴们轮流画的,每天都有不同的图案,姜南风负责最后一天的"1"——她画了一只手紧握住一支画笔,接着高高地踩在椅子上,高歌一曲"朋友我们熬到头,被大魔王骂的日子不再有[①]"。

联考和校考两场考试都遇上了雨天,雨水打在朱莎莉给姜南风撑起的雨伞上,"滴滴答答"。

画袋那么大,没有被淋湿多少,倒是母亲的肩背都湿透了,姜南风心疼,让母亲千万别在考场外等。朱莎莉用力地拍拍姜南风的手臂,笑道:"尽全力,不后悔就好。"

校考的色彩题目考的是青椒和苦瓜,两样姜南风从来不吃的蔬菜。

[①] 旋律是周华健的《朋友》。

有画室的同学和她分进同一个考室里,出来后问她为什么一边画色彩一边皱着鼻子。姜南风臭不要脸地说,自己画得太栩栩如生,仿佛真的闻到了青椒和苦瓜的味道。

校考结束当晚,老师请一群小孩儿去附近有名的川菜馆吃饭,顾才也在现场。姜南风学大家以可乐代酒,给几位老师鞠了个躬,说希望自己能顺利地上岸,以免明年复读又要见到几位"大魔王"。

喝了几杯啤酒的老师们走了心,说他们最喜欢姜南风这种学生,就跟个不倒翁似的,怎么推她都能再站起来——他们能把所有的问题指出来,让她知道自己有哪些需要改进的地方。他们还说有些小孩儿不禁骂,话说得稍微重一点儿小孩儿们就要哭,授课时要斟酌着教,渐渐地,就有些敷衍了。

顾才也说,考试前的画室最重要的其实是备考气氛,有姜南风这样的乐天派存在,士气高涨,大家考试时自然没那么紧张,落笔也能更轻松自如。

顾才最后说:"姜南风,祝你前程似锦。"

将在画室里没日没夜画画的那股劲儿用在文化课上,姜南风意外地觉得读书没那么累了。无论是文化课还是术科,她都能通过一次次练习,给已经播下种子的土壤浇水施肥,接着就是等待果实成熟,采摘下来品尝甜美。

"锵锵锵"和"豆花、草粿、冻草粿"的声音从街口那边传来,姜南风不再像小时候那样,拎着碗公、瓷勺和五毛钱往楼下冲了。

传统甜汤不再是小孩儿的最爱,珍珠奶茶和果汁冰才是。这位豆花伯也不是以前会给姜南风多撒点儿糖的那位了,她还听人说,现在一碗豆花都要一块半了,真是物价飞涨啊。

睡完午觉的朱莎莉打着哈欠走出卧室,被安安静静地站在窗边的女儿吓了一跳。她走过去问:"妹啊,你在看什么?"

"没什么啦。"姜南风指着已经渐近的豆花伯,"我发现现在没什么人要吃豆花、草粿了耶。以前的话,只要豆花伯一来,大家就会冲楼下大喊大叫。"

"那肯定啊,你们现在多了那么多古灵精怪的饮料零食,光是珍珠奶茶都有十几种款式，谁还会记得豆花、草粿？"

姜南风顿了顿。确实，她也想不起，自己从什么时候开始便已经不再追逐沿路吆喝的豆花伯了。

她突然想起姜杰去深圳前，父女俩在音像店里的那次对话。

所以在豆花伯经过楼下时，姜南风喊了一声："阿伯！等一下！"

她冲下楼，再朝楼上大喊："喂！有没有人要下来一起吃草粿啊？黄欢欢、陈熙、杨樱、巫时迁……"

姜南风把好运楼里的小孩儿的名字都喊了一遍，声音洪亮如以往。陆续有人"哗啦啦"地推开窗，问，"南风，你请客吗？"姜南风双手叉腰，笑得眉眼弯弯："对啊！还不快下来！"

下楼的少年越来越多，豆花伯怎么都没想到这么一会儿就能卖掉小半缸冻草粿，脸上乐开了花。

现在不用客人自备碗公、勺子了，豆花伯在一个个不锈钢碗里套了个小塑料袋子。待客人吃完后把塑料袋子一拆，他再装上个新的，就能给下一个客人用了。

姜南风嘴里吃着滑溜溜的草粿，看着脸上逐渐退去稚气的同伴老友，心想：下一次不知道要等到什么时候，才能凑齐这么多人一起吃草粿了。

再过了几天，录取通知书到了，用印着刘翔的EMS（邮政特快专递服务）信封装着，姜南风如了愿，考上广美装潢设计专业。

纪霭考上广外会计专业，杨樱考上华师应用英语专业，虽然三姐妹在不同的学校，但不出意外的话三个人都会在大学城内，姜南风因为三个人距离再次变近而感到欣喜。

而陆鲸考上了华工，读计算机专业。

今年三月从广州回汕之前，姜南风和朱莎莉进过一趟大学城。连磊然带母女俩逛了逛学校，姜南风还坐着环线公交车在大学城内绕了一圈。所以作为"过来人"，她把自己知道的"信息"都分享给了好姐妹们。

八月最后一个星期，陆嘉颖开车带着陆鲸回来了。

这两年朱莎莉时不时就会帮201打扫一下卫生，好让屋子看上去仍有些人气在。姨甥二人回来之前，朱莎莉还帮他们把床品洗得香喷喷的。

屋内的摆设没什么太大的变化，就是厨房和阿公的房间被收拾得干净。陆鲸进了阿公的房间里，半掩上房门。屋外几个人你看我我看你，姜南风蹑手蹑脚地走到门外，停了一会儿，走回来小声跟老妈和小姨说，陆鲸在跟阿公说他考上大学的事。至此，没人再去打扰陆鲸和阿公的对话了。

高考后，陆嘉颖报了个旅行团，带着陆鲸去了趟美国。晚饭时陆嘉颖在饭桌边说，她还带上了陆程的照片，让他看看他的宝贝大女儿曾经生活过的地方。

姜南风的共情能力实在太强，她就听不得这种事，顾不上还在吃饭，眼泪不停地往外涌。她还故作潇洒成熟地对陆嘉颖挥挥手："你们继续聊，我哭一下就没事了。"

朱莎莉的眼睛也红了，她拿筷子敲了一下女儿的脑袋，说："怎么这么眼浅，哭哭啼啼的好像林妹妹。"

晚饭后，陆嘉颖去楼上家家户户串门派手信。知道陆鲸回来了，少年们又聚集到201房。

门口空地上的一双双拖鞋摆放得十分整齐，茶几上有西瓜和盐碟，荔枝泡在盐水里。

巫时迁带着台单反相机，"咔嚓咔嚓"声直响。陈熙现在不胖了，又高又壮，再黑一点儿就要成木炭了。见状，姜南风嘲笑他是不是总忘了用黄欢欢送的防晒霜。

巫时迁的弟弟巫柏轩今年两岁了。小男孩儿还不怎么会说话，坐在地上怯生生地看着一个个"巨人"。明年要上小学的陈芊则对陆鲸没什么印象，拉着黄欢欢小声问："这位比巫哥哥还要帅的哥哥是谁？"

杨樱坐在角落里，有些安静。陆鲸趁姜南风上厕所，跟杨樱说了点儿话。

中考前旱冰场事件之后陆鲸把江武的 QQ 删了，而最近江武重新加上他，问他杨樱的近况。陆鲸回广州后就没和杨樱有联系，便直接回答江武他也不清楚。

但陆鲸也不清楚杨樱与江武之间的关系，觉得还是应该把这件事跟杨樱讲一声。

杨樱朝陆鲸笑了笑,道了声"谢谢"。

如今电脑并不是什么稀罕玩意儿了,也无须再用"吱吱"叫的"猫"上网,家家户户都有ADSL进户,短短几年间win系统(微软视窗操作系统)更新换代许多次,但大家对那台安静地坐在客厅中央的笨重的电脑依然感兴趣。

显示器和主机都被某人贴满闪闪金光的卡通贴纸,内存被某人的养成和恋爱游戏占满,电脑所运行的windows98系统跑起来很慢,电脑桌面上还保留着跳舞游戏的图标。

没等陆鲸开口,姜南风已经搬出了跳舞毯,骄傲地说,经过她多年的秘密训练,现在排行榜上全是她的名字。

"我们一起来跳舞吧!"姜南风把坐在角落里的杨樱拉起来,兴奋地说道。

如今都已不是小毛头的少年们再一次吵得快能掀翻屋顶,陆鲸坐在阿公常坐的红木椅上,在心里说:阿公,你不要感到寂寞。

大一新生的报到时间和大二生们的不同,连磊然回广州之前的那晚约了姜南风吃饭,但姜南风争着买单,说要感谢这几年的艺考路上连磊然给予她的各种帮助。

还是他们初次一起吃饭的那家味千拉面,这次姜南风没有被混乱的情绪困住,两个人有说有笑地吃完拉面,再去了海滨长廊,迎着海风散步。

那晚的月光很美,一双影子靠得很近。

回家后,姜南风炮弹似的冲进洗手间里,望着镜子里的自己,傻傻地笑着。

她把自己的QQ个性签名改成了"青春仿佛因我爱你开始[1]"。

难得回来一趟,陆鲸比明星还要忙,"应酬"完好运楼的这帮家伙,还要立刻去"应酬"另一帮家伙。

---

[1] 杨千嬅《小城大事》,2004年。

陆鲸和一中交好的男生们一直常有联系，其中郑康民和黎彦很快就要出国念书了。几个人商量了一下，黎彦提议去趟南澳岛："在那边过上一夜，吃吃海鲜，踩踩海浪，看看夕阳，观观星空，哇，这不就是青春吗？"

郑康民嗤笑，骂黎彦醉翁之意不在酒。

黎彦自然是要约上纪霭，而纪霭知道陆鲸和郑康民都会去，脸皮薄，又约了姜南风和杨樱。

姜南风自然没问题，杨樱则要拜托朱莎莉帮自己说情。最终，张雪玲同意杨樱去"毕业旅行"了。这下郑康民没话说了，还特地在出发前一天去剪了个新发型。

一行人打了两辆车到莱芜渡口，准备坐船过海上岛，没想到临近暑假尾声，还有大批游客准备进岛，小车和摩托车排出的尾气、咸腥的海风、渡轮的汽油味混合在一块儿，不怎么好闻。

还好渡轮够大，载人也载车，船票一人二十块钱，往返，航程三十分钟。

正值青春的靓仔靓女实在惹人注目，坐他们旁边的阿姨们忍不住问："阿弟阿妹，你们是不是模特啊？"

姜南风听了之后心花怒放，但还是很谦虚地说："阿姨，你们有见过我这么胖的模特吗？"

阿姨们连连摇头："阿妹，你这样怎么叫胖？有点儿肉才好的，有惜神。"

几个人指向旁边的杨樱，说："主要是这位阿妹太瘦了，就显得你比较壮。"

姜南风被阿姨们逗乐了，心想：听阿姨们用"壮"这个字来形容她，她有点儿不知道是该开心还是难过……

阿姨们和"有惜神"的阿妹聊得开心，还不停地给姜南风塞柑仔和甘草橄榄。

正好，有人晕船，姜南风把柑仔掰了，递给陆鲸："你吃点儿这个，可能舒服一点儿。"

陆鲸脸色苍白地"嗯"了一声接过来。

从长山尾渡口倒腾到酒店也花了些时间，一行人拿到房间的钥匙时外头的天空已经是橙红色的了。

酒店在青澳湾的沙滩上,黎彦的亲爹有股份,大少爷提前要了三间房,一间大床、两间双床,每一间都面朝大海,推开阳台门就能迎进一室的海风。

海景再美,陆鲸也无力欣赏。他忍了一路,一进房间里就直奔厕所,直到把胃排空才舒服了一点儿。

他漱了漱口,再洗了把脸。衣服沾到秽物了,他便脱了下来团成一团随便丢到一边,接着身体自由落体地倒到床上打算小憩一会儿。

听见房门打开的声音,陆鲸闭着眼,有气无力地喊着:"郑康民,你给我倒杯水……"

"郑康民他们几个人都去楼下看落日了。"

是姜南风的声音,陆鲸蓦地睁开眼,赶紧扯起一旁的被子盖住自己:"你……你怎么进来的?"

姜南风关门后直接走向床边:"你的好兄弟说我是你的金厝边,应该负起照顾你的责任,把房卡丢给我就跑了。"

刚才陆鲸的"赤身裸体"一闪而过,姜南风没看清。

以前陆鲸光膀子的模样她可没少见,但如今男孩儿的身材好像跟以前完全不同了,结实了,有肉了。他现在……应该没"排骨"了吧?

姜南风把手里的矿泉水瓶和一小罐保济丸递给陆鲸:"还好我妈叫我带些便药,就猜到了你这个娇弱的小少爷肯定会出点儿什么毛病。喏,吃半瓶吧。"

陆鲸没推托,接过来后直接服下小药丸,嗯,好苦。

见他一张脸皱成苦瓜的模样,姜南风笑了一声:"忍着,今天没有嘉应子。"

正抿着水的陆鲸听到这一句,忽然涌起太多的回忆。

他把水瓶放到床柜上,慢慢挪进被子里,往后靠到床板处,缓了缓呼吸,低声道:"我还记得那次我离家出走后发烧了,阿公给我煮了汤药……我蒙眬中打翻了,然后好像听到阿公一直骂我'讨厌鬼'。"

姜南风挑眉:"嗯?有这种事?"

记忆就像毛线,没想起的时候乱成一团,但一旦找到了线头,就能很快循着线找到金光闪闪的小宝石。

姜南风也忽然就想起来了,睁圆了眼说:"我记得了!那天我给阿公送五香牛肉,哇,那家五香牛肉真的好好吃,可惜他家搬去别的菜市场了……"

"别跑题。"陆鲸真的服了这女孩儿,但凡她能把这种记忆力用在学习上,说不定还能考上清华北大。

"嘿嘿,这个不是重点。"姜南风把阳台落地窗的窗帘拉开了一些,让躺在床上的陆鲸也能看见窗外的落日美景,"阿公也跟我说了你打翻汤药的事,然后说你和你妈妈都是'讨债鬼',不是'讨厌鬼'啦。"

陆鲸本来有些模糊的记忆,因为女孩儿的描述一点点地变得清晰。

保济丸的苦和那时候打翻在地上的中药味道有点儿像,是现在时和过去时在慢慢贴合起来,他躺在床上,姜南风在旁边站着,一张"叽叽喳喳"的嘴巴像天上的鸟雀,就是房间亮了点儿,还有……

陆鲸突然开口,唤她一声:"喂,臭妹。"

姜南风回头:"嗯?还有哪里不舒服吗?"

"我不知道有没有发烧,感觉整个人烫烫的……"陆鲸的声音有些虚弱,人往下躺,他微蜷着身子,让自己看上去很可怜。

"我的老天爷,你可千万别又发烧了!"姜南风是真心着急,直接坐到床边,伸手就往陆鲸的额头上探。她一会儿摸摸陆鲸的额头,一会儿摸摸自己的,对比着两个人的额温:"没有啊,不烫,我的额头比你的还热。"

少女的手暖暖的,焐在额头上很舒服,陆鲸微微地动了下脑袋,在姜南风收回手之前,蹭了一下她的手心。

姜南风没察觉,还把被子给他掖好,盖在了他露在外头的肩膀上:"你先睡一下咯,晚点儿去吃饭了我们再来喊你。"

闻言,陆鲸忽地睁大眼睛:"连你也要下楼吗?"

姜南风好久没来海边了。遇上这么漂亮的夕阳,难得这次出门前还跟老妈借了一部"心肝宝贝"相机来拍照,她当然想下楼。

但男孩儿一双眼睛水润润、黑黢黢、亮晶晶的,就跟那时候"细细粒"跟在自己身后的眼神一模一样,姜南风顿时感觉准备抛下陆鲸跑去玩的自己简直十恶不赦。

她没辙，耸耸肩说："好吧好吧，你先休息，我去我的房间里拿相机，在这里拍拍照片就行。"

站在房间的阳台里，姜南风能看见夕阳，虽然震撼度没那么强，但也足够绮丽。

傍晚的海风带有些许凉意，天空橙紫色交加，女孩儿白色的背影如棉花糖般融入在里面。

她边拍照，嘴里边哼着歌："夕阳无限好，却是近黄昏……风花雪月不肯等人，要献便献吻……"①

姜南风这么多年还说不标准的粤语，现在在陆鲸的耳里已成了摇篮曲，哄着他慢慢进入梦乡。

休息了一会儿，在天黑下来的时候陆鲸醒来了。刚好看到郑康民也回来了，姜南风伸着懒腰说："终于可以换班啦。"

郑康民的视线在陆鲸和姜南风之间来回跳，他说："黎彦说半个小时之后去吃饭。"

姜南风："行，那我回屋里收拾一下东西。杨樱在房间里了吗？"

郑康民："在的，我们一起上来的。"

等姜南风离开房间后，郑康民急忙挤眉弄眼地问陆鲸："我这兄弟没话说吧？专门给你制造这样独处的机会！"

陆鲸不屑地嗤笑一声："我又不是没跟她独处过，机会需要制造吗？你倒不如感谢我，给你和那谁制造了一起看夕阳的机会。"

郑康民的脸烫了烫，但很快声音沉了下去，好似已经消失在海平面的落日，他说："她看都没看我几眼，我想她心里应该还是记挂着江武那家伙……"

郑康民还是喜欢杨樱，尽管高中时尝试过把注意力转向其他女生，但心里总还是会想起她。

陆鲸沉默了几秒，拍了拍郑康民的肩膀，故作老成地说："康民弟弟，时间还长着呢。"

郑康民是1987年年初出生的，比陆鲸小了几个月。他狠狠地肘击

---

① 陈奕迅《夕阳无限好》，2005年。

陆鲸的旁肋:"你别以为现在长得比我高就能态度嚣张了啊!还记不记得当年你可是被我压着打的!"

陆鲸"啊"了一声,把差点儿忘了的"秘密"告诉了这位"不打不相识"的兄弟:"你知道吗?操场踢球那一次我是故意绊倒你的。"

郑康民目瞪口呆,惊诧地问道:"我就知道!你干吗绊倒我?"

陆鲸打开自己的背包,从里面拿出换洗的衣物:"谁叫你嘴贱,叫姜南风什么'肥姐''肥妹'?"

郑康民愣了好一会儿,鸡皮疙瘩冒一身,"喃喃"道:"这么久的事你都还能记得……陆鲸,你真的……好记仇啊……姜南风知道你心思这么重吗?"

陆鲸不再继续这个话题,拿着衣服进了浴室里,任由郑康民在浴室外哼哼唧唧地骂着他是"阴险小人"。

海鲜大排档不是陆鲸的最爱。

黎彦在鱼缸旁点餐时,姜南风一直跟在他旁边做"场外指导":"螃蟹不要了吧,陆鲸这人懒得要命,能不吐骨头就尽量不吐骨头……扇贝可以,头家,粉丝和蒜蓉放多一点儿啊……炸弐鱼①也行!"

陆鲸哭笑不得,巴不得捂住姜南风的嘴把她拉开。

十九岁的这个暑假,似乎都得有点儿啤酒味道才能证明大家都长大了,三个男生要了几瓶珠啤。纪霭不爱这味道,姜南风浅酌了一下也放弃了,倒是杨樱把杯子往前推了一点儿。郑康民会意,立马给她倒上。

姜南风和纪霭互视一眼。见姜南风欲言又止,纪霭在桌下拍了拍她的膝盖,示意她先别开口。

本来饭后要去沙滩散步,但突然起了风,只好作罢,大家决定先回房间里洗澡休息。

姜南风洗完澡后在阳台打电话,讲完电话,一转身被吓了一跳。杨樱和纪霭不知道什么时候站在了落地窗的另一边,脸上还都挂着不

---

① 豆腐鱼。

怀好意的笑容。

姜南风推门进去，有些赧然："你们干吗站在这儿啊？偷听我讲电话？"

杨樱笑嘻嘻地说："没呀，我们站在这里好久啦，是你自己没发觉。"

纪霭也笑："和男朋友讲电话就是不一样，轻声细语的，和在其他男生面前完全不同。"

"哪有……？"姜南风做着鬼脸不肯承认。

她是给连磊然打电话，不过也没讲什么小秘密或悄悄话，因为电话那边有点儿吵，连磊然和同学们现在正在钱柜唱歌。刚才通电话的时候她还听到有男生在那边吹口哨和起哄。姜南风听不太清，两个人聊了不到五分钟就挂了。

来南澳岛玩的事她提前跟连磊然报备过，如实交代了有哪些人一起同行，并说会和杨樱住一个房间。连磊然没说什么，只提醒她"注意安全"，也祝她"玩得开心"。

杨樱擦着湿漉漉的长发，说："话说回来，我还没见过南风的连磊然呢，阿霭之前见过了对吧？"

纪霭点了点头："有一年南风过生日，他来好运楼送礼物了。"

双颊的温度上来了，姜南风大叫："什么叫'我的'啊！乱说！"

杨樱今天玩得尽兴，人也开朗了许多："哦，我知道了，就是姜南风很宝贝的那瓶香奶尔。"

姜南风撇了撇嘴："再宝贝，我不也借给你们喷香香了吗？"

纪霭笑道："是啦是啦，在我们南风心里，好姐妹排第一，连磊然排第二。"

姜南风羞得脸红如番茄："啊！纪霭！怎么连你也调侃我！"

"哈哈哈——"

女孩子们的笑声如月亮掉落在海面上的银斑，璀璨且迷人。

纪霭说今晚想跟姐妹们一起睡，于是姜南风把床中间的床头柜挪开，三个人合力把两张床"拼"成了一张大床。

她们的身体横七竖八地躺或卧在床上，不知和窗外的海浪声音有没有关系，她们不约而同地觉得，身体是前所未有地轻松。

曾经束缚她们的许多条条框框，好像随着考试一场接一场地结束，陆陆续续地掉了下来。

她们有一句没一句地聊着过去，或现在，或未来，终于可以百无禁忌。

这样的夜晚成了巨大的树洞，能装进少女们的许多心事。

纪霭拨弄着手腕上的手绳，声音沮丧地说："我其实很不希望黎彦出国的，离得那么远，一年都不知道能不能见上一次面……虽然时差算很短的了，才两个小时，但我还是觉得我们走在两个不同的世界里……一想到这些，我就不想他离开了。我有这样的想法，是不是好自私？"

杨樱的头发还没全干，她趴在床上，双腿轻松地蹬着一字马，不同意道："怎么会觉得自私？男女朋友拍拖交往，当然恨不得能经常待在一起，这是人之常情。"

"你担心什么！"姜南风一边发着短信，一边对纪霭说，"你能干又漂亮，上大学了肯定又要引来一群狂蜂浪蝶。离得那么远，黎彦才要担惊受怕好吧！"

发完信息后，她把手机丢到床上，攥紧拳，恶狠狠地说道："看到我这个'沙包'一样大的拳头了吗？要是他敢在澳洲那边胡搞瞎搞，我就去捶爆他的脑袋！"

另外两个人被眼前的"女恶霸"惹得笑出了声。姜南风翻了个身滚到杨樱身边，趁着杨樱心情不错，递了个"空气麦克风"到她面前，试探地问："轮到这位靓女啦，来，请你说出你的烦恼。"

杨樱愣了愣，抬起头说："我没烦恼啊。"

纪霭和姜南风飞快地对视了一眼。她们多多少少都能察觉出杨樱的变化，最大的变化就是，杨樱不再叛逆了。

女孩儿以前的叛逆并不显山露水，更像是石头缝里长出的小草，草叶边缘是锯齿形状的，摸上去有些痒，但不扎人。

姜南风初三时撞见过杨樱的"秘密"，当时觉得杨樱只是为了对抗张老师，才选择了那么激进的"叛逆方式"。

此刻，姜南风竟有些想念在旱冰场和她吵架的那个杨樱。至少那个"杨樱"愿意失控，愿意呐喊，而如今的"杨樱"选择用成熟稳重的方式来让石头缝里不要再长出小草。

姜南风有些难受，可又不想逼杨樱说，只好像"细细粒"那样，用脑袋去拱杨樱的肩膀，用撒娇的语气说："我的小樱樱，你现在都不跟我讲你的烦恼了，我好寂寞……你有什么话一定要说出来啊，不要一个人闷声不响。朋友存在的意义是什么？就是互相帮忙啊！"

杨樱被她拱得发痒，"咯咯"笑的同时伸手挠她的痒痒肉："我真的没有！我开心都来不及！终于可以上大学了耶，可以离开家，想吃什么、想穿什么、想做什么，都不用被我妈管住了耶，我当然开心！"

姜南风痒得直躲，嚷嚷着要纪霭救她，纪霭便去挠杨樱的旁肋，三个人玩作一团，嘻嘻哈哈。

最后杨樱投降，"大"字形躺在床上，大口大口地喘着气，反问道："南风，那你最近有什么烦恼吗？"

"哇，我烦恼可多了。最近收拾上学用的行李，天天都有新烦恼，我见到什么东西都想带，但行李箱就那么大……"

"哎哟，不是这些烦恼啦，是感情，我指的是感情！"杨樱哭笑不得。

姜南风沉默了，抿着嘴成了个小哑巴。

纪霭也仰躺了下来。三个人的脑袋靠得很近，她反手就能摸到姜南风的脸蛋儿，朝姜南风肉肉的脸颊捏了一下："是你刚刚说'有话就说别憋着'，怎么我看你和连磊然在一起之后，反而有些不开心？"

姜南风否认道："没……没有啊……"

杨樱赞同道："刚才你们打电话聊了一会儿就挂了，以前可是你能聊好久呢。"

"他现在和同学在聚会，不方便打电话……"姜南风把手机摸过来，发现连磊然还没有回信息。

亏她刚才还安慰纪霭——其实她偶尔有那么一瞬间也会觉得，她和连磊然好像错开成两个世界的人了。

连磊然比她走快了一步，世界也大了许多。他有些忙，忙于交新的朋友，忙于新的学业，忙于适应新的群体。有时候姜南风同他聊天，会觉得自己有些幼稚天真，聊天总聊不到点子上。连磊然明显有些烦恼和急躁，但她好似帮不上什么忙。

但她又觉得,这应该只是暂时的。等她上了大学,等他们处于一个共同的环境里,他们就会变成和以前那样无话不谈的状态了。

姜南风叹了口气,终于掏出了心里话:"以前我总觉得,只要长大了,就能慢慢有能力去解决更多的问题,烦恼也自然会少一点儿,但现在看来,好像不是那么回事啊。"

纪霭和杨樱都安静了下来,霎时间,房间里只有海浪"哗啦啦"的声响。

不过,姜南风的唉声叹气只能维持十秒钟,她突然"啊啊啊"地大叫几声,把另外两个姑娘吓了一大跳,她们正酝酿着的情绪也被打断了。

纪霭失笑:"你这又是干吗?"

姜南风高举起左手,手腕上戴着纪霭许久前送她的那条粉色手绳。

手绳已经有些褪色了,两颗星星也没了光泽,但她还是很喜欢,觉得它是她的吉祥物。

"没事的!加油!我们都会变得越来越好!"她大声鼓励自己和小姐妹,声音响亮地说道,"我!姜南风,今年十九岁!我接下来的目标是,能在杂志上连载作品!"

纪霭眨了眨眼,很快学姜南风那样举起手,用自己的手绳碰了碰姜南风的,笑道:"我,纪霭,今年十九岁。我接下来的目标是,能早点儿出来工作赚钱,让我爸妈他们不用那么辛苦。"

杨樱也举起手——她这次也戴上那条手绳了。

她语气坚定地说:"我,杨樱,今年十九岁,接下来的目标是……上了大学后我要继续跳舞。"

姜南风激情澎湃地做最后的总结:"想唱就唱要唱得响亮,就算没有人为我鼓掌!"[①]

夜深人静时,只有涛声依旧。

杨樱没有睡着,听见旁边两个姑娘均匀的呼吸声,轻轻翻了个身,面向透出一丝微光的窗帘。

---

① 张含韵《想唱就唱》,2005年《超级女声》主题曲。

她告诉自己再等一等——再过一个星期，她离开家，离开张雪玲，就能做自己想做的事了。

只是，有的时候一想起那个人离开时心碎的眼神，她还是会伤心难过，泪水一颗接一颗地掉落，比月光还要安静。

第二天几个少年去岛的另一边看灯塔，中午回酒店休息，下午海水没那么凉的时候再下海玩水游泳。

尽管是六个人里面唯一一个不会游泳的，但姜南风很喜欢抱着游泳圈漂浮着的感觉，只不过漂着漂着就漂远了，只能朝着大家呼救。很快陆鲸游了过来，把她拉回浅水区。他指着旁边玩水的小豆丁们，叫姜南风只能在这个区域里玩。

和昨晚不同，这一晚海风凉爽，夜色迷人，海浪卷起的泡沫倒映着迷人的光斑，沙滩的另一端有灯塔闪烁。就是远处大排档的喇叭播着的"2002年的第一场雪，比以往时候来得更晚一些[①]"有点儿和风景格格不入。

有小贩沿着海滩向游客兜售仙女棒或冲天炮，财大气粗的黎少爷想一掷千金，让姜南风拦下了。她跟小贩砍了五分钟的价，把一箱冲天炮的价格硬磨掉了三分之一，才让黎少爷付款。

烟花一朵接一朵地在他们头顶上绽放，红色、黄色、蓝色，就像少年，每一个人都有独特的颜色，绽放的形状和大小都是未知数。

冲天炮放完，三个女生背着风，围在一起点燃了仙女棒。精致小巧的火花烧得飞快，她们还没来得及在空中多画几个圆圈或爱心，仙女棒就已经燃尽，只剩猩红的火星。

陆鲸拉着郑康民往回走，去找小贩再买了一盒仙女棒。

郑康民嘴里咬着烟，没忍住心里的疑惑："你啊，什么都藏着掖着，难道就没想过跟你的好厝边提起吗？"

陆鲸没讲价，直接掏钱递给小贩，反问郑康民："为什么要提？明知道她一直以来喜欢的是别人，我去凑什么热闹？"

---

① 刀郎《2002年的第一场雪》，2004年。

郑康民皱眉："她跟那个'鬼屋'在一起了？"

他忘了一起玩"鬼屋"的那个男生叫什么名字了。

想起姜南风刚换没几天的QQ签名，陆鲸深吸一口气，重重地压住心中的酸涩感，再"嗯"了一声，坦然地说道："应该是吧。"

"在一起就在一起啊！你在游戏里一枪把对方爆头的那些勇气到哪里去了？上啊！抢啊！"郑康民高举拳头，摆出一副准备英勇上战场的模样。

陆鲸声音淡淡的，却一语中的："那你怎么不跟江武抢？嗯？"

郑康民立刻像枚哑掉的冲天炮，没话说了。

"而且我跟你的情况也不同，我和她之间发生了太多事情……要是我不顾一切地跑去跟姜南风说我心里在想什么，肯定会让她陷入进退两难的境地，说不定因为这样，她还会渐渐离我远远的。"

许是因为晚餐时喝下的那几杯啤酒，陆鲸觉得心里不停地涌起酒精的苦涩，啤酒沫裹住了那些藏在心里许久的秘密，推起来，推高高，让它们在月光下无所遁形。

他自嘲地笑了一声，缓了缓呼吸，继续说："我已经失去了我的妈妈、我的阿公……郑康民，你能不能明白？我无法接受她在我的世界里消失不见，甚至无法接受我们现在的相处模式有任何改变。所以我宁愿一直当她的'好朋友''好厝边''好兄弟''好姐妹'……都行，什么都行，只要她能在我看得见的地方，一直笑着就可以了。"

隔着远远的距离，陆鲸一眼就能认出他喜欢的女孩儿在朝他跑来。

她挥舞着手臂，身上穿的宽松的T恤上印着的那只卡通猫也跟着一蹦一跳。陆鲸的太阳穴也跟着跳了下，他慌忙地把视线移到她脸上。

姜南风大喊："买到了没有？"

陆鲸也大喊："买好啦！"

接着他飞快地转过头，表情秒变，狠狠地瞪了一眼愣怔的郑康民，压低声音说："你嘴巴上的拉链给我拉紧一点儿，别在她面前说漏嘴了。"

一说完，陆鲸丢下呆站在原地的傻兄弟，走向了姜南风。

郑康民抿着烟，眼睛瞪得比牛的眼睛都大，直到烟灰掉下来烫着锁骨，才打了个冷战回过神来，又起了一身鸡皮疙瘩……

火花重新燃起，在海边挥舞着仙女棒的少女，和小时候拿着"变身魔法棒"学美少女战士变身的那个小女孩儿的身影重叠，陆鲸揉了揉眼睛，眼前的少女才只剩下一个清晰的身影。

姜南风手中的火花很快又熄灭了。她取了一根新的，大声嚷着："臭弟！帮我点！"

陆鲸把擦出火的打火机凑过去，一只手还挡着风："过来。"

仙女棒靠近火苗，很快燃起火星。姜南风这时听见陆鲸用不大标准的潮汕话问了一句："臭妹，你现在欢喜①吗？"

姜南风抬眸，愣了一秒。

眼见火星飞溅，她赶紧后退了两步，答道："我欢喜啊！"

她咧开嘴笑，弯弯的眼眸中映着璀璨闪亮的火花，如流星般。

你欢喜就好，陆鲸心想着，浅提嘴角。

过了一会儿，他抬头看向夜空。

嘿，姜南风，我喜欢你，月亮知道，星星知道，海风知道，浪花知道，连郑康民这家伙也知道。

没关系，他们都可以知道，可唯独你，我不想你知道。

---

① 开心。

第十二章
喜欢你

"上半个月赶稿进度：7/20 张。赶稿期间，无急事请勿扰！"

姜南风刚改完 QQ 签名，就忍不住打了个长长的哈欠，眼泪都挤出来了。

她伸了个懒腰，肚子竟开始"叽里咕噜"地叫唤。宿舍里只有她一个人，空荡荡的，所以连肚子的响声都格外清晰。

她把手伸进电脑旁边的薯片袋子里，摸了摸，已经没有成块的薯片了，只好拿起袋子，仰脖张嘴，把袋子里剩下的碎屑都倒进嘴里。

这是她最后一包零食了，桌底下的零食筐里只剩一碗孤零零的方便面。

明天要交给编辑的稿子里还有两张没上色，姜南风本想忍一忍，熬到画完再去补觉就好了，不然这碗面吃下去，明早肚子上的"游泳圈"又要大一点儿……

市面上的漫画杂志越来越多，从大二时姜南风便开始被编辑邀稿了。她擅长卡通人物设计和四格漫画，作品画风可爱，色彩鲜明。她还有最重要的"从不拖稿"这个优点，越来越多的编辑找她约图。

除了邀稿，她也接一些商稿，像国产动画的周边设计、活动吉祥物设计等。最近，姜南风还接了个羊城通的卡面设计。一想到未来搭乘地铁时，可能身边的乘客正用着她设计的卡面，她就觉得干劲满满。

虽然单图的稿费不算太高，但以数量取胜，姜南风拼得最狠的那个月拿了近四千的稿费——这对她来说算是一笔"巨款"了。她用这笔收入报了个香港旅游团，带着朱莎莉去大屿山搭缆车，去维港观夜景，去海洋公园看海豚。

但因为白天有课，姜南风基本上只能在晚上干活，就像当年艺考集训在画室时那样，连续熬上几个晚上是很常见的情况。

不过这也是美院生的常态，就这会儿，雕塑室和画室应该依然灯火通明。

姜南风灌了半杯水，拿起压感笔点了两下，回到绘图软件页面，在画板上画了不到五分钟，肚子又叫了。

心也静不下来，越来越烦躁，最终她叹了口气，趿拉拖鞋走去煮开水。

这个热水壶是大一时姜南风和室友一起买的。她们用了两年多，如今烧水时水壶总有异响，壶壁上黄黄的水垢也很难完全去除，但姜南风一直懒得换。

毕竟如今另外三个室友都不常在宿舍里住，重新买一个水壶的话，姜南风得自掏腰包。

这两年来姜南风和室友们相处得不错，但自从其中两位在大二下学期搬去和男友同居后，宿舍里就变得冷清了。这个学期，第三位室友也搬了出去，宿舍里如今只剩下姜南风一个人。

室友们有的住市区，有的住大学城里一些城中村的出租屋，有课的时候回来上，中午在宿舍里休息一会儿，下午上完课了就会离开。

拿来搁热水壶的方形小木桌是宜家的，白桌子的桌面和边角上留下许多使用的痕迹，还鼓起了皮。

姜南风还记得，当初她们四个女生从东站千里迢迢地把这小方桌扛回来的情景：这个城市太大了，市区晴空万里，大学城这边却是大雨滂沱。她和室友们出了地铁再转公交，两个人负责打伞，两个人负责扛桌，"哼哧哼哧"地回到宿舍，已经是四只落汤鸡了，波鞋一倒全是水。

累归累，但洗完澡，装好小桌子，关了灯，点上宜家的小蜡烛，围着桌子吃火锅时，连最便宜的淀粉蟹柳和蟹皇面她们都觉得好香好香。

电热水壶兢兢业业地工作着，异响声越来越大，仿佛下一秒就要爆炸。

一直不换热水壶还有一个原因，姜南风本来以为自己这个学期也会搬出去住。

连磊然半年前就在市区租了套房子，不过是和同学一起租的。他们组了个工作室，专门承接游戏公司的美术外包订单，收入颇丰。

嗯，连磊然最近没画漫画了。

他从大一开始就在杂志上连载作品，连载了一年半，画工和分镜都没得挑，但故事情节常被读者说"艰涩难懂""太意识流"，所以人气一直不高。后来他断断续续地开过两三个中短篇连载，问题仍然是出在故事上，反响时好时坏。

他入围过金龙奖，但没有得奖。姜南风曾在论坛里看过有人骂连磊然："这么烂的故事，白瞎了这么好的画工，能入围也是靠长相吧！"

除此之外，还有其他不太友善的声音。

姜南风气得注册了个小号在论坛上与那些人对骂了足足五页。

渐渐地，连磊然就不画漫画了。姜南风劝过连磊然再坚持一下，他淡淡一笑，说付出的精力、时间与收入不成正比，而且现在做游戏美术也不是完全放弃漫画，两者还是有关联的，让她不用过分纠结这个问题。

姜南风当然感到可惜，但也无能为力，因为连"梦想岛"都变了样。

高兴被家人劝回去继承家业，小雅姐生了娃娃后也无暇顾及书吧和社团——书吧他们请了别人打理，但漫画书出现被乱涂乱画、缺册少页的情况也没人管。社团里不少成员跳去了其他更活跃的社团，连磊然和姜南风没有明确地说要退出，但也没有再以社团的名义在杂志上刊登稿件。

这两年半的时间似乎搭上了火箭，跑得好快好快，姜南风回头一看，熟悉的光景都看不到了。

张学友总唱得那么好听，但没有什么能是永恒。

姜南风在周末或没课的时候都会进市区找连磊然，尽管并不喜欢和他一起住的那个室友。

那是连磊然同专业的同学，叫贾彬，外形出众，穿衣时尚，学校里的女生总说他歪嘴笑起来的模样很像某知名港星。他和连磊然每一年都会被服装设计专业的师兄师姐们叫去当毕设服装秀的模特。

姜南风至今还能记得贾彬以前说过的一句话。

大一新生报到的那晚,连磊然带她去大学城商业区的餐厅吃饭。知道要见连磊然的朋友,姜南风特地换上了新的裙子。

那是朱莎莉给她买的一条白色雪纺连衣裙,不是在童装店、外贸店买的,而是在一家卖年轻女装的店里特意挑选的。裙子款式新颖,质地轻柔,还特别显瘦。姜南风很喜欢,朱莎莉也夸她穿上后就是全学校最美的姿娘仔。

可当姜南风和连磊然手牵手走到餐桌旁时,她能明显地感受到,桌旁男男女女打量她的视线过分直接。

其中贾彬更是嬉皮笑脸地说:"真是闻名不如见面啊……今天才知道阿然的胃口这么好。"

姜南风一开始没反应过来,以为对方在指连磊然饭量很大。她还帮连磊然解释:"没有啊,他有时候饭量比我的还小。"

男男女女都笑出声,有人说"看得出来"。

很快姜南风明白过来,自己被取笑了。

连磊然警告了他们一句,一行人才敛了笑。

坐下后,连磊然安慰她:"他们就是嘴贱,平时都是这么说话的,你别往心里去。"

可连磊然不知道,这么简单的一句话,像是惊涛骇浪,一下子把她好不容易堆起来的自信心冲垮了。

她站在海边,张开了手想护住那岌岌可危的沙堡,却被巨浪甩了许多个耳光。

那晚在座的男生都带了自己的女朋友。每个姑娘都化了妆,睫毛弯弯,红唇嘟嘟,她们的身上穿着吊带裙或露肩小背心,该瘦的地方瘦,该有肉的地方有肉,是和姜南风无缘的性感辣妹风格。

穿着雪纺白裙、脸上除了一层雪花膏就别无他物的她,又成了那个站在斑马线上不知道要不要拔腿跑过马路的人。而那一次没有人告诉她,到底要停,还是要行。

水壶跳闸了,姜南风回过神,走过去泡面,再把面端回电脑前。

等着面泡软的时候,她拿起手机看了看。一个小时前她发给连磊然的短信，对方还没回复。

连磊然今天回汕了。他的爷爷昨晚半夜心梗进了医院，他赶回去看看老人家。

姜南风怕他要么在医院，要么已经睡下，没敢打电话给他，只好再发了几条短信，叮嘱他别太累，有什么需要她帮忙的就开口说。

眼看着快十二点了，姜南风打开QQ，拉到"好运楼"分组。

那位"网瘾少年"还在线。也是，这时间对他来说还早呢。

姜南风点开陆鲸的聊天页面，很快打了几个字，等零点一到就发送了过去。

小南："臭弟，21岁生日快乐！要听小姨的话呀。"

姜南风刚准备吃泡好的方便面，陆鲸就回来了信息。

等阵："礼物呢？"

姜南风"呵呵"冷笑两声："你好意思跟我要礼物？我们认识了快十年，你给我送过礼物？"

等阵："哦，谈钱就伤感情了。"

小南："还不是你先起的头！（生气.jpg）"

但姜南风还是给他准备了礼物——她把画好的图发了过去。

这张图是姜南风精心设计过的：海蓝色的奶油蛋糕上，有一头拉着臭脸的鲸鱼徜徉其中，背上喷出的不是水花，而是一抹烛光。

"别说我这个好兄弟没给你送礼物！"

很快，陆鲸回："你这是想烧死我？"

姜南风忍俊不禁，笑声在空荡荡的宿舍里来回撞。

等阵："还在赶稿？明天是截稿日？"

小南："对啊，还差两张画完。"

等阵："这个钟点，姜南风，你该不会在吃夜宵吧？"

刚嘬了一大口面的姜南风差点儿呛到，下意识地看向摄像头，没啊，摄像头没开。

小南："我差点儿怀疑你是不是黑了我的摄像头……"

等阵："用不着黑，我都能猜到。"

姜南风再吃了几口面，想了想，还是把摄像头转到了另一边，毕竟，这家伙说不定真的能做到……

等阵:"陈熙明天休假,要来大学城找我,我们应该是去广大吃饭,你要一起吗?"

姜南风顿住,没立刻回复。

陆鲸也没有追问,聊天停住了。

姜南风咽下面条,抿了抿唇,慢慢打出一行字:"我明天没空耶,因为周一又有一本杂志的图要截稿,明天得在宿舍里赶稿。"

发出后,她等了好一会儿,陆鲸才回:"刚才进游戏了。行,那我明天跟陈熙说一声,没事,下次有机会再约。"

看着纸碗中剩下的面条,姜南风已经没胃口再吃了,此刻只觉得喉咙酸溜溜的。

这半年来她拒绝陆鲸好几次了,用各种各样的借口。

因为连磊然明确地表示过不喜欢她和好运楼的男生们走得太近,而她也因为这件事跟连磊然吵过几次架……最后,妥协的人是她。

她答应了连磊然,会和"好兄弟"们保持距离。

唉,到底是哪个零件出了错,才会让热水壶响得好像快要爆炸?姜南风想不通。

二十一岁的姜南风,每一天都有新的烦恼,旧的烦恼还一直都没能解决。

二十一岁的姜南风,好想回到十一岁的姜南风。

那时候的她不知烦恼为何物,拿着写给"莲"的第一封信,蹦蹦跳跳地跑向绿油油的邮筒,投了进去,咧着嘴傻笑。她期盼对方能顺利地收到信,也期盼对方能回信与她做朋友。

陆鲸把姜南风发来的图保存到固定的文件夹中,再设置为电脑桌面背景。

今天周六,宿舍不用熄灯,头顶的日光灯亮堂堂的,将少年来不及藏好的情绪映得无所遁形。

他本来就够难受了,耳机里周杰伦还在唱:"怎么隐藏我的悲伤,失去你的地方……①"

　　他的酸涩情绪正从胸膛里翻滚而起，却被突然熄灭的顶灯硬生生地打断，宿舍门被推开，唱得七零八落又不着调的《生日歌》也随着传进来："恭祝你福寿与天齐——庆贺你生辰快乐——"

　　一群男生从门外拥入，除了陆鲸的三位室友，还有另外几位关系好的同学。他们高矮胖瘦各不同，领头的萧平原手捧从学校食堂"借来"的大铁盘，上面平铺了许多块嘉顿蛋糕，中间一块插上了蜡烛，微微烛光摇曳。

　　陆鲸取下耳机，摇着头苦笑："小点儿声，你们唱得太难听，会被别人投诉。"

　　等他们唱完，陆鲸真诚地说："谢谢你们。"

　　一群人分吃一块块蛋糕时，有人问陆鲸："牛一②有什么节目？"

　　陆鲸答："有朋友要来找我，我中午跟他去广大吃饭。"

　　"朋友？男的女的？"男生们开始兴奋。

　　"男的。"陆鲸毫不犹豫地回答。

　　顿时一片鬼哭狼嚎，萧平原唉声叹气："我们长得歪瓜裂枣，交不到女朋友正常。但你又高又帅，还没有女朋友，是不是有点儿暴殄天物了？你能不能争点儿气，去交个女朋友啊？"

　　有人附和："最近又有人问我：'陆鲸到底是不是真的喜欢女生？拿来拒绝人的那句"我有喜欢的女生了"是不是假的？'"

　　陆鲸睨他一眼："这有什么好质疑的？你们看片子的时候我不也跟着看吗？"

　　"哦，也是！"

　　"早上起床时也是正常的，不存在生理缺陷！"

　　大半夜的男生宿舍荤素不忌。

　　"去你的！"陆鲸笑骂。

　　萧平原发现陆鲸换了电脑桌面："哇，你怎么用上了这么可爱的桌

---

① 周杰伦《轨迹》，2003年。
② 粤语：生日。

面？好像小女生用的。"

"要你管。"陆鲸迅速地转移话题，问大家："明晚晚饭去贝岗村吃烧烤，牛肉串无上限，走不走？"

"单细胞生物们"瞬间被带跑，眼睛里闪着光，问："你万岁[①]？"

"当然啊，我牛一，当然我万岁。"

"要要要！"

吃完蛋糕，男生们各回宿舍，萧平原他们也洗漱后打着哈欠上了床。

陆鲸关了大灯，只亮一盏台灯。QQ里抖动的头像太多，他一个个地回复过去。身在美国的郑康民还因为陆鲸没接视频，臭骂了他几句。

QQ里最后一个抖动的头像，是杜茹。

陆鲸没想到会在大学里遇见杜茹。

大二的时候大家玩校内网，陆鲸也跟着注册了一个号。小学、中学、高中他填的都是汕头的学校，但杜茹还是找到了他。有天，他在食堂门口被一位女生喊住了。陆鲸一开始认不出对方，等到对方自我介绍完，才记起她是杜茹。

杜茹发来的信息也是祝陆鲸生日快乐。

他回了句"谢谢，早点儿休息"，接着就下了线。

在几个月前的暑假，杜茹跟他告白了，他拒绝对方用的也是一句"抱歉，我有喜欢的女生了"。

他洗漱完回到宿舍，萧平原已经开始打鼾了。

陆鲸关了电脑上床，从枕头旁拿起MP3，戴上耳机，找出刚才听了一半的歌。

"我会发着呆，然后微微笑，接着紧紧闭上眼[②]。"

连磊然躺在床上，房间里没开灯，入眼的是乌压压一片的天花板。

爷爷被抢救过来了，不过还没清醒，医生说，就算醒过来也有可

[①] 粤语：请客。
[②] 周杰伦《轨迹》，2003年。

能瘫痪。

关着门,他都能听见楼下客厅里父母和亲戚们吵架的声音——他们已经开始争论起如果老爷子真的瘫痪了,要住进哪一家。

大姑妈和小姑妈站在同一阵线,说连家这一辈经济条件最好的就是连父,而老爷子向来重男轻女,最疼的也是连父和连磊然,那老爷子当然是要送到大别墅来住才行。

连父连母自然不同意。

连父说画廊这几年的情况他们又不是不知情,他自己都是泥菩萨过江,随时都要被上面的人牵连到,哪里还能顾得上连清风……

连母在这个时候也不停地帮着连父说话,话里话外都是平时接济你们两家付出了不少,老头子的事你们姐妹俩应该多帮帮忙吧……

连磊然皱眉嗤笑一声,心想:明明都快要离婚了,他们这时候倒装上伉俪情深了?

连磊然的手机时不时在黑暗中亮起,自动熄灭后过了一会儿,又亮起,幽幽鬼火般。他没看手机,但知道大多数是姜南风发来的信息,大概率是问他在哪里、做什么、有没有什么事她能帮得上忙……

可姜南风没办法给连磊然实质性的帮助,他也不想把这一堆烂事讲给她听。

他没有了倾诉的欲望。

楼下的争吵越演越烈,连磊然不知道被哪一句刺激到了,冲下楼朝他们怒吼道:"爷爷还没瘫痪呢,你们就把他当皮球踢?真瘫痪了,你们是不是要把他当沙包虐待出气啊?!"

众人沉默了。

连磊然不想再待在家里,抓起车钥匙跑了出去。

他只想找个地方,一个人静一静。

车开到海滨路,连磊然找地方停了车,步行至海滨长廊。

十一月,天气已经凉下来了,夜风刺骨,树叶婆娑,不见星月,只剩海的远方有渔船灯火。

他沿着海滨长廊往前走,走着走着看见了一座石雕,觉得很眼熟。

他回想了一下,三年前的夏天,那个脸圆圆的女孩儿好像就是在这里突然抱住了他,说她好喜欢他。

连磊然出来得急，没带手机，裤袋里只有快瘪了的烟盒和打火机。

他背着风点燃了烟，在心里嘲笑自己那时候真的好天真、好不自量力，竟会对姜南风说自己毕业之后就娶她。

问题接踵而来，理想与现实的冲突、家里一团乱的关系、和姜南风之间的矛盾，还有就业压力……一块块石头压在肩膀上，他感到疲惫不堪。

他回到家时，亲戚都走了，别墅安静得像个棺材。

父亲的车不在门口的车位上，连磊然懒得去想他今晚会去哪个情人的家。

回了房间，他去洗了个澡，出来后再拿起手机。

已经凌晨两点了，十分钟之前姜南风发来短信："我想你已经睡着啦。我才画完明天要交的稿，好累。我会加油的，你也是！明天醒了给我打电话！"

连磊然躺在床上，盯着信息许久，回复至一半，还没发出，眼皮子已经耷拉下来了。

姜南风被手机吵醒，一把抓过来，以为是连磊然，结果是陈熙打来的电话。

她还没睡够，所以接起电话时脾气没多好："喂……胖子你干吗那么早打给我？"

陈熙声音中气十足："大小姐！什么叫'那么早'？太阳都要把你的屁股晒焦啦！现在都下午一点了，你怎么还在睡？该不会还没吃午饭吧？"

姜南风嫌对方声音太大，把手机拿远了一点儿，等陈熙"噼里啪啦"地说完，才把手机拿回来，闭着眼懒懒地说："哦……我昨晚吃了个泡面，所以没觉得很饿……"

陈熙被她气笑，和身旁的陆鲸互视了一眼。陆鲸耸耸肩，表示她最近总是这样日夜颠倒。

"没觉得很饿，那多买的那份烧仙草我就自己吃掉啦。"陈熙"威胁"姜南风，同时看着陆鲸迈腿往旁边一家卖简餐的店面走去。

听见"烧仙草"三个字，姜南风立刻清醒。想起陆鲸昨天说的事，她"嘿嘿"笑了两声:"陈熙,你现在在哪里啊?"

"我在广大商业区,刚和陆鲸吃完饭。"

陈熙跟着走过去,见陆鲸排在点单队伍里,很快明白他想做什么,便问姜南风:"你今天要赶稿是吧?我好不容易过来一趟,你也不赏赏脸见我一面?"

"见见见,未来的陈警官,我怎么能不见?"陈熙都专程打电话过来了,姜南风拒绝不了,掀开被子准备下床,"不过我还没刷牙洗脸呢,你得等我好一会儿。"

"你慢慢弄,我们过来美院。你还没吃午饭,那我们打包点儿什么给你吃?"陈熙挤眉弄眼地用肘撞了一下陆鲸。

陆鲸瞪他,也毫不客气地用肘撞了他一下。

只是现在的陈熙一身腱子肉,陆鲸反而肘疼。

"那当然是'西游记'家的牛柳意面啦!"姜南风一说完,肚子竟开始"咕噜咕噜"地叫唤起来。

"行,那等会儿到你们学校食堂门口见。"

"无问题!"

挂了电话,陈熙去搭陆鲸的肩,问:"买好了?"

陆鲸刚付完钱,跟收银员拿回小票,"嗯"了一声。

陈熙看不得陆鲸这样默默付出,心酸且难受,咕哝道:"你这样做到底图啥?她和连磊然都在一起那么久了,你也该放下了。"

陆鲸转身走向美食广场的另外一边,淡声说:"没图啥,我就是放不下。"

要是能放下的话,他早就放下了。他也不是没尝试过把注意力转移到别的事情上,学习、游戏、运动、社团活动……他甚至去参加了多人联谊。

可当坐在喧闹的人群里的时候,陆鲸总会想:要是姜南风在这里该有多好。

陈熙翻了个白眼:"我真是服了你,《感动中国》都应该颁个奖给你。明明你们才是青梅竹马,被这么个'半路杀出的程咬金'生生拆散了。"

"你忘了?她认识那人更早一点儿。"

"那是笔友!整天面对面玩在一起的厝边头尾才更知根知底!"

"那我小时候的性格也很糟糕,她不喜欢我也是正常的。"

陆鲸没办法去逆转时光——当初等他终于正视自己的感情时,姜南风已经和那人走得很近很近了。

陈熙还想说什么,手机响了,是黄欢欢打来的。他腰杆都挺直了一些,赶紧跟陆鲸说:"我老婆打来了,这里太吵,我出去接。"

陆鲸嫌弃地扬扬手:"去去去,别来我面前秀恩爱。"

陈熙耸肩摊手,得意扬扬地笑着说:"可怜世上单身狗……"

"滚。"

陆鲸再给姜南风买了份西多士,也要等。他先去简餐店那边取了牛柳意面,再回来拿西多士。

他拎着东西走出美食广场时,陈熙居然还在打电话。

陆鲸在陈熙旁边站了一会儿,忍不住被他掐着嗓子温柔说话的肉麻模样激出了一身鸡皮疙瘩。好不容易等到陈熙"kiss goodbye(吻别)"完,陆鲸才走到他面前,故意"哕"了一声。

陈熙还是一脸得意扬扬,貌似无奈:"女人就是得宠。"

陆鲸被陈熙气笑,抬腿朝他的屁股方向踹去,他敏捷地躲开,两个少年像小时候那样打打闹闹。

等公交车的时候,陈熙留意到有两位姑娘一直偷偷看过来,二人还交头接耳个不停。

陈熙靠近陆鲸,小声说:"打不打赌?"

陆鲸睨他:"什么?"

陈熙鬼鬼祟祟地说道:"打赌那两个女同学五分钟内会过来跟你索要联系方式。"

陆鲸挑眉,看向车站另一端的女生,很快答应了陈熙:"行,赌什么?"

"要是她们过来了,你等会儿在南风面前管我叫哥哥,没过来,我管你叫哥哥。"

"成交。"

不到三分钟,那两个女生过来了。她们确实是红着脸来要联系方式的,但对象不是陆鲸,而是陈熙。

陈熙被吓傻了,呆滞了好久才结结巴巴地跟对方道歉,说自己有女朋友了，不方便给。

眼见女生们的脸上难掩失落，陈熙万分不解，直接指着陆鲸问两个女生："同学，你们不是应该跟他要联系方式才对吗？"

其中一个女生哑然失笑："这是我们学校的陆鲸啊，难度太高了，我们可不敢挑战。"

上了车的陈熙还在发呆，等到陆鲸终于忍不住"扑哧"笑出了声，陈熙的大脑才反应过来，大叫一声："她们的意思是……我难度很低咯？！"

陈熙跟着熟门熟路的陆鲸来到广美食堂。他们在门口站了一会儿，远远地看见姜南风朝他们跑来。

姜南风来到老友面前，微喘着笑道："好久不见啊，欢欢今天怎么没跟你一起来？"

"她这周和同学约好了出去玩。"陈熙毫不客气地哼哼两声，"你也知道好久不见？平时周末进市区的时候怎么不找我们吃饭？"

姜南风尴尬了几秒，很快扬起笑："哎呀，周末这种情侣时光，我当然不会去做你和欢欢的电灯泡呀。"

黄欢欢在增城那边读书。每逢周末要么她来广州市区找陈熙，要么陈熙过去增城找她，两个人就像糖黐豆①。据说陈母和黄母已经在替他们考虑婚事问题了。

从大一开始，陈熙每个暑假都会去各个单位实习，像派出所和法院等。今年暑假，他还去了一个分局的刑侦支队实习，简直大忙人一个。

姜南风得有小半年没和陈熙见面了，上次见面还是五一假期，在珠海读大学的巫时迁来广州找他玩，好不容易"好运楼帮"人齐，大家约好一起去吃饭唱歌。

那一次，姜南风叫上了连磊然。连磊然一开始拒绝了，让她自己玩得开心就好。后来她多少有些不开心，连磊然才同意一起去。

---

① 粤语：如胶似漆的状态。

可那晚连磊然明显情绪不高,两个人因为此事也起了矛盾。连磊然说:"平时你和我的朋友们一起去吃饭唱歌也是这个样子的,宁愿一个人坐在角落里拿着手机看小说,也不跟大家一起玩。"

连磊然经常会说一句话,他觉得"好运楼"在姜南风心里,比"男朋友"重要多了。

姜南风压住心里翻涌的酸涩感,抬眸瞄了一眼陆鲸,声音稍微往里收了一些:"寿星公,今天吃蛋糕了吗?"

"室友买了嘉顿蛋糕给我吃。"陆鲸半合眼帘,微微蹙眉,"你怎么又瘦了?"

闻言,陈熙才打量起姜南风。

如今的女孩儿黑发长度及肩,刚睡醒的缘故,发尾胡乱翘着;以前那张肉肉的圆脸这几年是消瘦了一些,她下巴尖了,脸颊肉不好掐了,而且脸色有些青白,没什么血色,更凸显眼下那片淡淡的阴影;身上的那件卡通薄卫衣在高中时她就穿过了,那时尺寸刚刚好,现在倒成了宽松的款式。

陈熙也皱眉:"姜南风,你不要再乱吃减肥药了啊。"

姜南风睁大眼睛:"我哪有!见过鬼还不怕黑吗?哪里还敢吃啊?"

大二上学期学校里流行起网购,购物网站上什么都卖,大家用鼠标点一点,过几天包裹就送到学校门口,方便得不行。

也在那时候,女生之间风靡起一款叫"排油丸"的减肥产品,广告上说什么一个月瘦十斤,三个月变女神。

姜南风抵不住诱惑,买了一个疗程。她想偷偷瘦下来,然后惊艳连磊然和他的朋友们。瘦是瘦下来了,但副作用接踵而来,她失眠、心悸、提不起精神、走路无力……

寒假回家时,姜南风那些来路不明的药物被朱莎莉发现了。朱莎莉气得差点儿拿出丫杈抽她几下,这件事整栋好运楼的人也都知道了。

也正好,当天的晚间新闻播出了一花季少女因为吃减肥药猝死的专题报道,吓得姜南风当场就把偷偷藏起来的减肥药全冲进老马桶里了。

三个人在食堂里找了个位置坐下,姜南风边打开饭盒边吐槽:"我也没有瘦啊,上秤的数字都没怎么变,啊——年纪大了真的好难瘦下去啊。"

陆鲸把装着西多士的饭盒也打开，莫名其妙地有些烦躁："又没人说你的身材，你干吗总要瘦？"

陈熙在旁边帮腔："对啊，我们好不容易把你养得胖胖的，你知道你的巫老父亲有多少个夜晚含泪而眠吗？"

"去你的！"姜南风笑骂。她接过陆鲸递来的一次性叉子，噘着嘴说："你们是没说，不代表别人没说啊。而且就是因为你们总夸我，我才看不到我自己的问题……"

"这本来就不是问题，到底谁说你啊？"陆鲸越想越不爽，直接问，"是连磊然说的吗？"

姜南风顿住了。

陈熙也猛地一颤，用膝盖狠狠地撞了下陆鲸，示意他冷静。

"哎呀，你误会啦，不是他说……就是……就是……"瞬间鼻酸难忍，姜南风赶紧低下了头，"算了，不说这件事了，我吃饭。"

"对对对，你快吃，西多士凉了不好吃。"陈熙还帮她把吸管插进了烧仙草的杯子里。

在姜南风面前，陆鲸总是很难保持冷静。也只有在这个时候，他才会犯烟瘾。

他深吸一口气，站起身，向陈熙伸手："给我根烟。"

陈熙有些讶异。

他们好运楼一群男孩儿很早就学会了抽烟，陆鲸自然也会。但陈熙和陆鲸都属于很少抽也没有烟瘾的那类人——如今陆鲸主动地跟陈熙要烟，算是难得一见的事。

陈熙匆忙地把烟盒和打火机都塞给了陆鲸。

陆鲸接过后走出食堂，站到没人的地方点了一根，含糊地骂了一句："谈的什么恋爱……"

陈熙还在给陆鲸说好话："他昨晚睡得不好，所以脾气也臭，你别往心里去。"

姜南风"哈哈"笑了两声："认识那么多年，我怎么会不知道他的脾气？"

她安安静静地吃着意面，陈熙努力地找着话题，突然想起一件事。

他敛了笑，压低声音，说道："对了，我昨晚跟我妈打过电话，她说张老师的情况有点儿不妙,是怎么一回事?"

姜南风一口意面没怎么咬断就直接咽了下去,而后长长地叹了口气,才说:"前几天张老师的心跳停了一次,后来人被抢救过来了,但情况……你知道的,毕竟那么长时间了。"

嘴里嚼着自己最喜欢的牛柳意面,可姜南风食之无味。

张老师在一年前出了事,至今仍昏迷不醒。

杨樱将毛巾拧干了一些,轻抬起张雪玲的手臂,仔细地替她擦拭着身子。

病床上的母亲因为昏迷多时,已经瘦得快没了形,肌肉变得松软,薄薄一层裹着骨头。杨樱擦拭得认真,却没办法让母亲苍白的皮肤染上血色。

一年前的国庆假期,杨樱正跟着舞室的同伴们在市区参加一场商演,等到活动结束后才得空看手机,无数的未接来电让她的心悬至半空中。

杨樱选了一个打回去,电话那边是张雪玲的一位同事——她之前在谢师宴上见过对方多次。

那人让杨樱赶紧回汕,说张雪玲从五楼坠落,目前被送医院抢救中。

脸上的妆都来不及卸,杨樱直接跑去客运站坐大巴赶回去。五六个小时的车程,手机打得滚烫,杨樱也哭得声音沙哑。

张雪玲是在学校里出的事。

一位高三女生受不住刺激,一时轻生,爬上了教室的窗户,哭着说她不想活了。

眼见女生一条腿已经迈出去了,张雪玲飞扑过去拉她,可力气不够,两个人一起坠楼。

张雪玲伤势较重……

杨樱赶到医院时,手术已经结束了,母亲被送进了深切治疗部里。

学校领导说,他们联系上了张雪玲的前夫杨向荣,但对方人在外地,没那么快能赶回来。

杨樱举目无亲,这么大的事又没法一个人承担……

她第一时间给姜南风打了个电话,哭着说张雪玲出了事。

半个小时后,好运楼有一半的大人都赶到医院来了。

杨樱没忍住,直接扑进朱莎莉怀里号啕大哭,哽咽着说她是想逃,但没想过要张雪玲像如今这样命悬一线。

后来张雪玲被送进了普通病房里,但至今也没醒过来。

杨向荣几天后才出现,还带着现任妻子于露露一起过来。

杨樱已多年未见养父,再次见他,一些年幼时的恐惧感油然而生。男人上下打量的目光让她毛骨悚然,而他身边女人的目光则是带着她很熟悉的敌意。

杨樱其实是不希望杨向荣出现的。但她一时分不清,她死守这个秘密,究竟是不想让别人知道她其实是个凄凉悲苦的孤女,还是不想让别人知道张雪玲因为无法生育被丈夫抛弃……

杨向荣没开口,反而是于露露将这件事像讲茶余饭后的碎嘴八卦那样,在大家面前轻飘飘地说了出来。她还说了个连杨樱都不知道的"秘密"——张雪玲也是孤女,无依无靠,而杨向荣当年离婚时算是有情有义,好运楼这套房子还写了张雪玲的名字。

那天是周六,姜南风和陆鲸也特意从广州赶了回来。朱莎莉和其他家长都在场,杨樱觉得自己仿佛站在行刑架上,她的双眼紧闭着,等着脑袋上的铡刀下一秒就要落下……

但铡刀没有落下,她睁开眼,见到的是朱莎莉挡在她身前,听到的是朱莎莉不顾场合地大声呵斥对方,说如果不是真心想来帮忙的话,麻烦他们离开。

姜南风就没母亲那么温柔斯文了,骂了几句三字经后被朱莎莉敲了下脑袋,又愤愤不平地说道:"这些事情对我们来说一点儿都不重要。"

杨樱那晚是在 203 睡的,和姜南风挤一张小床。

这次和十九岁那个夏天不同,杨樱把好多秘密都讲给姜南风听了。

姜南风半眯着眼,含含糊糊地说,自己又不是因为杨樱是张老师的女儿才跟她做朋友,跟杨樱做朋友,只是因为她是杨樱。

姜南风困得不行,说话说得颠三倒四,到最后翻来覆去地说:"杨樱,你不用怕,有我和我妈给你撑腰。"

杨樱也被姜南风的声音哄得快要入睡,但还是强撑起精神,讲述着她已经没剩多少记忆的福利院生活。

杨樱原来的名字叫"杨英",所以被领养时不用改姓,"樱"则是张雪玲给改的——张雪玲觉得樱花很漂亮，杨樱也很漂亮。

张雪玲还未离婚时性情温柔许多，会给杨樱梳着头发，说等她长大了，就带她去看樱花。

"你要快点儿醒过来呀，等明年春天，我报个团，我们一起去看樱花吧。"杨樱嘴角浅浅扬起，尽力让自己的语气听起来很轻松，"我现在在的那个舞室有点儿知名度的，经常接活动演出，所以你不用怕，以后换我养你。"

旁边床也是个脑干受损的病人，照看丈夫的阿婶听不得这种话，唉声叹气地说："阿妹啊，你阿母有你这样的走仔①，真的是她的福气。"

杨樱笑了笑作为回应。

她给张雪玲擦完全身，扣好病服扣子，披上被子，再捧着面盆走去卫生间倒掉水，走回病房时，朱莎莉已经来了。

朱莎莉打开保温饭盒招呼杨樱："肚子饿了吧？赶紧来吃。"

杨樱笑道："还行，早上你煮的粥我吃得好饱。"

朱莎莉心疼地说道："你得吃多点儿才行，瘦得都快没肉了。这路还长着呢，得吃饱饱，才能好好走下去。"

杨樱连连点头："嗯，我知道的，现在就吃。"

出于某些原因，学校希望杨樱等人不要将张雪玲的事情公之于众。至于张雪玲的医药费及住院费，学校会承担，师生和家长们自发筹集了一笔不少的捐款，张雪玲也有一些存款，所以经济方面杨樱没有太大的压力。

杨樱本来想过要休学一段时间，但好运楼的家长们让她安心读书。大家帮她请了个陪护，平时白天也会轮流去医院看张雪玲，让她放假的时候再回来就行。

但杨樱还是压榨着自己的体力和时间，尽量争取每周周末都回一趟汕头。周五早上的课一上完她就去客运站，再坐周日下午的车赶回广州。

回汕照顾张雪玲的时候，杨樱就住在姜南风家里。朱莎莉说这样有个照应，比较放心。

---

① 女儿。

杨樱觉得这和高中过海读寄宿高中的那段时光有点儿像，只是轮渡变成了大巴，大海变成了高速公路。

那时候每个周五下午，她一走出码头就会见到在门口等候着的张雪玲。

当时杨樱把所有的叛逆都收进骨头血肉里，每天都盼望着快点儿读大学，好离开母亲的视线。

可如今，她每天都盼望着母亲能睁开眼睛，再看她一眼。

刚把朱莎莉带来的饭菜都吃完，杨樱的电话响了，她看了一眼，是姜南风打来的。

她匆匆地走到楼梯间去接电话："喂，你吃饭了没？"

姜南风嚼着椰果，声音含混不清地说道："吃啦，陈熙今天来大学城玩，给我打包了吃的。"

陈熙凑到手机旁嚷嚷："不是我买的，是陆鲸！是我们的陆鲸大宝贝打包的！"

姜南风差点儿噎到，赶紧推开陈熙，走远了几步，继续对杨樱说："我们刚才聊起张老师的情况，多说了几句，就给你打个电话。你现在在医院里吗？"

"对啊，莎莉姨给我带了饭，我刚吃完。"

"哎哟，今天轮到我妈'值日'是吧？"

杨樱笑了两声："对啊，她让我今天早点儿回广州。"

"张老师今天情况怎么样啊？"

"老样子咯，我感觉她又瘦了，皮包骨。"杨樱叹了口气，"南风，医生让我做好心理准备。"

姜南风顿时停住了脚步。见状，陈熙和陆鲸也停了下来，两个人面面相觑。

"杨樱，你……我……"姜南风竟组织不出词句。

顾才以前说她像不倒翁，无论怎么推，她都会站起来，还能带动别人也一起站起来。

但她现在有些迷茫，她的自信心是不是盲目的？她是不是只是在空喊口号，但给不了别人实际的帮助？

杨樱的情绪倒是没太大的起伏，她轻声道："没事的，南风，我做好心理准备了。"

秋风微凉,姜南风不由自主地打了个寒战。

她揉了揉鼻子,哑声说:"好,反正无论发生什么事,我们都会在你身边。"

杨樱想哭也想笑:"嗯,知道啦。"

挂了电话后,杨樱走回病房,见朱莎莉已经跟旁边床的阿婶聊起来了。

跟朱莎莉道别后,杨樱离开了医院,直接坐三轮车去了最近的城际客运站。

她的行李只有一个书包,里面装着一本《傲慢与偏见》的原文书、一个英语听力资料和舞曲各占一半内存的爱国者牌 MP3、一个不锈钢保温杯、一套内衣裤,还有一袋朱莎莉早上刚买的面包。

上车后杨樱给朱莎莉和姜南风都报了平安。姜南风叮嘱她路上小心,保管好财物,又问她:"晚上要不要我和纪霭去华师找你吃饭?"

杨樱顿了顿,很快回复:"我还不一定能在吃饭的时间赶到学校,我们改天再约吧。"

她再发了几条信息,就收起手机。

快的话五个半小时、慢的话七个小时的车程,杨樱已经很习惯了。

她听了一会儿听力,就把书包背在胸前,倚着车窗睡了过去。

中途大巴车停在休息站的时候,杨樱下车上了趟洗手间,再拨了个电话出去。

那边的人很快接起,直接问她:"到哪里了?"

杨樱把声音放软,说道:"到鲘门啦,你睡醒了?"

江武打了个哈欠,声音懒懒散散的:"嗯,刚醒,进广州了就给我打电话,我过去接你。"

杨樱终于露出甜美的笑容:"好啊。"

杨樱醒来时发现身边没有人,她的全身酸软无力,只是坐起身都费了好大劲。她掀开被子,皮肤上浮起的红痕好似被碾碎的玫瑰花瓣,看得她的双颊发烫。

男人的手劲总是太大,杨樱抱怨过好多次,他就是改不了。

房间内没开灯,但窗帘没拉,城市的灯火照进来,化成一摊黏腻的蜂蜜。

床旁有一件江武的T恤,杨樱抓过来套上当睡衣,走出卧室,客厅里的电视正开着,但静音了。

江武没在家,但在茶几上留了张字条,说酒吧出了点儿事,下面的人处理不了让他过去,很快就回来,冰箱里有饮料,让杨樱自己拿来喝。

杨樱取了瓶菠萝啤,边喝边参观起屋子。

这套房子是江武在上周刚搬进来的,杨樱还是第一次来,楼层很高,两室一厅,装修温馨,从客厅的落地窗望出去,能看到远处好似火红织带的高架桥。

两个房间一大一小,小的拿来堆放杂物了,大的那个他自己住,床品还是去年杨樱陪他去宜家买的。

男人的东西不多,其中一个衣柜里挂了几件杨樱的衣服,还有些女性用品。

上个星期搬家时杨樱不在——一想到江武乖乖地收拾这些卫生棉的画面,她就忍不住笑出声。

她走回客厅,把电视声音打开,随便挑了个台,也没看,盘腿坐在沙发上安静地喝菠萝啤,任由自己陷进回忆中。

大一刚到广州时杨樱就想找江武了,但江武原来的寻呼机已经暂停使用了。那时,她才顿悟是自己天真了。

后来杨樱正想找陆鲸问江武的联络方式,没想到江武先找到了她。

那天她和室友上完课回到宿舍楼下,在路旁的树荫下见到了好多年未见的江武——她呆愣在原地——要不是男人那双眸子一直没什么变化,她是真不敢认。

江武变了许多。他穿得正经,衬衫、西裤、皮鞋,看上去像是在写字楼里上班的白领,他的神情似乎也温柔了不少,不再像以前那样痞里痞气。

可那次重逢,并不像杨樱想象的那样"天雷勾动地火",他们并没有立刻交往。江武说,就是来看杨樱一眼,知道她过得好就行。他一本正经的模样让她也没敢提她的心情和思念——她怕是自己自作多情。

交换了手机号码，两个人慢慢重新联络感情，直到大一下学期杨樱才和他确定了关系。后来张雪玲出事，江武也一直在背后支持着她。

江武来广州有五年了，杨樱不知道她来读书之前江武在这边做的是什么工作，但大概能猜到应该是蛮苦的，男人的手上已经起了薄薄的茧子。

如今，江武在帮一位有钱的老板打理酒吧和KTV。杨樱问过他的工作内容，他说就是负责策划和管理。

不过工资应该蛮高的吧？不然江武怎么能买车又买房？杨樱正想着，听到了开门的声音。她刚站起来，江武就推门进来了，手里拎着几个袋子。

亭亭玉立的少女让江武的眼睛一亮，他扬起嘴角笑笑："醒了？我买了夜宵，要吃点儿吗？"

杨樱迎上去，连连点头："要，你买了什么吃的？"

"炒粉，你上次说好吃的那家走鬼档。"

"好！"

江武没在家里开伙，新家连碗筷都没备，两个人用着一次性筷子吃炒粉，杨樱总感觉少了些什么，提议道："周三那天下午我没课，你也不用那么早去上班，要不然我们去宜家逛逛，看买些餐具、小家具之类的，好吗？"

江武点了根烟，想了想，说："可以，那天下午我应该也没事做，吃完晚饭再去上班就好。"

想着即将一点儿一点儿地把这间屋子填满，杨樱心里充满期待，吃炒粉也吃得一脸幸福。

少女的嘴角沾了些油光，嘴唇看起来也水光潋滟，江武盯着她有半根烟的时间，没忍住，掐了烟后一把把她像抱孩子般抱起。

口中的惊呼被吻堵住，杨樱很快沉溺进男人的深吻中，好似旋涡，把她的意识拉到更深的地方。

事后，杨樱躺在江武怀里昏昏欲睡，嘴里还在念叨着周三那天去宜家要买哪些东西。

江武声音很哑："买些你喜欢的小东西就好，大件的先不买，免得下次搬家时东西太多，到时候再买新的就好。"

杨樱微微睁眼,有些疑惑地问道:"欸?你还要再搬吗?这套房子很好了呀。"

"还不够好,等多挣一点儿钱,再换套地段更好的、面积更大的。"他抱住杨樱往上提了提,让她靠在自己的胸膛上,语气好像开玩笑,说道,"得赚大钱、买大房子,才能娶老婆啊。"

睫毛一颤,杨樱赶紧撑起身子,语气紧张地说:"那时候我是故意说的,不是真的嫌你没钱……"

初三最后一个学期,张雪玲发现杨樱翘课去旱冰场玩,也发现了她跟江武走得很近。

母亲说要报警把江武抓起来,杨樱怕了,跟母亲发誓自己不会再跟江武来往,并当着母亲的面对着江武说了不少狠话,像是"我怎么可能跟他这种毫无前途的混混交往"。

当时江武那种宛如被千刀万剐般的眼神,杨樱如今还能记得。

"我知道,我知道。"江武笑着揽住女孩儿,"但我也是认真的。我的爷爷奶奶都走了,现在样样都要靠自己,我如果不努力点儿,怎么能娶你?以后等你妈妈醒过来了,我还得让她看看我这个刺溜仔有多认真。"

暖意填满杨樱的胸膛,她倾身主动地去吻他,低喃道:"那我以前说的话,翻篇好不好?你不要再记在心上了。"

江武轻扫她的背,沉沉地道了声:"好。"

网游行业蓬勃发展,对游戏美术设计的职位需求越来越大,连磊然在秋招时顺利地拿到了腾讯的offer(录用通知),姜南风既开心又觉得有些慌,因为这样就表示,两个人同在广州的日子只剩下不到半年,连磊然毕业后就要搬去深圳了。

一来两个人又要变成异地恋的状态,二来姜南风还要考虑,明年轮到自己毕业时,自己是否也要跟去深圳……

她是要和连磊然一样找个公司上班,还是继续坚持画漫画这条路?去深圳后连磊然会不会还要跟别的室友一起合租?她能跟连磊然一起住吗?要是她找不到在深圳的工作要怎么办?如果她不选择深圳,留在广州的话,他们要怎么维持感情?这些都是每天在她的脑子里胡乱打转的事。

每年美院的毕业展在五月底开始,连磊然在这之前把毕设作品完成了就行。四月底,他和几个朋友说要来场毕业旅行,地点定在近期最火的阳朔。

自告奋勇地提出由自己来做行程表后,姜南风看了不少穷游攻略,认真地做了一份表格。白天参观自然风光景点,晚上在酒馆里感受一下小资文艺的气氛,每一项费用她都标得清楚明白。

支出费用中占比最大的是住宿,姜南风想住的那家旅馆是新建成的,位处西街,一楼是文艺氛围满满的咖啡厅,楼上是住房。旅馆每一个房间的装修都不同,部分房型还有猫脚浴缸,店家介绍说是"能让情侣感情升温",就是这里费用不菲,是目前整条西街上最贵的一家旅馆了。

姜南风自己还有点儿私心,因为那家旅馆的名字就叫"莲风"。

她满心期待,觉得或许能通过这趟旅行,让她和连磊然回到当初无话不谈的状态,可就在准备订房间的时候,连磊然让她帮忙多订一间房。

"为什么啊?为什么姚子美要一起去啊?"姜南风一只手叉腰,另一只手拿着手机,在无人的宿舍里来回打转。

她万般不解,对很多很多事情都不解,火气直接往天灵盖上蹿,却还要压着声音,不想让连磊然觉得她对姚子美有那么大的反感。

连磊然仔细地解释:"你知道的,范顺喜欢姚子美,是贾彬跟王蔷提了之后,王蔷问大家能不能带姚子美一起来玩,其他人都赞成了。"

范顺和连磊然同专业,王蔷是贾彬的女朋友,油画专业的,而姚子美是王蔷的同学兼好姐妹。

姜南风脑门一热,脱口而出:"是,范师兄是喜欢姚子美,可姚子美喜欢谁,明眼人都看得出来吧?"

姚子美很明显就对连磊然有意思啊!而且她在秋招时也拿到了腾讯 offer,再过几个月他们两个人就要进同一家公司了!

连磊然顿了顿,很快明白了姜南风的意思,沉下声道:"南风,我说过许多次了,我和姚子美没有关系,甚至连她的 QQ 都没加,你能不能多信任我一点儿?你不要因为你爸爸的事情,就对我也带有偏见,这样对我太不公平了吧？"

姜南风瞬间愣怔。

她确实因为姜杰的事，总是不自觉地冒出一些奇怪的想法。尤其有的时候联系不上连磊然，她会很焦虑地不停打电话和发信息给他，甚至会把电话打到他身边的朋友那里。

连磊然叹了口气，放软了声音，说道："估计也就见这最后一次了，他们玩他们的，我们玩我们的，好吗，南风？"

姜南风再次妥协了。

她在心里劝说自己，或许她可以试着和连磊然的朋友们多接触一下，不要总看到他们做得不好的地方，多看看他们的优点。

可旅途的第一天姜南风就想发飙了。

他们坐的是绿皮火车，卧铺，但买不到那么多下铺票，姜南风要了个中铺，连磊然在她下方。

晚上睡觉时，姜南风刚想爬上铺位，就听见贾彬在身后说："阿然，你今晚要独守空'铺'了。唉，要是南风再瘦一点儿，你就能抱着她一起睡在下铺咯。"

火气"轰"的一声又冒出尖，但因为连磊然骂了贾彬一句，姜南风心里稍微平衡了一点儿——她忍了第一次。

到了阳朔，租双人单车时，贾彬隐晦地说连磊然会很累——姜南风忍了第二次。

在遇龙河买一次性雨衣，贾彬直接说"姜南风，你得穿加大码的吧"——姜南风忍了第三次。

可每次忍耐的时候姜南风又会质问自己：姜南风啊姜南风，为什么成长会把你的勇气全部都带走了？

明明以前的你胆大包天，敢为陆鲸出头，敢怒怼言语骚扰人的货车司机，敢帮纪霭骂那些说她是"卖鱼妹"的臭男孩儿，敢去拉杨樱离开那乌烟瘴气的地方，敢直面一切不公……可现在，你成了个孬种！你连为自己反驳都没勇气！

在阳朔的最后一个中午，由于傍晚他们就要出发去火车站，便在旅馆旁边找了家饭馆吃午饭。菜量很大，到最后盘里锅里都剩了不少，尤其那条啤酒鱼。姜南风不舍得，习惯性地开始起鱼骨上剩下的鱼肉，想着反正他们聊天的话题她都插不上嘴,就安静地吃饭好了。

结果贾彬又突然冒出一句:"南风,你是刚才没吃饱吗?用不用给你再叫一碗米饭?"

姜南风忍不了,没办法忍,一直压抑的情绪突然爆发!她脑子里一片空白,也不管连磊然有没有帮她说话了,蓦地摔下筷子,站起身,拿起手边的可乐,直接泼到桌子对面的贾彬身上!

贾彬没反应过来,张大了嘴呆愣在原地,饮料顺着刘海儿往下滴,整件卫衣也惨不忍睹。坐他身边的王蕾被波及,慌慌张张地跳起身,叫姚子美给她递纸巾,嘴里还冲着姜南风狂喊:"你有病吧!吃饭吃得好好的,干吗突然发脾气啊?!"

连磊然也匆忙地起了身,伸手去拉姜南风的手臂:"南风,你冷静一点儿。"

心脏宛如被扎了根木刺,还一直往里钻,姜南风甩开连磊然的手,微仰着下巴,睨睨着脸色逐渐涨红的贾彬,冷笑道:"贾彬,我以前骂过一个朋友嘴贱,现在才发现是我错怪他了,因为和你比起来,他简直是好有礼貌的小天使。"

范顺帮忙做和事佬:"哎呀,南风,你又不是不知道,他这张嘴没个把门,说的话有时候是不中听,但没什么坏心的……"

姜南风用余光扫过去,语气依然冰冷:"范师兄,这是我和贾彬之间的事,麻烦你别插嘴。"

范顺还没说完的话噎在了喉咙里。

在场的几个人认识姜南风也有一些时日了,却从没见过她发怒的模样,包括连磊然也没见过。

他有些慌,觉得好像有什么在逐渐崩塌,又觉得他得做点儿什么,才能堵住那个破洞。

"南风,你早上不是说想吃雪糕吗?我们现在去买好不好?"

连磊然再一次去拉姜南风的手,这时才发现,她双手均紧紧地攥成拳,不受控地发颤。

姜南风也觉得,心里某个地方好像被扎了个小洞的气球,自己一直想拿胶布补上,可里头的气还是不知不觉地跑光了。

气球瘪了,不再像以前那样——它没法高高地飞上天空了。

她抽手再一次甩开连磊然，提高音量，说道："贾彬，你嘴真的很臭，是不是去了厕所忘擦嘴了？我饭量大还是小、身材胖还是瘦、长得有没有你女朋友好看，这些都关你屁事？我交往的对象是连磊然又不是你，你能不能少管点儿闲事？"

饭馆里坐满了人，看热闹看到这会儿，终于有人"扑哧"笑出声。

贾彬恼羞成怒，站起来重重地拍了下桌子："我就是开个玩笑活跃一下气氛，你有必要那么认真吗？！"

杯盘落地，仿佛是战鼓一声一声地击打着姜南风的心脏，虽然声音有些发颤，但她眼神坚定地说："对，就是有必要这么认真。我努力地在过我自己的生活，凭什么要成为你们茶余饭后的碎嘴料？我和你不一样——我有脑子的，分得出什么是'开玩笑'，什么是'恶意取笑'。"

眼泪有点儿快忍不住了，姜南风不想让姚子美她们看笑话，给同桌吃饭的其他人鞠了个躬："师兄师姐，抱歉，影响到你们吃饭了。"

说完，她拿起书包快步往外走。

连磊然冲贾彬咒骂几句，急忙也往外跑。

他在饭馆旁边的小路追上了姜南风，一把扯住她的手臂，眉心紧蹙："南风，你到底怎么了？发这么大的脾气有必要吗？"

到了这会儿，姜南风的眼泪才真正地落下来，原来这才是她最难过最伤心的地方。

"我没有怎么了。我就是一个很普通的女孩儿，开心会笑，悲伤会哭，生气会骂人，还是骂脏话的那种。"

她想挣开连磊然的手，用力一扯，是挣脱了，但人也失去了重心，整个人跌坐到地上！

"南风！"

连磊然急忙过去扶姜南风，却被她"啪"的一声拍开了手。

"你为什么会觉得没有必要？"眼泪一颗接一颗地滚落，姜南风涨红了脸，自己从地上爬起来，拍拍手上的尘土，"连磊然，你还记不记得，很久很久以前，我们第一次在老戏台见面的那次，你是怎么帮我呵斥那些司机的？"

一些回忆如闪电般劈进脑海里，它们和眼前一张脸哭得皱巴巴的女孩儿重合，连磊然喉咙酸涩难忍。他道了声："南风，是我的错，我会认真地跟贾彬谈，让他以后不许再开你的玩笑。"

嘴唇一开一合，姜南风感觉嘴前形成了热雾，而那雾又凝成了云，"淅沥沥"地在眼里下起雨。

"不对，不应该是你道歉啊。明明应该是贾彬给我道歉……你不要一直袒护他好不好？"姜南风擦了泪，转身继续往旅馆的方向走。

连磊然又追了上去，皱眉道："我没有一直袒护他。只不过他是我的朋友，而你是我的女朋友，我希望你们能好好相处而已。"

姜南风低吼："我和他就是没办法好好相处！你和陆鲸不也是没办法相处吗？我也没有逼着你跟他当好朋友啊！"

瞬间连磊然的眼神变了，他缓缓地松开姜南风的手臂，一双眸子覆上空气里的冷意，讥笑一声后，说道："陆鲸能和贾彬比吗？南风，你对陆鲸的感情，真的只是朋友吗？"

姜南风的眼前蓦地一白，很快视线恢复了正常，与此同时，她也觉得连磊然在她眼中变得好陌生。

她颤着唇问："你这么说……是什么意思？"

连磊然压不住那些藏在心里许久的情绪了，冷声问道："你刚问我记不记得老戏台的事，那我也问问你，你记不记得和社团的人一起去玩'鬼屋'的那一次？"

"记得啊，那次怎么了？"

这时，余光瞥见了从饭馆里走出来的姚子美，连磊然知道要住嘴了，却拉不住已经失控的话语："那次你被'鬼'吓到的时候，一直喊着的是'臭弟救命''陆鲸救我'……南风，那一次你没有喊过我的名字。"

回程的火车票没去程时紧张，连磊然买票时把他和姜南风的位置买在了另一个车厢里，他们和其他人分开坐了。

MP3没电了，但姜南风不想跟连磊然借MP3，只能一直听着绿皮火车"哐啷哐啷"的声音。

贾彬后来跟姜南风道歉了。

这是他这三年来第一次认真地道歉。

这场"战斗"她赢下了一分,可内心丝毫没有胜利的感觉,反而挫败感汹涌漫起。两败俱伤,或许就是这个模样吧,她想。

车厢已经熄灯,只有窗外月光一路伴随,姜南风面朝车壁侧躺,过了没一会儿,感到身后有人坐下了。

连磊然抬手,轻轻拍了拍女孩儿,声音哑得好似被砂纸打磨过很多遍:"南风,对不起。"

肩膀不由自主地颤了颤,姜南风的鼻子酸涩,忽然之间,她觉得很像回到了好多年前的那一晚——姜杰在她的床边站了许久,最后只道了一句"对不起",后来就走了。

那这一次呢?连磊然也要走了是吗?

"你是因为什么事情……什么事情跟我道歉?"姜南风沉默了好长时间,再开口时嗓子哑得好似即将死去的夏蝉。

"订房的事、贾彬的事、吵架的事……南风,我想做好的,可好像情况只会越来越糟糕。"连磊然自嘲地笑了笑。

他急着成长,急着让自己羽翼渐丰,急着逃离他觉得不适、没有归属感的环境。

他以为自己翅膀已硬,可以高高地飞上天空,却不知自己已经陷进了一个恶性循环里,那窟窿大得无法补救。

手指一下一下地顺着姜南风的发尾,连磊然发现不知何时,女孩儿的头发长长了许多。想当年,他给她画漫画形象时,她还是个梳蘑菇头的小女孩儿。

他好像,好久好久,没给姜南风画过画了。

许久没得到回应,连磊然叹了口气:"南风,我们好好聊一聊好吗?"

敏感的状态下,姜南风很容易就察觉出对方的语气,就像连磊然此时话语中的无奈和疲惫感。

她拨开连磊然的手,微微侧过头看向他:"没什么好聊的……该说的和不该说的,中午我都听明白了。"

月光下,女孩儿的脸惨白无比,一双不知道哭过多久的眼睛水盈盈的,她嘴皮子都破了。

心脏宛如被钝刀磨过,连磊然又放软了声音,说道:"南风,我是个普通的男人,就像你会吃我和姚子美的醋,我也会计较你和陆鲸啊。别说陆鲸了,有的时候你和巫时迁靠近一点儿,我都会难受。"

"可是……可是……"姜南风委屈得不行,连直视连磊然都没办法,只能将双手交叉在脸上,挡住了"潺潺"流泪的眼睛,"我已经按照你说的,跟他们都保持距离了啊……你还想要我怎样做?那些都是我的朋友啊,是认识了好多年的朋友……以前从来……从来没有人跟我说过,谈个恋爱还得先把朋友都抛下……

"你长得又高大又靓仔,好多女生钟意你,大家都说不明白为什么你会找一个小胖妹做女朋友……大家表面上说我好幸运,能找到这样的男朋友,可私底下都在说……都在说我配不上你……"

连磊然急忙打断:"我从来没嫌弃过你的身材!"

啜泣声好似受伤的小兽,姜南风把所有的心里话全倒了出来:"但是贾彬开我身材玩笑的时候你也没有维护我啊……呜呜……我不喜欢和他们一起吃饭……他们的眼神,总让我觉得自己是个异类……"

连磊然的外貌太出色了,众人的目光不仅落在他身上,也落在姜南风身上。她不知不觉地,就陷进了身材焦虑中。

不止美院,整个大学城里身材好的姑娘实在太多了。她的室友和同学都是小鸟胃,每次跟她们一起去打饭的时候,姜南风多要一两个菜都感觉下一秒会有人从她背后跳出来,说她"胃口真好"。

说到难受处,姜南风哭得大喘气,好一会儿才继续说:"不应该是这样的,谈恋爱不应该是这样的……连磊然,我好累了。我不喜欢这样的感觉……太难受了……呜呜……"

她思绪混乱,话语含糊,只想哭诉自己的一肚子委屈。

她以为只要她像以前那样有话直接说,连磊然是一定能明白的。

她以为连磊然还会像笔友时期那样,如知心大哥哥那般接住她的所有烦恼。

她以为……

她以为……

她以为……

但当把烦心事都倾泻干净后,她没等来连磊然的安慰和鼓励。

"南风……如果这段关系让你这么难过,让你这么累,我们先分开一段时间吧。"

他的声音很轻，很淡，很凉，就如这照进铁皮罐头里的悲凉月光。

眼泪仍在往外淌，把心脏浸成一摊烂泥，气球残骸轻飘飘地落下来，掉进泥泞里，她若是再去捡，只会让自己又陷进去。

姜南风的手还是没有放下来，她沉沉地应了声："好，我知道了。"

到达广州东站已是隔日早晨，阳光明媚得过分，姜南风心想：这一点儿都不应景，应该来场大暴雨才对。

连磊然提出要送她回大学城，她摇头拒绝："不用了，就到这里吧，我自己回去就可以了。"

"南风……"连磊然如鲠在喉，他的心里还有许多话想说，却觉得这个时候不适合，最后只道一句，"那你回到宿舍了给我打个电话……或者发条短信也好，可以吗？"

姜南风沉默了片刻，点点头："我知道了，拜拜。"

她没有跟远处的师兄师姐们道别，拎着行李袋，转身走向地铁站的方向。

羊城通刷卡进站，她已经很熟悉如何从这里坐地铁回大学城——连磊然租的房子就在东站附近，她以前每个月要坐好几趟地铁。

先坐到公园前，转二号线，一直到万胜围终点站，再转四号线，回到大学城，她全程得一个多小时。有些累了，她不想坐那么久的车了。

到站广播念出"体育西路"，车门"嘀嘀嘀"响，姜南风在最后一刻下了车。

安全门关上，列车驶离，熙熙攘攘的人群如迷雾般逐渐散去，站台上只剩了几个人。

半晌，姜南风动了动脚，往上层走。

刷卡出站，她熟门熟路地走向其中一个出站口。十分钟后，她站在一个小区门口。

姜南风大一那一年，陆嘉颖搬了家。那一次，姜南风还过来帮忙收拾过东西。陆嘉颖对她说，这里就是她在广州的"家"，无论发生了什么事，她都可以第一时间回来这里。

可她没带门禁卡和钥匙。

陆鲸正在吉之岛买着牛奶，接到电话后把购物篮直接丢下，跑出天河城，往家的方向飞奔。

几分钟后他气喘吁吁地冲出电梯，在家门口见到了蹲在地上的姜南风。她蜷缩成一小团，好似被雨淋湿的小蘑菇。

跑得太急，嗓子眼儿都有血腥味了，陆鲸喘着，艰难地开口："你怎么……突然就来了？不是……不是去旅游了吗？"

这几个月，姜南风并不好过。她明显地离他远了不少，别说主动来电，QQ上他们都不怎么聊天了。对他的邀约，她都一口拒绝。

这是他最害怕的情况。他只能从她的QQ签名、空间日记，或者从别人口中知道她的近况。

姜南风缓缓抬起头，声音有气无力，答非所问："我按了门铃，但没人开门。"

陆鲸见过许多次女孩儿哭得狼狈的模样，但这一次或许是最严重的，她的面色苍白，眼皮肿肿的，眼角、眼睑通红，如被沸水烫伤。

仿佛有无形的手猛地攥住心脏最脆弱的地方，陆鲸急忙掏出钥匙开门："小姨和朋友去泡温泉，我刚去了超市。"

陆鲸弯腰帮她提起地上的行李袋，开门见山地问："你和连磊然发生了什么事？他对你做了什么？"

这几年大家都在成长的道路上越走越远，姜南风也是。陆鲸眼睁睁地看着她学会了隐藏情绪，成了喜怒哀乐不再明晃晃地挂在脸上的"成年人"。

陆鲸知道，很少有事情能让她大喜或大悲，如今她哭成这鬼样子，那姓连的十有八九脱不了干系。

"我今天来，是有话要问你……"

姜南风刻意忽略陆鲸递过来的手，选择扶着墙自己站起来，可身体蹲得太久了，脚麻又头晕，踉跄了两步倚着墙再次跌坐在地上。

"南风！"陆鲸慌忙地丢了行李袋，蹲下身伸手扶她。

少年的手心温热干燥，她手臂上被他触及的那块区域好似被滚烫的陨石划过，瞬间蒸发掉全部的水分，热气沿着那一处迅速地蔓延至四肢百骸。

姜南风心知肚明,自己已经无法以"儿时的玩伴"的身份去看待陆鲸了。她慌慌张张地低下头,不敢再看他的眼,双手也无意识地在面前挡着,脑子里的话脱口而出:"不行……不行……我们靠得太近了!我们是朋友……不能靠得这么近!"

先是愣怔片刻,接着后槽牙薿地咬紧,陆鲸气得磨了下牙。双膝跪地,一手各抓住姜南风的一只腕子,他用力地往后把她"钉"到墙上,不让她像只鸵鸟一样把自己的脑袋埋起来。

陆鲸的声音沙哑低沉,他安慰道:"姜南风,你先冷静下来,好不好?"

姜南风的双腿发麻无力,她只能扭着上半身挣扎,却发现自己挣脱不开。

不知道从什么时候开始,陆鲸的力气比她的力气了大好多好多,她完完全全地在他的影子里,是和以前截然不同的感觉。

她呼吸好急,比跑了八百米还要急,胸口起伏不停。盯着陆鲸深不见底的眼眸,她的眼睛又渐渐起了雾,她颤着声问:"陆鲸,我问你……你还记得几年前'鬼屋'那一天的事吗?"

陆鲸的呼吸没有比姜南风的呼吸缓和多少,他轻喘着反问:"为什么要提起那一天的事?连磊然跟你说了什么吗?"

"昨天……昨天我跟连磊然吵架了……他说我在'鬼屋'时一直喊的是你的名字……我说我们只是朋友……"姜南风没有一句话是完整的,东一句西一句,语无伦次地说,"他提分手,我同……同意……"

她忍哭忍得打起冷战,连续倒抽了几口气,接着便紧紧地咬住了嘴唇,接下来的话怎么样都说不出来了。

她本来是想来问陆鲸,连磊然说的是不是真的——她真的在受到惊吓的时候一直在喊陆鲸的名字吗?

但她问不出口了。

因为她从陆鲸的眼睛里看到了答案。

"呼吸,南风,别憋气。你可以哭,没关系的,想哭就哭。"

陆鲸心痛不已。他承认自己心里有许多阴暗的想法,总盼着有一天姜南风会和连磊然分手,接着她来找他哭诉,到那时候自己就可以煽风点火，挑拨离间，乘虚而入。可当这一刻到来时，他没有感受到一丝的喜悦。

他见不得他喜欢的姑娘不但没了笑容，连哭都要藏着掖着。他觉得好难受，好难受。

陆鲸渐渐松了手劲，胸膛里一直紧紧地箍住口袋的绳子也终于松了，一圈又一圈，簌簌落地。

白天的走廊感应灯没那么灵敏，光线昏暗，每一个角落里都浸满女孩儿隐忍的哭声。

"南风，你如果觉得有需要，我可以去跟连磊然解释，我们只是朋友。"陆鲸苦笑一声，声音很低地说道，"因为我喜欢你……我没办法看着你现在这么痛苦，而自己什么都没法为你做。"

一直耷拉着脑袋的姜南风蓦地睁大眼，泪珠子滴到了衣服上。

她仰起头，还没来得及开口，便听陆鲸接着说："你不要误会，我的喜欢不是朋友之间的喜欢，不是好邻居之间的喜欢。"

陆鲸抬手，屈起指节钩走她下巴上摇摇欲坠的泪珠，挤出一个比哭还难看的笑容："南风，我对你的喜欢，是男女之间的喜欢，你听明白了吗？"

姜南风的脑子直接成了一锅煮烂的面条，糊成一团，什么都没法思考，她只能听到自己"怦怦怦"的心跳声，震耳欲聋。

陆鲸还想说什么，但被突然打开门的邻居阿婆打断了。

阿婆见到走廊里蹲着两个大活人，被吓了一跳，嚷嚷了几句。陆鲸急忙安抚阿婆，而姜南风终于回过神，趁着这个机会拼尽全力站起来，逃离了现场，尿得连行李袋都忘了拿。

她明明比陆鲸快了一趟电梯！可当她小跑到小区门口的时候，陆鲸已经追出来了！

陆鲸冲她大声喊："姜南风，你个无用鬼！你跑个屁啊！"

姜南风急得不行，也回过头大喊："你不要跟着我！"

飞奔下十几层楼梯的陆鲸喘得厉害，额头上的汗水不停地往下滴，不管不顾地冲她大喊："我就要！以前我刚到好运楼的时候都是你缠着我，现在轮到我缠着你！轮到我热脸贴你的'冷屁股'！"

后脑勺儿忽然像被热油淋到那样狠狠地麻了一下，陆鲸觉得，自己好像找回在车站大喊"我要吃汉堡包"的那个讨厌鬼了。

姜南风感觉自己的脑袋"嗡嗡"地响,什么热脸,什么贴屁股……他……他到底知不知道自己在说什么啊?!

她想继续往前走,却被追上来的高瘦少年挡住了去路。

陆鲸认定情况不会再坏了,只想和盘托出,口袋的口子越来越大,里头装着的话语如宝石一颗接一颗地蹦出来:"姜南风,你记不记得,阿公离开后,我要回广州之前的那个台风夜,我说'我后悔了'?"

姜南风的大脑本就没法冷静地思考,此刻听陆鲸没头没尾地来了这一句,她被带着跑:"记得……那一晚又怎么了?"

她不明白,怎么每个人都要问她记不记得这个,记不记得那个。那如果她说不记得,是不是自己就没有这么多烦恼了?

陆鲸喘着气:"我说的后悔,不仅仅是后悔阿公的事,也后悔……"

少年刚说一半就被人打断了:"喂喂,你们两个小孩儿,站在大门口拉拉扯扯干吗呢?"

他们循声看去,竟是陆嘉颖。

陆嘉颖从一辆轿车的副驾驶位上下来,绕过车头走过来。她看看已经高她许多的外甥,再看看明显状态不大好的小姑娘,心中很快有了想法。

陆鲸的"秘密"只说了一半,憋在喉咙里难受得紧,他毫不客气地埋怨道:"小姨,你怎么这么早就回来啊?你不是说吃完午饭才回来的吗?"

好久没见外甥吃瘪的样子,陆嘉颖乐了,直奔主题地问:"怎么?小姨的出现是不是坏了你的什么好事?"

姜南风如见救星,拉住陆嘉颖的手臂恳求道:"小姨,我现在想回大学城,能麻烦你送我到公园前地铁站吗?"

陆嘉颖没搭理陆鲸使眼色发来的"信号",叫姜南风先到旁边等一下,再拉着大汗淋漓的男孩儿走到了另一边,低声道:"傻仔,南风现在这个状态,你跟她说什么她都听不进去的。我先陪她回学校,你也回去冲个冷水澡冷静冷静,哪有人满头臭汗地跟女孩子讲话的啊?"

陆嘉颖说完也没等陆鲸给回应,直接带着姜南风上车。

姜南风上车后,发现驾驶位上的男人长相陌生,不是前几年农历新年时送陆嘉颖回好运楼的那位许叔叔了。

陆嘉颖陪姜南风坐到后排,介绍今日的"司机"是蔡叔叔。她让男友多走一趟,送她们到公园前地铁站。

男人宠溺地说道:"遵命,老婆大人。"

姜南风坐得好似小学时那样,腰杆笔挺,眼睛都不敢乱看,安静地听着陆嘉颖同蔡叔叔介绍她画画有多厉害、小时候有多照顾陆鲸的事。蔡叔叔明显和许叔叔性格不同——陆嘉颖无论说什么,他都能"哈哈"大笑。

车开了十几分钟,在路边停下,蔡叔叔还问陆嘉颖:"真的不用送你们进大学城?"

陆嘉颖弯腰从车窗处吻他:"不用,我跟小妹妹聊聊天。"

男人回吻:"行。"

姜南风害羞地移开视线,抬头望天,低头望地。她突然间就觉得,自己谈恋爱好像小朋友捏泥巴、过家家……

陆嘉颖挽着姜南风的臂弯,两个人进了地铁站。陆嘉颖在便利店里买了一瓶水给姜南风:"你啊,嘴唇都起皮了,多久没喝水了?"

姜南风接过来:"有喝……但可能眼泪流得太多了……"

陆嘉颖领着她刷卡进站,两个人在站台边角处找了张无人长凳坐下。陆嘉颖拍拍小女孩儿的膝盖,软声问:"要不要跟小姨讲一下发生了什么事?"她很快地补充一句,"不说也没关系,我们休息一下,等你稍微舒服一点儿了,我陪你坐地铁进大学城。"

姜南风一直很喜欢陆嘉颖,觉得她潇洒干练,独立清醒,对感情和人际关系有自己的原则。姜南风觉得,感情经验丰富的陆嘉颖,应该能替自己排忧解惑。

站台里人来人往,地铁广播声、开门关门声、路人说话声交织成一张密密麻麻的网,裹住了姜南风。如此,她反而稍微有了些安全感,人也慢慢冷静下来。

她会觉得自己哭得多狼狈不堪都无所谓,反正这些路人都不认识她,自己可以无须在意对方的视线……好像很多年前的某一天,她也有过类似的感觉。

· 434 ·

事情太多、太杂、太乱，姜南风自己都还没完全消化过来，有些负面情绪也不想展露给他人看，只是简单地说了一下这一年来和连磊然之间产生的分歧和矛盾，至于其中和陆鲸有关的部分，便隐藏了起来。

说完之后姜南风都觉得丢脸，苦笑着问陆嘉颖："这种事情，在小姨你眼中看起来是不是很幼稚？"

陆嘉颖笑了两声："怎么会？你是不是对成年人的恋爱有什么误解？很多情侣之间的吵架比你们这种幼稚多了，鸡毛蒜皮的事都能吵一个月。"

姜南风吸了吸鼻子，认真地提问："小姨，我想问个问题可以吗？"

陆嘉颖笑着答道："当然可以。"

像是坏掉的水龙头，姜南风的眼泪又开始往外流，她问："你以前谈恋爱的时候，会像我这样哭得这么惨吗？"

陆嘉颖急忙从包里拿出纸巾塞到姜南风手里，回答道："当然有，许叔叔你还记得吗？就是之前过年送我回家的那个。"

姜南风点头，如实回答："我以为你们会天长地久。"

就像她以前也以为，她和连磊然会天长地久。

陆嘉颖愣了一下，接着"哈哈"大笑："不瞒你说，我原本也觉得能和他一起走得很远。所以当初我们分开的时候，我也消沉了很长一段时间。"

"那……那你们是因为什么才分手了？"

双膝交叠，陆嘉颖用双手撑着长凳的凳面，声音有些轻："嗯，南风也应该知道，小姨我决定了不结婚，也不生小宝宝。"

姜南风又连连点头——这一点是她觉得陆嘉颖最酷的地方。

以前过年时，她偶尔会听见陆家亲戚对陆家姐妹颇有微词，但陆嘉颖从没因为他人的议论而动摇过自己的想法。

当时的姜南风对结婚、生育一点儿概念都没有。她只听朱莎莉说过一句，陆嘉颖选的是一条很艰难但又很勇敢的路。

朱莎莉还说，这么勇敢的女人，别人没资格也没权利对她随意地进行批判。

陆嘉颖继续说："之前我和许叔叔交往的时候，两个人是达成共识的。可是到后来，他没办法坚持了。他抵不过家庭的压力，最终还是选择了另一条路。"

看着女孩儿的眼睛越睁越大，陆嘉颖轻轻一笑："嗯，许叔叔和别人结婚了。我听朋友说，明年他就要做爸爸了。"

"那……小姨，你会不会觉得很不甘心啊？"姜南风攥皱了裤子，低声问，"你和许叔叔交往了也有好多年了吧？你会不舍吗？"

"我当然会不舍。刚才你问我有没有哭得这么惨过……"像是陷进了回忆里，陆嘉颖的声音更轻了，她说，"我们分开的那一晚、朋友说拿到他的请帖的那一晚、他摆酒的那一晚……我都哭到睡着，睡醒了又继续哭，再睡……但是第二天起床，我还是得给自己的脸上擦一层厚厚的粉，然后去上班，去巡厂，挤出笑脸去和人谈生意。"

陆嘉颖缓了一会儿，说："至于你说的不甘心，我倒是还好。啊，说'完全没有'就太假了，毕竟我是真的喜欢他，只不过……我并没有后悔过和他在一起那么多年。"

她伸手，轻轻拍了拍姜南风一直紧攥在大腿上的拳头，说："冠冕堂皇的话小姨就不说了，这么说吧，如果让我再选择一次，我还是会选择和许叔叔在一起。因为有了这一段感情，我才会是现在的'陆嘉颖'，之前遇上的事情无论好坏，都是很不错的体验。"

姜南风沉默。

她和连磊然刚在一起的那一年是热恋期，两个人也好似"糖黐豆"。

他们在南梦宫的大头贴机里拍过合照，在天河城的绿茵阁撑过枱脚，在凌晨一点大学城无人的马路上牵着手看月光……

她在出租屋里看《异形》时，会有人适时地捂住她的眼睛；她在KTV里时，也有人对着她唱《可爱女人》……

它们像一块接一块的拼图碎片，把画面拼得越来越丰满，五彩缤纷。

虽然中后期他们有过一些摩擦和矛盾，把这些碎片染成了黑色或灰色，可它们也是这幅拼图重要的组成部分。

又有一班地铁驶进站，姜南风望着屏蔽门打开，乘客们纷纷走出车厢,也有乘客陆续走进车厢。

　　这里是一号线和二号线的中转站,许多乘客会在这里下车,步行去换乘另外一条地铁线。

　　等到列车离开,姜南风轻咳两声,擦了擦眼角残留的泪,哑声道:"小姨,我现在脑子里还很乱,很多事情没办法立刻理顺……我不确定之后会怎么做,也不知道要花多少时间……"

　　陆嘉颖终于松了口气,伸手揽住女孩儿的肩,让她靠在自己身上,笑道:"没关系的,不着急,我们总有一天能弄清楚的。虽然给不了你太肯定太绝对的建议或指导,但是我想跟你说,无论你以后做了什么决定,都要先让自己开心快乐。"

　　陆嘉颖揽着姜南风摇摇晃晃,像哄小孩子睡觉那样,可说着说着,她自个儿的眼眶也有些湿润。

　　车到站了,陪你一起看过许多风景的那个人提前下车了,她又不是真的铁石心肠,目送着许俊凯上了另外一辆列车时,当然也会泪洒车厢。

　　"不过小姨也要批评一下这个男生,怎么可以让我们好运楼的小太阳哭成这个样子呢?冲着这一点,小姨就要找他算账了。"陆嘉颖嘻嘻哈哈地开着玩笑,安慰着姜南风,也像安慰着自己,"恋爱当然要开心地谈,不开心的话有什么意思?"

　　忽然,她语气变得感慨:"不过我倒是好羡慕你……小姨也不知道,以后还会不会有机会哭得像你这样了。"

　　回到宿舍后,姜南风洗了个澡,硬逼着自己吃了一个杯面。她先给朱莎莉打了个电话报平安,再给连磊然发了条信息说"已到宿舍",手机就没电了。

　　手机的备用电池和充电座都在行李袋里,而行李袋落在了陆鲸家门口,不过她觉得这样也好,没人能找到她。

　　姜南风爬上床睡觉,再起床时天全黑透了。她出了一脑袋的汗,枕套都湿透了,分不出到底是汗水还是梦里流下的眼泪……

　　她下床时脚步有些飘,差点儿摔倒。开了宿舍灯后,她喝了一大杯水,再把枕套拆下来换了个新的,想连同白天换下来的衣服一起拿去洗。

姜南风一打开宿舍门,就见一个女同学朝她走来,对方手里还提着她眼熟的行李袋。

女同学看了下宿舍房号,问:"是姜同学吗?"

姜南风缓缓地点点头:"我是……"

"楼下有个男生托我带这些东西给你。"女同学把粉红印花图案的行李袋递给她后,又递出一个塑料袋。

姜南风连忙接过来,连声道谢。

塑料袋里装的是一盒牛柳意面,打包盒温温的,还有一瓶冰红茶。

一打开行李袋,她就见到了一张纸——对上面龙飞凤舞的字迹,她也感到很熟悉。

姜南风抿紧嘴,拿起纸。

"我知道你这个时候肯定不想见我。等你把事情处理好了之后,联系我,我还有话要说。记得吃饭。"

姜南风想了一下,走到窗边,猛地拉开窗帘往楼下看,但没见到熟悉的面孔。

她看了一会儿,才拉起窗帘,转身回屋里。

这个时候,陆鲸才从宿舍楼下的架空层走出来,挠了挠脖子上被蚊子咬的包,无奈地摇摇头。

姜南风给手机换了块电池,开机后进来好几条连磊然发来的信息,有许多的道歉。眼睛酸疼,她粗略地扫过一遍,知道对方大概的意思是希望彼此冷静地思考一段时间,再好好谈一谈。

陆鲸的信息也有,他言简意赅地叫她记得按时吃饭,不要搞伤心欲绝顺便节食那一套。

两个人的信息姜南风都没有回复。

她一开始没跟任何人提起连磊然的事,只是把 QQ 签名不停地改来改去,从"春天分手,秋天会习惯,苦冲开了便淡[①]"到"时候注定

---

① 容祖儿《心淡》,2003年。

要放手,就应该放手①",再到"河水会可怜莲花落,落花会惜别好阳光②"……

伤心的人听悲歌只会不停地代入,姜南风这时无比庆幸室友们都搬出去了,好让她能在无人的宿舍里一边赶稿,一边无所顾忌地放声大哭。

只是这么反常的签名档自然会引来许多人的打探和关心,朋友和同学一个接一个地冒出来问她是不是发生了什么事,或真心,或假意。

姜南风装傻充愣,说就是和以前一样用歌词做签名档而已呀,没有发生什么特别的事。至于实情,她只跟纪霭和杨樱略说一二,没想到纪霭这时也苦笑一声,说自己和远在澳大利亚的黎彦也吵架了。

姜南风心里"咯噔"了一声。这大半年来她陷在无穷无尽的自我怀疑中,有很长一段时间没有关心过她的小姐妹们过得怎么样了。

那一晚,她约了杨樱和纪霭来她的宿舍。她们把椅子推开,拖干净过道,一起挤在窄小的通道中间聊心事。

她们好似回到了十九岁在海边时的那一夜,但隐隐约约又有些不同。杨樱这一次是聆听者,而姜南风和纪霭是倾诉秘密的人。

纪霭不知道异国恋还能坚持多久,姜南风则是觉得这几年丢失了自己。

她们看似鼓着一口气朝着一个目的地冲,但途中遇上的问题一直没有解决,路上的石头越来越多,感官却变得越来越迟钝,等头脑传递出"疼"的信息,此时再低头看,双脚已经被石头划出了一道道伤口,鲜血淋漓。

她们这次一人一罐啤酒,话语被啤酒浸得苦涩,泪水里有着许多的委屈和心痛。

姜南风时不时还是会收到连磊然的信息。

五月中旬的时候,连磊然说他来学校布置毕业展了,问她有没有

---

① 邓丽欣《分手的礼貌》,2007年。
② 杨千嬅《河童》,2001年。

时间见个面。

姜南风只回他，麻烦再给她多一点儿时间。

连磊然没勉强她，只说，可以的话希望她能来看看他的毕业作品。

毕业展为期一个月，等到快结束了姜南风才去看了展。

动画专业的展区在二楼，学校专门布置了一个小影院，大白幕上轮流播放着应届毕业生的动画作品。姜南风坐在最角落的位置上，看了好一会儿才等到连磊然的作品。

连磊然的作品是一段六分钟的动画，他用的是他之前最后一部连载作品的角色。当初这部漫画因为人气不佳所以匆匆结尾，而这一次他把结局篇章拎出来重新绘制，做成了一段独立的动画。

两个人尚未分开之前，姜南风听连磊然说过，他想把这部作品当成一个"句号"。

动画放映至最后，他在结束画面中写了两句话。

"在我的青春里能遇见你，是最幸运的一件事。"

"再见了，我所有的青春。"

那一刻，姜南风理解了连磊然想要说的话。

过了两天，她主动地给连磊然发了封电子邮件，就像当初笔友时期那样，甚至在开头还写上了"展信佳"。

这封信她写了许多内容，有回忆过往，有遗憾当下，有祝福未来。

姜南风说，她很庆幸当初能跟连磊然做笔友，他的来信和画作，都是她年少时珍贵的宝藏。

姜南风说，她很感谢连磊然这些年的照顾。她总是大大咧咧的，处理事情不成熟且冲动，像个小孩子一样，肯定给连磊然带来了不少小麻烦。

姜南风说，她很抱歉，关于种种。

她还叫连磊然少抽烟、少喝酒、少熬夜，要过得自在轻松，无论是漫画连载还是游戏原画，只要他画得开心，那就可以了。还有就是，她祝连爷爷早日康复。

"这一次我不会再等你的回信了，但是，祝愿你一切安好。"

这是她在邮件里写下的最后一句话，落款是"小南"。

但姜南风还是很快就收到了连磊然内容简短的回信。他同样祝姜南风一切安好,以及如果她有什么需要帮忙的地方,可以随时联系他。

姜南风没再回信了。

六月底一放假,姜南风收拾东西回了家。

在大巴上想起这几年恋爱中的点点滴滴,她又忍不住哭了出来。

她哭累了就睡,当鼻子堵住时,就只能用嘴巴呼吸。这一刻,姜南风觉得自己好似还没长大。

她还是陆鲸"离家出走"那一次在出租车上睡着的姜南风,也是看到姜杰和苏丽莹逛商场那一次在公交车上睡着的姜南风。

她挺喜欢这样子不顾形象的姜南风,难受了就哭,开心了就笑,饿了就吃,哭累了就睡。

她在半梦半醒中对自己说了一句:"嘿,好久不见。"

来车站接人的朱莎莉被女儿哭肿的眼吓了一跳,急忙问她发生了什么事。

姜南风笑起来比哭还难看:"老妈……我失恋啦……"

那一晚,姜南风跟朱莎莉挤在一张床上睡觉。她哭哭啼啼的,朱莎莉却"哈哈"大笑:"吓死我了,你哭成这鬼样子我还以为你意外怀孕了,谁知道只是失恋而已。"

姜南风震惊得坐起身:"什么叫'只是失恋而已'?朱莎莉女士,你的宝贝女儿初恋失败耶,你不是应该好好安慰我一下吗?还有你到底在想什么啊!我怎么会意外怀孕啊?!"

姜南风也是近几年才发觉朱莎莉完全不是她想象中的那种保守女性。就好像那年收拾上大学用的行李时,朱莎莉竟在装卫生棉的袋子里给姜南风塞了盒安全套。姜南风当时都被吓傻了,问老妈为什么给她这个东西。

朱莎莉叹了口气,又笑着说,女孩儿长大了,接下来是人生的另一个新阶段,会遇见许许多多个"第一次"。她说她没办法再像姜南风小时候那样常伴左右,只希望姜南风无论在什么时候,都要先学会保护好自己。

这时躺在床上的朱莎莉挑起眉头,语气中有些得意扬扬:"失恋有什么大不了的?你老妈我还离了婚呢,这不也活得好好的吗?"

姜南风哑口无言,只好吸着鼻涕又躺回去。

确实，可能因为终于不用天天操劳家里的大小事务，也终于把姜南风这个"烫手山芋"丢到了广州，这几年朱莎莉过得可以说是逍遥又快活。她和许多公元厂的工友重新联系上，一伙人整天组织户外活动，爬山摄影，郊游踏青。

这群工友的人数刚好能凑成一个小旅行团，大家把国内三山五岳去了个遍，姜南风放假前朱莎莉才从海南回来。

朱莎莉伸手捏了捏女儿的耳朵，轻声问："那你有没有和小连好好说分手？还是大吵一架之后两个人就没联系了？"

"有，我给他写了一封很长的信……"姜南风把事情简单地讲述给朱莎莉听。

"嗯，说清楚就行了。"朱莎莉叹了口气，"小连他人不坏的……当初你艺考时，还有你刚上大学那会儿，他出了不少力，对你一直很照顾。你有谢谢人家吗？"

姜南风擦了擦眼角："当然有了，我又不是那种是非不分的人……"

"那除了小连的事，还有什么事让你烦恼成这样？"朱莎莉手往下伸，不客气地捏了把姜南风有些平了的小肚腩，"人都快瘦没了，我辛辛苦苦养出来的肉啊。"

姜南风急忙翻身躲避："没有别的事了！"

朱莎莉笑了一声，没拆穿她，只隔着被子，一下一下地拍着她的背，给她唱起了小时候哄睡时的童谣。

最近的天气有些反常，已经十一月了但还是很闷热，晚上只开风扇不够，姜南风顾不上电费了，就算只住一个人，也奢侈地开了空调。

不过温度再舒适，她还是失眠了，在被子里一直翻来覆去，怎么都睡不着。

虽然已经过了半年，但这几个月，姜南风总会想起自己蹲在陆鲸家门口的那个场景。她越是强迫自己不要去想，脑子里的画面就越是清晰，还是慢镜头播放的那种。

空气不大流通的走廊里，光线也有些昏暗，汗珠淌过少年微颤的喉结，往下，往下，消失在他的衣领内。

他的眼耳口鼻都比小时候长开了许多，只不过瞳孔依然黝黑似玛瑙。他眉毛黑浓，鼻梁高挺，嘴唇似乎因为太紧张，有些颤抖。

少年的声音依然像深海里的鲸鱼，可那一次，这头鲸鱼身上伤痕累累，连游动都困难……

"啊啊啊——"

每每想到这里，姜南风就骂自己好糟糕、好过分。她怎么可以在那一瞬间有心跳加速的感觉？明明在那之前她才跟连磊然吵了架……她真是个花心大萝卜！

她翻了个身，把自己埋进枕头里，发泄的吼叫声被棉花吸收了许多，不会吵醒隔壁宿舍的同学。

直到脑子里的杂念减少了一些，她才喘着气重新躺下。

不过，她还是睡不着。就连"流传在月夜那故事"都没办法让她进入梦乡，反而会让她回忆起许多许多的过往。

那时候他们还是小孩子，她是男人婆性格的小女孩儿，他是总爱摆着一张臭脸的小男孩儿。

门口有白蓝绿灯柱的老式发廊、躺在草席上的银色CD机、用来表达心意的《离开之后》、陈熙家的红白卡带机、常常会绊倒人的石板街、光影交错的老戏台、阿公和陈伯手里摇着的蒲扇、碰一碰就立下"约定"的健力宝、只见过几次面的钱包、如今已经"退休"的双层巴士、那张乱涂乱画但她还是保留下来的同学录、在餐桌下踩来踩去的脚丫……姜南风感到很意外，这么琐碎的往事，竟能一一记得那么清楚。

存在于那些回忆里的姜南风和陆鲸，还有好运楼的其他人，她都没有忘记。

至于陆鲸上次在小区门口说起的那件"后悔的事"到底是什么，姜南风也十分好奇。

好不容易，她数羊数到睡着，结果又被手机早晨的闹钟叫醒了。

清晨六点半的空气潮湿微凉，云很厚，看不见太阳，但没下雨，姜南风飞快地洗漱完，换好运动服和波鞋，边喝牛奶边拎起门后的尼龙购物袋。

袋子里装的是几个橡胶铅球，是这个学期刚开学时，某人托人送到她寝室的"礼物"。

当时那个袋子沉甸甸的,还附了张字条,字迹依然龙飞凤舞,某人写道:"希望你别忘了以前的姜南风。"

姜南风被这份礼物气得直笑,叉着腰盯着那几个铅球好一会儿,拿起手机,给陆鲸打了一通时隔四个月的电话。

陆鲸似乎没料到她会打过来,接起电话后结结巴巴地"喂"了好多声。

姜南风把他臭骂了一顿,说他"情商没救了,哪有送女生礼物是送铅球的",并把"这么多年来的生日都没送过她礼物""让他买纸巾他偏偏买了擦屁股的卷纸"……诸如此类的事全搬出来一块儿算账。

男孩儿任由姜南风骂着这些鸡毛蒜皮的事,一声不吭。直到碎碎念完,她才听见他说了一声"南风,我好想你"——吓得她立刻把电话挂了。

过了一会儿,姜南风的QQ"嘀嘀嘀"地响了。

"等阵"发来一句:"我只是觉得,当初在操场上丢铅球的姜南风很自信,很漂亮,像是这个世界上没有事情能难倒她。"

从那天开始,姜南风坚持早起晨练,除非刮风下雨或身体不适。

美院生多是资深的"夜猫子",早晨的操场空荡荡的,几乎每天都只有她一个人。姜南风今天也像往常一样,先绕着操场慢慢地跑上一圈当热身,再在球场边缘开始推铅球。

实心球在空中划出一道漂亮的弧线,稳稳当当地落在远处的地面上,姜南风长舒一口气,正晃动着腰胯放松,这时听到了身旁有脚步声。

转头看清来人,她说:"你今天来晚了。"

陆鲸抬手看表,挑眉,说道:"没啊,我和平时一样的时间,是你来早了。"

靠近时他才瞧见姜南风眼下浮着淡淡的青色,眉心微拧,问:"你昨晚睡得不好?"

姜南风顿了顿,移开视线否认道:"才没有,我睡得挺好的。"

国庆后的某一个早晨,陆鲸忽然"加入"了姜南风的晨练——她差点儿怀疑他是不是在她身边安插了"内鬼",所以他才能精准地知道她的行程时间。

第一天看见他，姜南风还阴阳怪气地问："是贵校的体育馆早上没开门吗？你为什么要来这边晨跑？"

陆鲸边高抬腿，边慢条斯理地答道："贵校又没禁止其他学校的学生来晨跑。"

如今男生每天早晨都会骑十分钟的单车来美院。姜南风在球场旁推铅球，他就在塑胶跑道上跑圈。他们并没有太多的交流，而是各做各的事，有点儿像年少上下学一前一后走回家时那样。

天阴，早晨七点的光线也是淡淡的，姜南风收好铅球时，陆鲸正好跑完了最后一圈。他在她身旁慢慢停下，抓起放在地上的水壶仰头喝水。

姜南风偷瞄他一眼。

少年喝得猛，喉结上下滚动，有清水从他的唇角处溢出，淌过线条分明的下颌线，滴落到运动衫的领子上……

等等！等等！她在看什么？！

姜南风慌张地移开视线，有些急躁地问："我要回宿舍了，早餐呢？"

基本上陆鲸每天都会给她带早餐，面包、牛奶或者包子、豆浆。

陆鲸用手背擦去下巴上的水珠，说："今天的还没买，我打算去你们食堂吃。一起走过去吧，我买了之后你带回寝室吃。"

姜南风想了一会儿，才吞吞吐吐地说："那……嗯……今天早餐我请你吧。你又没饭卡，还得买票，麻烦……"

陆鲸愣怔片刻，很快反应过来，两边的嘴角一点儿一点儿地提起，长眸笑得半眯："你真的请我吃饭吗？"

一瞬间仿佛天空放晴，姜南风眼里盛满了少年的笑容。

"扑通，扑通"，心跳又开始加速，姜南风发现，这好像还是她第一次见到陆鲸笑得如此灿烂，明媚如阳光。

运动场和食堂中间只隔一条马路，和华工不同，这个钟点美院这边只有小猫两三只，一个个都打着哈欠。

陆鲸大口地咬着糯米鸡，多少有些疑惑，问："为什么美术生特别喜欢熬夜搞创作？是半夜的灵感特别充足吗？像你也是，常常半夜两三点还在改 QQ 签名……"

姜南风吸了口豆浆，撩起眼帘，问："那你怎么会知道我半夜两三点还在改签名？你也没睡觉吗？"

陆鲸"嗯"了一声，咽下糯米鸡，搪塞道："我晚上玩游戏呀。"

这时候有两个女生端着餐盘坐到了他们旁边的座位上，一直侧过脸来看他们……不，姜南风知道对方只在看着陆鲸。

果不其然，姜南风刚喝完豆浆，其中一个女生就主动地问陆鲸："师兄，可以问一下你是哪个专业的吗？"

姜南风猛地憋住了笑。

陆鲸瞪她一眼，声音淡下来："抱歉，我不是美院的。"

女生们有些讶异，还想发问时，陆鲸已经把剩下的糯米鸡丢进了嘴里，起身收拾餐盘，声音含糊地说道："我得走了，待会儿还有课。"

接着，他匆匆地把餐盘拿去回收处。

两个人走出食堂，姜南风到这会儿才"哈哈"笑出声。

陆鲸耳郭有些发烫，咕哝一声："笑什么啊……"

"谁能想到，好运楼的鲸仔如今走在路上总被女仔搭讪？"天空里的厚云似乎被风吹散许多，有些阳光迫不及待地穿过缝隙，姜南风微微眯起眼，"喂，我之前听陈熙他们说……当有女生们来跟你要联系方式的时候，你都用同一个'借口'来拒绝对方，是真的吗？"

头顶上的一两束阳光有些刺眼，陆鲸也眯了眯眼，说："不，那不是'借口'，我没有骗她们啊，我确实有喜欢的人。"

他面上不显，但实际心里忐忑不安，心脏都快蹦到喉咙里了。但等了好一会儿，他都没有等到姜南风开口说话。

陆鲸停下来，看向她，低声问道："你怎么不问我……我喜欢的人是谁？"

姜南风直视他的眼，眼神和语气都变得认真："我才不问你这个问题。我就想知道……那个台风夜里你说的'后悔'，到底指的是什么事？"

陆鲸沉默了几秒，摇摇头："这个'秘密'我暂时先不告诉你。"

姜南风睁大眼，不满地说道："哪有人像你这样说话说一半的？故意吊人胃口!"

陆鲸提了提嘴角,说:"但我可以告诉你另外一个'秘密'。"

姜南风翻了个白眼,甩着铅球袋子转身要走:"我才不稀罕……"

女孩儿不按常理出牌的反应让陆鲸愣怔。见她真的走出了几步,陆鲸猛追过去,挡在她面前,哭笑不得地自己摊了牌:"喂喂,你听我说完好吗?我想告诉你,我QQ昵称的含义。"

姜南风疑惑:"嗯?这个我知道啊,不就是粤语'等阵'吗?等一等的意思。"

"不是。"陆鲸声音有些哑,"其实指的是,'我在等一阵风'。"

姜南风愣住。她一双手都背在身后,突然之间就把沉甸甸的铅球袋子攥得好紧。

半晌,她才嘟囔:"那可不知道……要等到什么时候。"

忽然起风了,树叶"沙沙"作响。

陆鲸感到惊喜,觉得这阵风来得好及时。

他一只手仍插在口袋中,另一只手却竖起食指,在风中绕了几个圈,笑着说:"你瞧,'风'来了呀。"

云飘得更快,如蜜的阳光落下来,让少年脸上的笑容显得更加闪闪发光,却又温柔如春风拂过。

"扑通,扑通",姜南风悄悄地吸了口气,想让心脏不要蹦得那么快。

风拂起她耳侧的乌黑发丝,发尾被吹起再落下,轻飘飘地,和她悬在半空中的心脏一样。

城市跨过了秋天,直接一夜入冬。

气候确实有些反常,这一年的冬天格外寒冷,姜南风把门窗都关紧了,还是有冷风不知道从哪里钻进来。

于是在电脑前赶稿的姜南风把自己裹得好似个大粽子,还戴上了朱莎莉织给她的围巾,即便是这样,握着压感笔的手指还是冷得发颤。

热水壶响了一下,姜南风给马克杯换了个茶包,重泡一杯热茶。

农历新年快到了,杂志的邀稿都堆积在这个月,除此之外,姜南风还要准备新的绘本故事给责编过目,同时这本绘本也会作为她的毕设作品。

不过，她最近的生物钟很是规律。晚上十一点半她就不停地打起哈欠，更有"人形闹钟"提醒她，睡觉时间到了。

她回复陆鲸："知道了，知道了，我准备睡了。"

等阵："明天的温度好像要比今天的更低，晨运要不要取消？"

姜南风捧着茶杯暖手，想了想，敲了几个字："还是去吧，最近在电脑前坐得太久了，早上得运动运动才行。"

等阵："好，那明天见。"

等阵："关电脑，去睡觉。"

姜南风鼓了鼓腮帮，突然起了坏心，回："你呢？还在玩游戏？"

等阵："没呢，在搞期末的作业。"

小南："那一起睡吗？"

怕影响室友们睡觉，陆鲸把屏幕亮度调得很暗。这句话跳出来时，他以为是自己头昏眼花看错，还连续按了好多下按键调亮了屏幕。

他看清后，一股热气沿着他的后背往上爬，耳朵瞬间发烫。

手指在键盘上敲敲打打，打了删，删了打，陆鲸还没想好怎么完美地回答这个问题，姜南风已经发来一句"我先睡了，拜拜"，后面还跟了个颜文字表情，是猫咪的嘴巴，和"细细粒"一样。

姜南风钻进提前用电热饼焐暖的被窝里，很快进入梦乡。这个罪魁祸首不知道，她临时使坏说的一句话，会让一个少年整夜辗转反侧。

一闭上眼，陆鲸就要想起在南澳岛的那个夏天。

在沙滩上的女孩儿朝他跑过来，T恤上的卡通猫咪一上一下地跳动。

还有，他游过去把套着游泳圈的女孩儿拉回岸边时，双脚不可避免地在海水中碰过她的小腿和膝盖好几次……

睡在羽绒被子里的少年浑身燥热，而室友们此起彼伏的打鼾声实在太煞风景。最后陆鲸只好下床，取了纸巾，去了趟厕所。

第二天，陆鲸顶着一张明显没睡够的脸出发。

周六早晨的美院更安静了，操场上没见到姜南风的身影，他做完拉伸热身就开始跑步，刚跑了一圈后手机响了。

姜南风把手机夹在脖子处，语气很急地说道："陆鲸，你已经过来了吗？"

陆鲸放慢速度，边走边说："对啊，跑了一圈了，你刚睡醒？不急,你慢慢……"

"不……不,我现在收拾书包,得回家一趟!你不用等我了!"

陆鲸猛地停住脚步,皱眉问:"家里发生什么事了?莎莉姨出事了?"

"不,不是我妈。"姜南风声音往下沉,说道,"是杨樱的妈妈……"

张雪玲没熬到樱花开放的春天,直至呼吸停止时,她的双眼都没再睁开过。

唯一比较庆幸的是,张雪玲离开的时候杨樱正好在她身边——杨樱见到了母亲的最后一面。

听电话的同时,陆鲸已经收拾好书包往操场的旁门走去了。等姜南风说完事情,他再问:"你现在准备出城坐大巴对吗?"

"对啊,我得回去陪杨樱,嗞——"姜南风太急,脚趾踢到椅子,疼得又蹦又跳。

"你别急,慢慢收拾。我也回学校一趟,等会儿我们在地铁站碰面吧。"

姜南风揉着刺痛的脚趾,咕哝道:"你也要回去吗?"

"嗯,我陪你回去。"陆鲸叹了口气,呵出一团白雾,"而且,那时候阿公的告别式,张老师也来了,那现在我也得去送她一程。"

过了几秒,姜南风才轻声应他:"行,那我们一起回去。"

陆鲸在地铁上给陆嘉颖打了电话,告知她张雪玲的事。陆嘉颖在上海出差,一时半会儿赶不回汕头,让陆鲸代表陆家给杨樱递个白包。

早班大巴的乘客不少,陆鲸只能买到较后的双人位置。他让姜南风坐在靠窗的位置上,又把两个人的行李袋放上了行李架。

姜南风没吃早餐,一边咬着从便利店买来的嘉顿蛋糕,一边跟朱莎莉说他们上了车。

姜南风声音含混不清地问母亲:"杨樱现在还好吗?我给她发了信息但她没回……我没敢给她打电话,怕她正忙着事。"

朱莎莉叹了一声:"嗯,她早上在医院里跑上跑下。很多事情得她亲自来办……唉,这姑娘真的不容易。"

姜南风鼻子有点儿泛酸,耸肩夹住手机,空出手来揉散鼻子里的那阵酸意:"那……老妈,你帮我跟她说一声,节哀顺变吧……跟她说我很快就回来陪她了。"

"行，你和鲸仔两个人路上小心，照看好贵重财物，中途停车的时候给我打个电话。"

"知啦。"

挂了电话，面前递过来一张纸巾，姜南风没想太多就接了过来，直接擦了擦嘴。

陆鲸失笑："这是给你擦眼泪用的。"

姜南风用奇怪的眼神看他："我又没哭。"

"备着，说不定等会儿想着什么事情，你就开始飙泪了。"陆鲸敞开他的书包，给她看里面一包包的纸巾，语气郑重地说，"这次我带了很多，你想哭就哭。"

姜南风笑了笑，轻骂他一句"痴线"。

车子驶出客运站，姜南风翻了下自己的斜挎包，"啊"了一声："我忘带 MP3 了。"

陆鲸拿出自己的 ipod nano："拿去。"

姜南风将耳机线一圈圈地取下来，塞了一个耳机进耳朵里，正想塞另外一个时，顿了顿，斜瞥一眼脸上没什么表情的少年。

她拿着耳机在陆鲸面前扬了扬："要吗？"

陆鲸很快接过耳机："当然。"

两个人静静地听着随机播放的歌曲，窗外的景色从高楼大厦慢慢变成城乡矮楼，再变成田野湖泊。耳机里，阿信开始唱"终于你身影消失在人海尽头，才发现笑着哭最痛[①]"，姜南风终于忍不住了，泪水往下掉。

陆鲸塞了一包纸巾在她手里，没劝她"不要哭"。

姜南风哭得很安静，哽咽道："我小时候总说张老师是把公主囚禁在城堡里的坏巫婆。但后来陈叔叔离开的那次，她也站在陈家家门口，表情很……很……"

时间有点儿久了，姜南风回忆了一下，再说："张老师的表情很悲伤，那次之后我就没再说过她是坏巫婆了。"

---

① 五月天《知足》。

"嗯,我也记得那一次。后来有一次陈熙跟我提起过,张老师那时候给了个装了很多钱的白包,让他记忆深刻。"陆鲸声音淡淡地说,"阿公那次,张老师也有心了,我一直记着。"

姜南风擤了个"云吞",吸着鼻子说:"我现在赚钱了,也想包个白包给杨樱……我包多少好?"

陆鲸习惯性地把纸团拿过来丢进垃圾袋里:"心意不分轻重,你有心,张老师会知道的。"

姜南风"嗯"了一声,继续安静地哭,直到哭累了睡过去。

女孩儿还是和以前一样,张着嘴睡,头倚着车窗,有的时候会像被鱼叼住饵的鱼漂那样往前沉,然后再突然恢复到原位。

女孩儿耳里的耳机早就掉出来了,陆鲸收好线,把 ipod nano 收回书包里,脑袋后仰抵在椅背上。他侧着脸看了她好久好久,久到眼睛都起了雾。

到底没忍住,陆鲸伸手过去扶住姜南风,轻轻地移动,让她靠在了他的肩膀上。

姜南风隐约察觉到了变化。但她只是挪了挪脑袋,找了个舒服的姿势,继续睡下去。

姜南风从她的"母女旅游基金"中拿出五百零一元作为帛金,已经开始实习的纪霭则托姜南风帮忙递了一个白包。巫时迁和陈熙也因为工作关系没办法赶回来,黄欢欢倒是回来了。

张雪玲的告别式来了许多她以前带过的学生和学生家长,人数多得连杨樱都觉得讶异。姜南风也回想起当初朱莎莉说过的那段话,人与人的交往中我们常常只会见到对方其中一个面,而且有时候还会选择性地只看见这个面,继而忽略其他。

姜南风还没来得及了解张雪玲,当想了解的时候,却已经没有机会了。

她不确定,这会不会成为杨樱接下来许多年心里的遗憾。

太多的事情需要杨樱去处理,连哭泣的时间都没有。等到仪式结束,来宾散去后,她才得空歇一会儿。

杨樱洗了把脸,走到殡仪馆无人的地方,拿出手机给江武打了个电话。

电话响了几声后，江武接起，他的嗓子像被烟熏过："喂……告别式结束了吗？"

杨樱细声道："嗯，结束了。不好意思啊，吵醒你了，忘了你天亮才睡。"

江武点了根烟提提神："没事，没能去送阿姨一程，我才不好意思。"

"只有自己亲身经历一次，才知道这里面有这么多需要注意的事。"杨樱叹一口气，说，"那时候你辛苦了。"

江武先送走了外公，在前几年也送走了外婆。家里的亲戚少且没怎么来往，所以两个老人的后事基本都由他一个人操办。

江武低笑一声："这有什么，今晚有人陪你在那里守夜吗？"

"有的，楼里的阿姨叔叔会陪着我，南风也会。"杨樱试探地问道，"江武，我好想跟南风说我们在一起的事……可以吗？"

江武沉默了几秒，说："再等一等吧，好吗？"

"为什么啊？你现在有工作，每天都认真地上班，而且还买了车，买了房。她们不会反对我跟你在一起的。"

杨樱的心里有些难受，好几次姜南风和纪霭问她有没有交男朋友的时候，她都无法如实告知。明明她和江武是光明正大地在交往，为什么还要像以前那样躲躲藏藏？

她已经没了母亲，如今身边最重要的两个人——一个是江武，另一个是南风，她真心地希望两个人能互相认识。

江武吐了口白烟，低声道："杨樱，你那好姐妹的性格你最清楚。她之前觉得旱冰场是那种不三不四的场所，现在也会觉得酒吧是不三不四的场所。要是她知道了你的男朋友是做这一行的，你觉得她会不劝你分手吗？"

杨樱沉默了。她确实觉得姜南风不会喜欢在酒吧里工作的江武，可也觉得，只要坐下来好好聊，说不定南风是能理解她的，因为南风不是是非不分的人啊。

江武听出了女友的情绪，放软了声音，安抚道："杨樱，你乖，再等等，等我的生活能更加稳定，到时候一定请你的小姐妹们去吃饭，好不好？"

杨樱低着头，发丝微晃："嗯，我知道了。我得回灵堂了，晚上再给你打电话。"

"行。"江武对着话筒亲了一下，"杨樱，我爱你。"

杨樱鼻子一酸，哽咽道："嗯，我也是。"

两个人再聊了几句，杨樱才挂了电话，正擦着眼角的泪花，就听见身后有人唤她："啊，杨樱，你在这儿啊。"

回头一看是姜南风，杨樱慌忙地把手机塞进裤袋里，点头道："我没事……你什么时候来的？"

"就刚刚，我找了你好一会儿，我妈说有些事需要你去确认一下。"姜南风伸手去挽她的手臂，"等会儿能休息你就尽量先休息，不然今晚守夜你的身体吃不消。"

安心感灌满胸腔，杨樱勾了勾嘴角："知道，谢谢你，南风。"

姜南风嘀咕："跟我客气……"

杨樱将张雪玲的骨灰寄存在殡仪馆里，准备等以后有集体海葬时再取出来。

这么多年来，虽然张雪玲把杨樱困在身边，可这时候杨樱才发现，其实母亲也被困在那间小小的老房内。张雪玲很少出远门，除了偶尔学校有出差交流的工作，也就是杨樱上大学那一次，请假陪杨樱去了趟广州。

所以杨樱希望张雪玲能跟随着海流，去她想去的地方。

张雪玲的丧事暂告一段落的时候，已经是2009年的元旦。

姜南风和陆鲸打算元旦假期后再陪杨樱一起回广州，临出发的那一夜，好运楼却来了不速之客。

杨樱这段时间都住在姜家，饭后，正帮朱莎莉收拾碗筷的时候，门铃声急促地响起。

来人竟是黄欢欢。她说五楼有人来找杨樱，把防盗门拍得震天响，还说要找锁匠来开门。

几个人飞快地上了五楼，发现来人竟是杨向荣的现任妻子于露露，还有她的儿子杨志明。

小小的楼梯间里挤满了人，于露露见杨樱来了，直接走到女孩儿面前，谄笑道："阿樱，你来啦！我和你弟弟今晚来找你聊点儿事，你快把门开了,我们进家里说。"

姜南风一下子听出了问题,挡在杨樱面前,扬起眉毛:"什么'我们'?什么'家里'?这里不是你们家,是杨樱和张老师的家。"

她又瞥了一眼杨樱名义上的"弟弟"——这家伙今年刚初中毕业,可小小年纪已经长得膀大腰圆,满脸痘疤。

她嗤笑一声:"这位弟弟是谁啊?莫名其妙地认什么亲戚啊?"

杨志明说话也不客气:"你又是谁啊?什么态度啊这是?"

于露露之前就和姜南风闹得不怎么愉快,瞬间拉下脸说:"大人说话,小孩子插什么嘴?"

姜南风冷声道:"阿姨,我今年二十二岁,别说成年,婚都能结了。"

杨樱走向前把姜南风拉到后头,直接问面前两个人:"阿姨,你们找我什么事呢?"

许是见在场的人有点儿多,于露露吞吞吐吐,她的大胖儿子在旁边双手叉腰,说话倒是不客气:"没什么,就是想让你把我爸花钱买的房子还给我们。"

此言一出如惊雷落地,好运楼的一群人都愣住了。

杨樱一张脸煞白,眼泪飞快地在她的眼眶里聚集。

连于露露都没想到儿子会这么直接!她狠狠地掐了把他的手臂,低吼:"你脑子落在家里了是吧?哪有人像你这样把话抖得一干二净?!"

杨志明生疼,皱着眉嘟囔道:"那还不是你们总说'这下这套房子便宜了外人'……"

陆鲸最快反应过来,嗤笑了一声后直接骂:"张老师住院的时候你们去帮过忙吗?后事有出过力吗?现在来这里说这种话,你们要脸吗?"

要骂的话被陆鲸提前说出来,姜南风一肚子怒火无处撒,只好跟着骂了一句:"我的天,你们真不要脸!"

杨樱气得直发抖:"这是我和妈妈的家,我是不会把房子交给你们的……"

于露露伸手去牵杨樱的手,还想把儿子说的话圆回来:"不是不是,你弟弟乱说话,不是这个意思……我和你爸爸呢,是觉得你一个人孤苦伶仃的太不容易了,想要问你要不要把户口移到我们家!这样咱们就是一家人啦。"

杨樱蓦地睁大眼,浑身鸡皮疙瘩冒起,狠狠地推开于露露的手:"我跟你们才不是一家人!"

她太用力了,于露露被她推得趔趄了一下,一屁股摔倒在地上。

"你居然敢推我妈妈?!"杨志明怒火中烧,挥着拳头像坦克般冲过来就想打杨樱。

姜南风站在杨樱身后,见状赶紧把杨樱推开,结果他这拳头直直地就砸在了姜南风的肩膀上!

黄欢欢也是个性子烈的,大吼一声:"啊!你怎么打人啊?!"

女儿被打,往日里平和的朱莎莉也冒火了。她怒吼道:"你们要惹事的话我就报……"

朱莎莉话还没说完,就有一道身影飞快地跑上前,把杨志明整个人撞到了503的防盗门上!"砰"的一声巨响!

陆鲸死死地攥住杨志明的领口,眼神凶狠,嘴角却勾起一抹笑:"谁准你碰她的?嗯?"

众人都被陆鲸的举动吓到,于露露最惊诧,疯了一样扑上去拍打他的肩背和脸。她尖叫道:"你放开他!放开!打人啦!有人打小孩儿啦!"

闻讯而来的几个家长赶紧把陆鲸拉开,也控制住了那母子俩。巫父难得发了大火,拿着手机说要立刻报警。

于露露见事情越闹越大,赶紧拉着儿子朝楼下走。

杨志明边走还边像个刺溜仔那样大小声:"你给我等着!等我去找我的兄弟来!妈!你别拉我,哎哟……"

杨樱焦急地询问南风的伤势:"你的肩膀怎么样?有没有骨折?"

姜南风哭笑不得,用力地拍了两下肩膀:"哪有那么容易就骨折的?你看,一点儿事都没有。"

朱莎莉也过来检查姜南风的肩膀,确认没什么大碍才安了心,接着又去看陆鲸:"你呢?有没有受伤?"

陆鲸的情绪还没有平复下来,胸口一上一下地起伏不停,他摇头:"姨,我没事,没受伤。"

朱莎莉无奈地摇摇头，拍了两下陆鲸的手臂，叹了声："你啊……"

于露露母子过来"讨房子"的做法让好运楼的家长们觉得实在是荒天下之大谬，但仔细地想想，杨樱的家事他们并不是那么清楚。巫父建议大家一起去他家商量一下这件事，以防真让人钻了空子，杨樱也赞成。她需要大人们给她意见。

"你们先上楼，我和陆鲸等会儿再来！"姜南风丢下一句，扯住陆鲸的袖口，拉着他就往楼下跑。

女孩儿这么主动，陆鲸有些惊讶："怎么了？我们去哪儿？"

姜南风心急火燎地说："你的下巴被那女人划出血了，你没感觉到疼吗？"

陆鲸还真的没察觉，抬手就想用手背去擦，被姜南风匆忙地阻止了："别！你的手没洗呢，别碰伤口！"

姜南风拉着他回到 203 房，指指沙发："你坐在这儿。"

陆鲸乖乖地坐下，看着姜南风跑来跑去。帮他清理完伤口，她又找了一片止血贴过来。

她跪坐在陆鲸身旁，叫他低下脑袋。陆鲸依然乖乖地照做，鼻腔里闻到的都是姜南风头发上飘来的甜甜的味道。

他忍不住嘀咕一句："我们好像有点儿……太近了。"

姜南风听出他话里揶揄的意思，抬眸睨他一眼："你是不想靠得这么近了吗？"

陆鲸脱口而出："不，我当然想。"

姜南风用胶布小心翼翼地贴住他下巴上的伤口，低声道："贴好了。"

说完她就想起身，但陆鲸手疾眼快地握住了她的手腕，把她拉回到沙发上。

"啊！"姜南风重心不稳，差点儿整个人贴到陆鲸身上，再抬头时，少年的脸已经近在咫尺。

"等等……等等……"她挣扎着想起身，手腕却被箍得更紧。

"台风夜说的'后悔'，我现在告诉你。"

陆鲸实在等不了了——说是要吊姜南风的胃口，结果快被"秘密"憋死的是他自己。

嗓子有点儿哑，他清了清喉咙，继续说："初三，你在商场里遇见你爸,后来在街上哭了好久的那一次……我们后来坐公交车回家,你在车上哭到睡着。这些事你还记得吧?"

望着陆鲸如深海漩涡的黑眸,姜南风身体动弹不得,只能呆呆地应他一句:"记得……"

前些天回汕时,在大巴上看着姜南风熟睡的侧脸,车身晃荡,光影交错,恍惚间陆鲸觉得仿佛又回到了那一天,他和姜南风之间什么都没有变过。

她是大大咧咧的小女孩儿,他是心口不一的小男孩儿。

陆鲸提了提嘴角,眼睛微眯,声音很低,说道:"我后悔的就是,那时候没有偷偷吻你。"

说完,他低头,在姑娘的唇角上落下轻轻一吻,好似蝴蝶停在蔷薇花瓣上。

心跳已经失控,耳朵已经烫得不行了,他甚至连嘴唇都是颤抖的。

一触即离,抬起头的陆鲸有些不敢看姜南风的眼睛,只能盯着她果冻般的嘴唇。

两个人鼻息炙热,姜南风的双颊很快染上了温度,她有些失神,心里只有一个念头,就是这样子的触碰远远不够。

"不对……"她看着陆鲸的眼,说,"要这样才能算是接吻。"

接着姜南风攥住他的衣服,扯着他弯下的背脊,抬头,吻上他好看的唇。

第十三章
那故事

陆鲸再一次睁眼到天亮，脑子里全是姜南风慢慢朝他靠近的画面，接着……接着……

陆鲸不知道那个吻持续了多少秒，因为当时他的脑子里一片空白，连眼睛都忘了要闭上。

她的嘴唇真的和他想象中的一样，像极了他小时候吃的旺仔QQ糖，粉粉的、软软的、甜甜的，还是草莓口味的……

陆鲸扯起被子包住头，"啊啊"大叫，就怕被隔壁的姜南风听到。

直到快没空气了他才从被子里冒出头，明明是冬天，却满身是汗。

昨晚接吻后，他还傻傻地问了姜南风一句："接吻代表什么你清楚吗？"

当时姜南风没好气地回答："当然清楚，你呢？你清楚吗？"

陆鲸翻身侧躺，面向着姜南风的房间的方向，仿佛视线能直直地穿过这面墙。

姜南风那天在QQ上说的那句"一起睡"又从脑子里蹦了出来，他感觉十分烦躁。

他们真的已经从"朋友关系"上升到"恋人关系"了吗？

他们真的可以做那些……"恋人"会做的事了吗？

满脑子都是些带了颜色的想法，等到闹钟响的时候，陆鲸没辙地叹了口气,心想:原来他也不过是个"单细胞生物"。

他起床洗了个澡,把装了些纸巾团的垃圾袋打了结,偷偷地拿去街口的垃圾桶那里丢了才回来。

他们买的是上午九点的大巴车票。在姜家吃完早餐,几个人就去车站了。

临上出租车之前,朱莎莉对杨樱说:"你安心地读书和实习,别担心家里的事,有叔叔阿姨们在呢。巫叔叔这几天就去咨询一下做律师的朋友,有消息了,姨给你打电话。"

杨樱点点头,感激地说道:"莎莉姨,这段时间真的辛苦你们了。"

"哎呀,客气!快去吧,你们几个路上小心啊,中间停车了就给我打个电话。"

"知啦知啦,老妈,你快回家啦,天冷。"姜南风走过去抱了抱母亲,"你昨晚有几声咳嗽耶,记得去戏布袋① 喝几杯凉茶。"

"知啦,快上车吧。"朱莎莉凑到她耳边小声叮嘱,"多留意杨樱的情况,知道吗?"

姜南风翻了个白眼:"这还用你说?"

大巴上,两个女生坐在一起,陆鲸坐单座。

陆鲸也庆幸自己能趁这机会补个觉,要是跟姜南风坐在一块儿的话,他的脑子肯定又会想东想西。

车子上高速公路后,姜南风看了眼已经睡过去的陆鲸,再对杨樱说:"陆姨姨安排了一辆车等会儿到车站接我们,直接送我们进大学城。你今晚要不要干脆来我的寝室住一晚?我好陪你说说话。"

杨樱:"今晚我先回宿舍吧,明早得去找导师。"

姜南风没有勉强她:"行,那等我回去把手头上的稿子赶完了,就请你和纪霭吃饭,我们姐妹三个人很久没好好聚一聚了。"

"好,你先忙工作,我也得开始找实习机会了。"

提起实习,姜南风说:"陆姨姨是做外贸生意的,我觉得她的公司或许会有与你的专业对口的实习机会。如果你觉得有需要的话,我去

---

① 本地一家老牌凉茶铺。

459

帮你问问。"

杨樱想了想，说："行啊，那麻烦你了，不过我毕业后不一定会从事相关行业，这点你看看需不需要先跟陆阿姨讲一声？"

姜南风有些惊讶地问："那你毕业后想往哪个方面发展？"

杨樱细声道："我比较想开一个属于我自己的舞室。"

闻言，姜南风偷偷松了口气，笑道："那很好啊！这不是你一直以来都想做的事吗？"

杨樱连连点头："对的，我也很喜欢教小朋友们跳舞。"

姜南风竖起两个拇指表示赞成，但转念一想，有些忧心地问："开舞室的成本会不会很高啊？你一个人负担得来吗？"

"主要是场地租金和装修费用，不过不止我一个人……"杨樱停顿片刻，很快接着说，"我应该会和现在舞室里的几个朋友一起合作，不过现在还只是设想阶段啦，具体要怎么操作还得慢慢研究。"

姜南风笑嘻嘻地说："行，你的话肯定没问题。等我以后有小娃娃了，就送到你那里学跳舞！"

"欸……"杨樱敏感地察觉到什么，笑着试探，"有人居然已经考虑到生娃娃的事了？对象是谁呀？"

姜南风差点儿咬到自己的舌头，打着哈哈搪塞过去："假设，我就是假设有这个情况……"

杨樱轻声笑："行，那等我以后有了小娃娃，你也要教他画画。"

"嘿嘿，行啊，包在'干妈'身上！"

对于结婚生子这个问题，少女们以前在深夜谈话时不是没有讨论过。

当初她们开了"赌局"，猜测谁会第一个穿上婚纱，黄欢欢高票当选第一名，纪霭排第二。

她们说好了要做彼此的伴娘，要做彼此孩子的"干妈"。要是条件许可，她们还要把未来的新家买在同一个小区，甚至同一栋楼里，让下一代也像他们小时候那样，一起上下学，一起玩游戏，可以的话再来个"娃娃亲"……

陆鲸把卫衣帽子拉得很低，盖住眼睛，脑袋倚在车窗上，一副已经睡着的样子，他的注意力却全被两个女孩儿的对话吸引过去。

陆鲸不解：生娃娃什么的……她们怎么能在车上讨论这个问题？！

现在就像以前他跟在姜南风她们几个女生身后回家一样，听到有些话题后，他的一双耳朵就会微微发烫！

但他现在可不是"好姐妹"了！他是姜南风的……姜南风的……

不……陆鲸的心里还是没底，他总感觉和姜南风之间的相处模式还和以前一样，并没有太大改变。

路上有点儿堵，进到大学城的时候已经快下午五点了，天空逐渐变色，云朵如镀了层金边的鲸。

司机先送杨樱到了华师，问副驾驶座上的陆鲸："接下来是不是去华工？"

陆鲸说："阿叔，麻烦你直接送我们到广美就行，我也在那里下车。"

姜南风往前倾身，问："你不回学校吗？"

男孩儿的脸上没什么表情，他说出来的话却很直接："我想和你再待一会儿。"

姜南风睁圆了眼，飞快地瞄向司机阿叔。见对方表情无异样，她才故作镇定地往后坐，"哦"了一声就算回应了。

两个人的行李都很少，姜南风先回寝室放了行李包，洗了把脸后准备下楼去找陆鲸。

刚出门，她忽然扯起领口闻了闻。

闻是闻不出有什么怪味，但她纠结了几秒，还是回屋里换了套新的衣服，再梳了梳头发，才下了楼。

陆鲸在宿舍楼下的平台栏杆处等着姜南风——远远望去，少年的背影又一次融入夕阳中，她只需眨一眨眼睛，就能将这一刻如拍照般定格在脑内。

她放轻了脚步走过去，但还是被陆鲸发现了。他转身走向她，挑眉问："嗯？怎么换衣服了？"

到底有些难为情，姜南风把发丝掖到耳后，声音和云朵一样轻："想换就换呗……我们现在去吃饭吗？"

"对，你肚子饿了吧？"

几个人中午只在车上吃了面包，姜南风点点头，问："去食堂？"

"去旁边村里吃吧。烧鸡？酸菜牛肉？牛杂……"

口水都快流出来了，姜南风抢答："酸菜牛肉！还有他家的炒米粉！"

陆鲸的嘴角终于有了笑意，他说："好，走吧。"

玫瑰色的夕阳从后方拥着他们，让脚下的影子也染上了些许暖意，两道影子一高一矮，摇摇晃晃，就是中间隔了大约半个手臂那么长的距离，显得有些拘束。

姜南风优哉游哉，双手插着帽衫前兜，眼睛时不时地瞥向一脸紧张、好像装满心事的陆鲸。

陆鲸的双手也插在前兜里头，手指都快打成结了，一句"我们能不能牵手"含在嘴巴里成了快要化掉的糖，可他还是开不了口。

走着走着，他忽然发现地上只剩他一个人的影子，姜南风的不见了。

一瞬间，心跳都好像漏了一拍，仿佛昨天的亲吻不过是他的一夜美梦，他依然是那头形单影只的鲸鱼。

猛回头，只见姜南风站在几米外，他眼中的她整个人都让夕阳裹住了，是那么温暖、安静、明亮。

陆鲸赶紧走了几步："你……你怎么突然停下来了？"

姜南风撇着嘴说："我才要问你，怎么一直都心不在焉？还有，你早上起床的时候有没有照镜子？知不知道你今天像只大熊猫？昨晚整晚没睡？在想什么呀？"

陆鲸不承认："没有，我睡得可香了。"

姜南风盯着男孩儿有些无神的双眸，蓦地踮起脚，趁他没反应过来的时候，嘴唇轻轻擦过他的唇。

很快脚后跟落地，她眨了眨眼，故作无辜地问："所以昨晚没有在想这个吗？"

陆鲸呆愣在原地。他脸红、耳烫、喉咙痒，情绪如夏天的三角梅一样疯长。

他将心里那些暗藏的"不确定"驱逐出境，接着捧住姜南风的脸，

· 462 ·

弯下背，低下头。

天边的云朵追逐着温柔的晚霞，而他追逐着心上人的唇。

少顷，陆鲸直起背，但还是垂着脑袋，低声承认："嗯，昨晚一直在想这件事，还有，我总不敢相信我们在一起了。"

姜南风脸颊发烫，安静地看着他。

她何尝不是也有这种感觉？他们认识的时间太长，长到姜南风觉得好像已经过了大半辈子。他们是朋友，是邻居，但其实更像是一家人。

他们谈恋爱的话，会不会处着处着，最后还是变成"好兄弟"了？还有，如果处不来，最终走到分手这一步的话，他们之后又要如何相处？

未知的事情有许多，可已知的事情也不少，她了解陆鲸，陆鲸也了解她——在陆鲸身边，她可以轻松自在地做"姜南风"。

姜南风是愿意试一试的，试试跟陆鲸走得更近一些。

姜南风突然伸手，直接抱住了陆鲸的腰。她能明显地感觉到男孩儿全身的肌肉在一瞬间绷紧了。

她抬头看着他的眼，问："那这样子呢？能相信了吗？"

心湖荡开一圈又一圈的涟漪，陆鲸面红耳赤，右手往后，一把握住了姜南风的左手。

两个人十指紧扣，陆鲸认真地说道："要这样子才可以。"

正值饭点的餐馆很热闹，姜南风和陆鲸坐在靠玻璃窗的位子上，不大的桌子上摆满菜肴。

姜南风有些闷闷不乐，平时最喜欢的干炒米粉只吃了一小碗就放下了筷子。她说："其实我之前在灵堂里，听到了杨樱在跟江武打电话。"

在这之前他们正聊着昨晚杨樱家的突发事件，突然跳跃的话题让陆鲸的大脑一下子没反应过来，他问："杨樱跟谁？"

姜南风说："江武啊，你的'老朋友'。你还跟他有联络吗？"

陆鲸想了想，如实道："没有，得有三年，还是四年……反正没联络了。"

他把姜南风的小碗取了过来:"杨樱现在和江武重新在一起了?"

"应该是吧……"见陆鲸将米粉夹进她的碗里,她努了努嘴,说,"不用夹太多啦,我现在胃口很小。"

"哦。"陆鲸嘴上应着,但碗里的米粉还是堆起小小的一个尖儿。他把碗放回姜南风面前:"为什么是'应该'?杨樱没跟你提起过吗?"

姜南风拿起筷子,摇摇头:"没有,虽然看得出来她有交往的对象,但我和纪霭都没问下去。"

"为什么?你们这群小姐妹不都没有秘密的吗?"

"怎么可能?你以前对我说过'你在我面前没有秘密',结果还不是偷偷暗——恋——我。"姜南风故意拉长了音。

"喀喀……"

"哟,心虚地咳嗽。"

"才不是,只是吃到花椒了。"陆鲸拒不承认,"那你为什么不问杨樱?"

"等她自己想说的时候就会说吧。"姜南风唉声叹气,无奈地说道,"'女儿'长大了自然都有自己的想法的,'老母亲'是管不了那么多喽。但我们会做好准备,如果她受了情伤,我们的怀抱随时为她敞开。"

看女孩儿一脸"慈祥"的模样,陆鲸忍不住笑道:"你现在好像莎莉姨啊。"

姜南风挑眉:"这是夸还是贬?"

"当然是夸,莎莉姨多好啊,你像她,你也很好。"

简单直接的夸赞很让人受用,姜南风低头扒拉着米粉,嘴角早就悄悄扬起了。

又吃完一碗米粉,姜南风喝了口可乐,问:"你和江武那么长时间没联系,如果麻烦你去打探一下他现在在广州做什么工作的话,会不会很困难?"

"以前玩游戏的那群人应该有和他还保持联系的,我帮你问……"

"陆鲸?!"

陆鲸的话还没说完就让人打断,还有敲玻璃的声音,抬头一看,他倒抽一口冷气。

是萧平原,还有其他室友和同学,一行人隔着玻璃,神情惊讶地看着他。

当然,他们也看向坐在陆鲸对面的姜南风。

"是你的同学吗?"姜南风问。

"对,有几个是我的室友。胖胖的、戴眼镜的那个叫萧平原,就是我以前提过睡我对床、睡觉会说梦话的那个家伙……"

陆鲸正介绍着,那群穿着不同颜色格子衬衫的男生已经鱼贯而入了。

他们也是来吃晚饭的。一楼没位置了,服务员领着男生们去往二楼,萧平原则作为代表走过来和陆鲸打招呼。

看到女孩儿,平时牙尖嘴利的男生有些结巴:"哈……哈喽!我是陆鲸的室友……"

姜南风拿了张纸巾擦擦嘴,笑着打招呼:"雷猴,他之前提过你们的,你叫萧平原。"

萧平原有些讶异。

陆鲸睨他一眼,佯装若无其事地介绍道:"我的女朋友——南风,在广美读书。"

"呼——"他偷偷在心里长叹一口气,能名正言顺地说出这句话,这感觉也太爽了吧。

萧平原更惊讶了,豆豆眼睁得好大,还推了推眼镜像是想要确认什么:"广美……你就是画画的那个女生吗?"

姜南风顿了顿,有点儿疑惑,笑着答:"我是美术生,当然要画画啦。"

"不不不,我们都知道陆鲸……"

陆鲸蓦地跳起来捂住萧平原的嘴,一对耳朵已经肉眼可见地变红:"你话那么多干吗!快上去吃你的饭!"

萧平原兴奋得不行,挣脱后,竹筒倒豆子地说:"陆鲸的电脑里有一个文件夹,里面保存了许多漫画。他整天在里头挑图,还用软件做了不同的壁纸,电脑桌面换来换去。但问他到底是谁的画他也不说,后来我们才知道那是他喜欢的人……"

眼镜小胖哥被陆鲸强行捂嘴拉走,姜南风呆坐在原位。

过了好一会儿,陆鲸才匆匆地走回来。坐下后他清了清喉咙,拿起可乐抿了一口，嘟囔道："萧平原说话好夸张的，你信一半就行了……"

姜南风用筷子在大碗公里翻来翻去，把剩下的滑嫩牛肉都夹到陆鲸的碗里。她试探地问："你是从什么时候开始收集我的作品的啊？"

"就……从一两年前开始的吧。"陆鲸胡乱回答。

姜南风眨眨眼，没说话。

两年前，姜南风和连磊然感情正好。好运楼有聚会时，她都会叫连磊然参加。唱歌时姜南风很喜欢点一些情侣合唱的曲目，让连磊然陪她唱，像是什么《今天你要嫁给我》，什么《被风吹过的夏天》……

所以陆鲸当时是什么心情啊？姜南风又不傻，把这种问题记在心里就好了，不用非要知道答案。

饭后，陆鲸买完两张单，准备上楼跟同学们道别。

姜南风问他："我需要上去跟他们打个招呼吗？"

"虽然我很想让全世界都知道我有女朋友了……"陆鲸挠了挠后脑勺儿，有些不好意思地说，"但是我怕他们在你面前说我坏话……等我回去'培训'一下他们，然后下一次，找个机会再约出来吃顿饭，可以吗？"

姜南风笑出声："你是做了什么坏事吗？为什么他们要说你的坏话？"

陆鲸闭口不言。他可不想让姜南风知道，他在烧烤摊喝醉了酒，抱着萧平原又哭又叫"肥妹仔，你怎么不钟意我"的糗事。

陆鲸牵住姜南风的手，轻轻地捏了两下她的手心肉，垂首低声道："你不用有压力。你是我的女朋友，又不是他们的，不想打招呼也没事的。"

鼻子瞬间泛酸，姜南风心跳得忽然有点儿快。她回捏了两下陆鲸的手，说："好，那就帮我跟他们说一声，下次再一起吃饭吧。"

陆鲸笑："行。"

让姜南风在饭馆门口等自己一会儿，陆鲸上楼跟萧平原他们道别。

他收下室友和同学酸柠檬般的祝福，顺便把有些碍事的行李袋丢给了室友，麻烦他们帮忙带回宿舍。

下楼时陆鲸跟店家再买了瓶矿泉水，进洗手间里漱了漱口，才走出饭馆找姜南风。

月亮出来了,像谁安静地微笑的嘴角,两个人踏着月光往美院走,这次两道影子中间多了一道小小的桥梁,连接着他和她。

中途陆鲸绕了路,说吃得太饱啦,想去广美湖湖畔走一圈消消食。姜南风哪能不知道他蠢蠢欲动的小心思,憋着笑答应了。

夜风吹过湖面,月光是四散的蒲公英,湖畔有学生在夜景写生,有人呆坐放空,有人抱着吉他弹唱,也有不少好像他们这样牵手散步晒月光的情侣。

陆鲸每走几步就要低下头轻吻女孩儿的唇。他根本控制不住自己,仿佛成了一个还没长大的小娃娃。没办法,他实在等了太久,当然要趁这个机会多讨一些糖吃。

姜南风不知道此时的陆鲸有什么感觉,只知道自己要糟糕。

尽管他的每一个吻都是轻飘飘的,宛如蜻蜓点水,但这"蜻蜓"实在太积极,每点一次,姜南风的心脏便像这身旁的湖泊一样,荡起盈盈波光。

她心中明白,这是恋人之间才会有的感觉,不是好朋友,不是好邻居。

可这"蜻蜓"也太轻,每次都只是轻轻一碰就离开,撩得人心痒难耐。姜南风心一横,见四周无人,踮脚钩住他的脖子,主动地加深了亲吻,把男孩儿含糊的闷哼声全卷进自己的口中。

陆鲸不曾经历过这样的事,这下连手要放在哪儿都不知道了,呼吸更是乱了套,大脑一片空白,只剩舌尖本能地与之纠缠。

海面卷起漩涡,一直往下,一直往下,惊扰到了那头沉眠于深海的鲸鱼。

皎洁的月光下的银丝瞬间断裂,由姜南风开始,也由姜南风结束。双颊烫得惊人,她想:好在湖边的小径光线昏暗,不然肯定要让陆鲸看出她不过是在强装镇定。

不过这个深吻也让她确认了一件事……

"你刚才是不是偷偷漱口了?怎么没有酸菜味道?"姜南风拢起两只手哈着气,闻了闻自己,立刻皱着鼻子说,"啊!我有味道!你真狡猾,怎么不提醒我也漱口?"

陷在迷离中的少年还没回过神,微合眼帘,猛地踏前一步,用手揽住姜南风的后腰,稍微用力,就让女孩儿贴上了他的胸膛。

这下轮到姜南风手足无措了。她一口气吊在喉咙里,下不去也上不来:"等……等一下……"

再开口时,陆鲸的声音已经完全沉下去了,他问:"有味道吗?我得再试试才知道。"

少年的吻是未到暮春时节的青梅,酸涩,一开始还会把牙齿磕碰得发软,得含久了她才能品出微甜的味道。

姜南风有些恍惚,发觉是她轻敌了,忘了陆鲸这家伙从小学东西就极快,无论是有八个发音的方言,或是全英文的电脑游戏,还是现在的亲吻。

在交缠的鼻息快达沸点时,陆鲸慌张地后退。

少年的腰微弯着,用手背捂住嘴,好像他才是那个被强吻的人。

姜南风喘着气瞪他,也用手背将嘴角的津液抹开:"怎么样?尝出来了没有?"

陆鲸皱着眉,不敢再看她的眼,哑声道:"就……很甜的味道。"

杨樱今天没回市区的住处还有一个原因,就是江武今晚得陪老板去应酬。她回家了,也是一个人吃饭。

晚上八点左右江武来电,杨樱走出寝室才接听,声音很甜地说道:"喂?你吃完饭啦?"

江武轻笑一声:"嗯,你猜我现在在哪里?"

很安静,肯定不是在酒吧里,杨樱猜:"回家了吗?"

江武一只手扶着方向盘,另一只手拿着手机,往大学城的方向开:"笨蛋,我快进大学城啦。"

杨樱惊喜地问:"怎么过来了?"

"那么多天没见,你不想我吗?"

"想的啊……"杨樱嘟囔,"你今晚要在这边过夜吗?"

大学城内,各种小宾馆和小旅馆遍地开花,但江武不喜欢那种,一般进来找杨樱的时候,都会去商务酒店住一晚。

"不过夜了,我就是进来看你一眼,晚点儿还得回酒吧。"江武敲了敲方向盘,微眯起眼,敛了笑,"然后,你把昨晚遇上的事重新跟我讲一下。"

江武把车停在华师音乐学院附近,杨樱从宿舍走过来只需十五分钟,这样会比停在华师附近安全不少。

他不希望杨樱上他的车的时候被同学看到。三人成虎,他不想学校里有关于杨樱的谣言传出来。

杨樱还没来的时候,江武拿了瓶矿泉水漱漱口,再取了片口香糖塞进嘴里嚼。

再等了一会儿,他见到了小跑过来的杨樱,她的长发在空中飞舞。

他提起嘴角笑笑,闪了两下大灯。杨樱开了车门上车,人还没坐稳,就被男人揽住,吻落下来,有薄荷的味道,但还有另一种味道……

他开到一条人烟稀少的马路上,旁边只有杂草丛生的空地。

他把车停到路旁,将天窗打开,车椅放平,两个人手牵着手,看着夜空中的月半弯。

杨樱把昨晚于露露和杨志明来"讨房子"的事一五一十地跟江武讲了一遍。

"我把房本找出来了,上面只有妈妈的名字,没有杨向荣的。叔叔阿姨们都说这样就没问题,等放寒假,我回去申请过户就行了。"杨樱忽然坐直身,"你把座椅往后弄点儿。"

江武照做,调直椅背,又把杨樱抱到了身上,笑声慵懒:"乖乖女现在越来越胆大了。"

杨樱白他一眼:"别乱想,我只是想抱抱你。"

她放任自己整个人化在了江武的怀里,声音有些低落地说:"这半个月过得好累啊……尤其昨晚的事,我真的气哭了……"

"辛苦你了,怪我……要是我在那里,那对母子肯定不敢对你提出这种荒谬的要求。"江武轻吻过她散着花香的头发,泰然自若地问了一句,"对了,你知道你养父他们一家三口,现在住在哪里吗?"

大家都知道了姜南风和陆鲸谈恋爱的事。

最先知道的自然是那群老朋友,在"好运来"QQ群聊里宣布这个消息之前，陆鲸还把不同语气的语句发给了姜南风任其挑选，看是要正经一点儿的，还是要搞怪一点儿的。

他们本以为一群人得知后肯定会兴奋得乱叫，没想到大家的第一反应竟是"我们以为你们俩早就在一起了，只是不好意思说而已"。

陈熙和巫时迁甚至热心肠地私聊了陆鲸，问他是不是有什么难言之隐，又说在恋爱和其他方面有问题随时都能找他们俩咨询。

陆鲸一开始不屑，但后来他还是悄悄问了兄弟们，自己应该提前准备些什么东西……

两家家长也很快知道了这件事。一个周末，陆鲸回家的时候，陆嘉颖特地与他促膝长谈了一个小时，交代了他许多事，最后语气认真地对他说，如果他敢欺负姜南风，她就要敲折他的脚骨头。

陆鲸撇撇嘴，心想：阿公和小姨虽然整天吵架，但某些方面真的很像。

也趁这个机会，陆鲸问小姨，他的妈妈是不是给他留了些什么"老婆本"……

陆嘉颖乐不可支，开玩笑道不仅有"老婆本"，要是陆鲸真能和南风修成正果，她也会送上"天价嫁妆"，把陆鲸风风光光地"嫁"出去。

2009年的农历新年来得很早，杨樱这个寒假在姜南风家里住，年夜饭也在姜家打边炉，不过年初三时就回了广州，说是舞室接了几场过年期间的商演。

陆鲸帮忙在旧友那边打探过江武的消息。不过大家都只知道江武在广州混得还不错，是一个大老板手下的得力干将。别人还在当月薪一两千块的打工仔时，江武已经有车有房，俨然是"社会成功人士"了。

姜南风向上天祈祷，老爷保贺，希望杨樱这次的恋爱要谈得顺顺利利，不要受伤。

年初四时，陆鲸专程回汕。这一天他竟穿上了正儿八经的衬衫，纽扣扣至领口，还提着几盒燕窝和保健品礼盒来了203房，一本正经地跟朱莎莉说他和姜南风谈恋爱的事。

朱莎莉笑到流泪，在一旁的姜南风也羞得想找条地缝钻。最后她恼羞成怒地拿起抱枕去砸陆鲸，骂他是不是有毛病，怎么搞得跟提亲似的。

晚上，陆鲸依旧在203吃饭。对于谈恋爱这件事朱莎莉没怎么提起，他们反而聊了不少两个小孩儿最后一个学期要做的事，还有就业方向……

大学的最后一个学期，姜南风没有找实习单位，也放弃了校招。她将所有的精力都投入到新作品的创作工作里，从人设到脚本都经过许多次打磨，废稿堆满文件夹。

责编鼓励姜南风今年专注做这一本漫画，明年争取出版和参赛，她自己也想再往上走一走，看看最后能攀上多高的山峰。

姜南风的这本漫画讲述的是一个奇幻与现实交互穿插的故事。

一位名为朱莉莉的新婚少妇，在事业、家庭、婚姻、友情等方面遭受多重打击后轻生。

睁眼时，莉莉发现自己身处"天堂"等候处，可周围排队等着进"天堂"的全是各式各样的玩具，只有她是人类，而且她的"灵魂"形态是小时候的自己。

后来她才知道，自己所在的地方是只收玩具"灵魂"的"玩偶天堂"。当玩具们被主人丢弃或损坏得无法再用时，"灵魂"会来到这里，等着再次"投胎"到新的玩具里。当然，也有很多对原来的主人念念不忘的玩具。它们暂时无法"投胎"，就会先住在"天堂"里。

在找寻方法回到人间的路上，莉莉遇上了许多的玩具，甚至遇到了她小时候最喜欢的那只毛绒熊公仔。她听玩具们诉说那些或开心或悲伤的往事，在这个过程中，也渐渐回忆起那些在成长的路上逐渐被抛弃的往事，慢慢找回原来的自己。

姜南风以这个故事为基础，将创意应用到毕设作品当中，衍生出VI（视觉识别）设计方案和系列包装设计。

毕业布展时需要不同的系列衍生产品，除了常见的印花T恤、环保袋、抱枕、文具等周边，姜南风还通过陆嘉颖的介绍找到一家做毛绒玩具的工厂，委托对方制作了其中两只公仔角色的毛绒公仔。

之后她又去找陶艺专业的同学，在对方的指导下亲自烧了一套餐具。最近，她还建了3D（三维）模型，准备买黏土、喷漆来做手办。

但不只她一个人忙得像个小陀螺,她身边的每个人都在忙毕业和工作的事。

纪霭会留在实习的那家会计师事务所工作,杨樱则一边实习一边物色适合做舞室的场地。陆鲸的目标一向明确,就是游戏开发,校招时他已经拿到了网易游戏的offer,准备毕业后入职。

最近和姜南风一样,陆鲸也在弄毕设和论文,所以这对本该在热恋期培养感情、缠绵恩爱的小情侣,只能见缝插针地见面和约会。

劳动节假期姜南风回了趟家——她的一个表姐结婚,她赶回去喝喜酒。

这也是记忆中的"第一次"吃席,小时候跟着父母吃喜宴的事记不住了,时隔多年参加一场婚宴,她倒是样样都觉得新鲜。

她一边吃着烤乳猪,一边把刚才在迎宾处和新娘新郎拍的合影用彩信发给陆鲸:"原来结婚这么麻烦的啊!我表姐今晚连水都没喝几口,饭就更不用说了。哇,得穿高跟鞋站那么多个小时,还没饭吃,是我的话肯定受不了。"

过了一会儿,她收到陆鲸的回信:"那就办一场新娘穿波鞋、不用应酬宾客、不停地吃吃喝喝的婚礼,怎么样?"

双颊滚烫,姜南风把手机九宫格按键按得"噼里啪啦"地响:"哦,我妈叫我好好吃饭不要顾着发信息,拜拜!"

她最近时不时会像现在这样,被陆鲸直截了当的话语惹得小心脏"怦怦"乱跳。

他们交往才不到半年耶,刚准备踏入一个新的人生阶段,未来会遇见什么事情全都不清楚,可他怎么……怎么这么快就开始考虑结婚的事?

有的时候,姜南风会觉得陆鲸略微有些着急。但他为什么着急、在着急什么,她还搞不清楚。

假期最后一天待在家里,姜南风一早陪朱莎莉去买菜。

传统市场前些年整改过,摊贩们统一搬到了旁边新建好的菜市场里,有瓦遮头,环境比以前好了不止一点儿半点儿。

朱莎莉想买条鱼,母女二人去了纪家的鱼档。纪母热情地招呼,一边杀鱼,一边问朱莎莉:"阿姐,过些天你家女儿拍毕业照的时候,你要不要上广州啊？"

姜南风替朱莎莉回答："要的要的，我妈连要穿什么衣服都想好了，比我还贪靓。"

她反问纪母："阿姨叔叔，纪霭下个星期就要拍毕业照，你们会去吧？"

和丈夫相视了一眼，纪母有些赧然："阿霭是叫我们去啦，我们档口也可以休息两天，但就是……我怕我们去了会不会反而让她丢脸了。"

姜南风蓦地睁大眼，连连摇头，惊讶地说道："姨，你千万别这么想！纪霭一定很希望你们去的，到时候我也会去。我们一起给她送花，然后我给你们拍全家福！"

纪母把处理好的鱼装袋，想了想，笑道："行，那我们到时候见。"

回家的路上，朱莎莉问姜南风："纪霭还有没有跟那个出国的男孩儿在一起？"

姜南风深呼吸一个来回，叹了口气，说："没有，他们也分手了。"

姜南风也是上个月才知道这件事的。当时纪霭的嘴角挂着笑，所以姜南风不知道，她之前究竟哭了多少个夜晚。

许多人在经历着未曾经历过的事情，初恋失恋，如何疗伤，如何振作，如何不被泥泞的回忆困住……这些同样也是过去十六年的求学经历中他们未曾学过的课题。

恋爱这门功课好难，姜南风其实心里没底，不知道自己和陆鲸的这一场恋爱最后能拿几分。

她自然希望至少不要不及格，不然未来两个人分开的话，自己会少了一个老友……

不行，她没法想这件事，失去一个知心老友，似乎比失恋还要痛苦许多倍。

母女俩回到家，一上楼梯就见三楼301房的李伯伯站在姜家门口正按着门铃。

李伯伯说，他们家浴室的水管昨晚爆了，淹了一地，虽然后来他处理好了，但不知道会不会渗进201房里，想麻烦朱莎莉开门进去看看。

老楼上了年纪，这些年许多住户家中都出现了一些小问题，像高层的住户水压不够、水管生锈老化、墙壁渗水或脱皮掉落等，少有人住的 201 房也难以避免。

　　朱莎莉开了门，几个人进去检查了一下，果然在客厅边角发现了渗水的情况，而且水渍漫延进了陆鲸的房间里，除了墙壁，天花板下方的储物柜也遭了殃。

　　李伯伯说他家会负责修补墙壁，麻烦朱莎莉跟 201 的屋主说一声。

　　朱莎莉打电话告知了陆嘉颖此事。陆嘉颖这几天在外地出差，说好像储物柜里还放了些陆程的旧被子，需要请朱莎莉帮忙看看能不能先拿下来，免得被污水浸湿。朱莎莉说没问题。

　　姜南风搬来梯子，爬上去打开了储物柜，一股潮湿的霉味扑面而来。她拿手电筒照了一下，发现柜子的边角已经湿透。

　　柜子里面东西不多，也就两床旧被子和一些旧物，还有一个蓝绿色的白盖塑料收纳箱，姜南风拎起来，觉得有些重量，像是一些书。

　　老被子难免有些味道，姜南风帮忙把被子拿去了阳台。朱莎莉拿着丫杈拍打老棉被，交代道："你去拿条湿毛巾把其他东西先擦一擦，还有那个收纳箱，也不知道里面放了什么东西，得打开看看里面的东西有没有发霉。"

　　姜南风应了声"好"。

　　把其他物件擦拭干净后，姜南风打开了收纳箱，却因映入眼帘的漫画书而愣在了原地。

　　"奇怪……怎么会是……？"她自言自语着拿起了漫画书。

　　是《魔卡少女樱》第六册，全新的，漫画书的塑封膜还在。姜南风皱了皱眉头，很快想起了什么。

　　她还有许多漫画书寄放在陆鲸的书柜里，包括那一整套《魔卡少女樱》，柜里连磊然送的那套漫画书是齐全的，没有缺少哪一本。

　　姜南风把两本"第六册"摆在一起对比，心跳越来越快。

　　她又走回去，把收纳箱里面的东西一样一样地拿出来——里面有一套她曾经很想要的漫画工具包，包装未拆，装原稿纸和网纸的透明塑料袋都已经氧化泛黄了。

　　姜南风已用电脑作画多年，如今再见到这些漫画工具，记忆也被一点儿一点儿地唤醒。

很久很久以前，陆鲸曾经问过她，那些不同价格的漫画工具包哪一个最实用。她回答他，当然是最贵的那一款，里面包含的东西最多……

视线有些模糊了，姜南风揉揉眼睛，像花瓣挤出了露水。

她小小声骂："白仁仔……东西放了这么久，都不知道还能不能用……"

拿起原稿纸，姜南风还看见了另一个很眼熟的东西，一个画了个猫咪脑袋的白色塑料礼袋——这是高一暑假的那个本地漫展上，她给买了她自制周边的客人搭配的礼物袋。

她专门去挑了这款两面都是空白的袋子，然后再用油性笔在上面画上图案，可爱的猫咪举着肉爪子，说一句"Thank you"（谢谢你）。

那一次，陆鲸明明没来，却有这个袋子，而且里面还装了不少当年她在漫展上贩售的周边，像过了胶的书签、塑料钥匙扣、黑白复印的便笺纸和信纸……

姜南风又想起来了——那时候黎彦来漫展买了不少这些小东西，姜南风当时以为他是因为纪霭才这么捧场……

鼻子酸得好似让人狠狠地打了一拳，姜南风猛仰起头大喘气，可眼泪止不住，一直往外冒，滴在那些尘封了好久的旧物上。

她吸着鼻子整理剩下的东西，里面还有一些小物件，像她钟意的动漫角色的手办、几本刊登过稿子的杂志、长得和"细细粒"很相似的猫公仔……

"阿妹，东西收好了没有？"朱莎莉在客厅里大声问。

"好了！"姜南风哑着声音回答，把东西一股脑儿地全放了回去。

她擦了泪，捧着箱子跑出房间，大声嚷嚷："妈！妈！你把晚上要吃的菜中午煮了好不好？我下午想要提前回广州！"

姜南风也有些着急了。她急着想快点儿见到陆鲸。

大巴快到广州的时候天全黑了，还下起了瓢泼大雨。大巴车速很慢，比原本的到站时间慢了快一个小时。

姜南风的脑袋斜倚在车窗上，窗外黑乎乎的，她什么都看不到，对向车道偶尔来车，车灯映在车窗上的一颗颗水珠里，像极了一闪而逝的花火。

她想起了高三暑假的最后几天，他们在南澳岛上的许多事。

那晚她挥着仙女棒，陆鲸问她"欢喜吗"，她回答"我欢喜啊"。

那几天，好像她无论什么时候看向陆鲸，他们都会对上视线。也就是说，陆鲸一直在看的只有她……

似乎被仙女棒的丁点儿火花喷溅到了心脏上，酥麻感瞬间传遍四肢百骸，连手指尖尖都麻得发痒，她得攥紧拳头才能缓解。

姜南风闭上眼缓了缓起伏的情绪。

耳朵里塞着耳机，是陈奕迅在唱："遗憾我当时年纪不可亲手拥抱你欣赏，童年便相识，余下日子多闪几倍光[①]……"

她又蓦地睁开眼！

这几年一群老友聚会唱歌时，他们每个人都会有自己的"饮歌[②]"，像姜南风每次必唱《野孩子》，黄欢欢必唱《爱你》，一群男生必定合唱《笨小孩儿》。

而陆鲸每次都会唱这一首《时光倒流二十年》，还有另一首……另一首周杰伦的……

姜南风飞快地从 MP3 里找出了陆鲸常唱的那一首歌，直接按下播放键。

在听到周杰伦唱"想要对你说的不敢说的爱，会不会有人可以明白[③]"时，姜南风起了一身鸡皮疙瘩。

说曹操曹操到，手机振动，是陆鲸来电，姜南风接起，小声道："喂……"

陆鲸的语气有些着急，他问："到哪里了？有下雨吗？"

"刚才看到一块牌子，还有五公里就到收费站了。"姜南风探头看了一下大巴的风挡玻璃，说，"雨还蛮大的，所以司机开得很慢。你那

---

① 陈奕迅《时光倒流二十年》。
② 粤语：最拿手的歌。
③ 周杰伦《轨迹》。

边呢？"

"天河这边雨也大，慢一点儿没事的，安全才重要。"

傍晚突降的这场暴雨让许多大巴延误到站，候车室内有不少人和陆鲸一样等着接车。他此时站在门口打电话，眼前雨帘悬挂。路旁的下水道盖来不及排涝，有些地方已经积起了几厘米的雨水。

下午他接到姜南风的电话，才知道她要提前回广州。听姜南风说她已在车站且买好了车票，陆鲸惊喜之余又有些疑惑，便问她怎么临时决定要提前回来。

"因为我想你了。"

姜南风一句直白的回答就能让陆鲸心神荡漾一整个下午。他一行代码都写不成，屏幕里密密麻麻的英文好像全有了生命，能自动组合出姜南风的脸。

再等了半个小时，姜南风所乘的那辆大巴终于到站，陆鲸撑伞走进雨幕里，隔着车窗看见女友。他勾起嘴角朝她挥了挥手，示意他会在后车门处等她。

姜南风抿着嘴朝他连连点头。

她无法形容自己此刻的心情，总之有好多好多的欢喜，就像这漫天大雨灌进她的胸腔内，蓄起一汪温热甜腻的湖水。

车一停稳，姜南风就迫不及待地下了车。陆鲸接过她的行李袋，把伞移到她的发顶上面，第一句便问："有没有饿坏了？我们去找点儿东西吃……"

他还没说完，女孩儿已经用双臂环住他的腰，紧紧地把他抱住了。

陆鲸愣怔，雨水在伞面上蹦跶的声音和心跳声混在一起，震耳欲聋。

他喉咙有些痒，问："南风，你怎么了？"

姜南风将整张脸埋在男孩儿的胸口上，闻到的全是他身上干净清新的柠檬香味。她声音含糊地问了句："陆鲸，你是不是傻仔啊？"

陆鲸被她没头没脑的问题问住："啊？什么傻仔？"

姜南风的眼眶里已有水汽积聚，她又问："我问你，你是不是傻仔？是不是大笨蛋？"

他们挡住了其他乘客下车，陆鲸一只手拿伞，另一只手揽住姜南风的腰,带着她往旁边走。他笑得有些不知如何是好,语气轻松地反问她:"你说呢?我们认识那么多年,你不是骂过我很多次是'白仁仔''白仁弟'吗?"

两个人走到候车室的雨篷下,陆鲸刚把伞收好,又被姜南风扑过来抱住了。

没握紧的雨伞"啪嗒"一声跌落在地上,陆鲸没着急捡,也顾不上会不会挡住别人的道,伸手抱住了怀里的女孩儿,低声笑道:"你今天怎么了?先是提前回来,现在又像只小树袋熊一样抱住我不放,你有这么想我呀?"

姜南风在他的胸口上来回地蹭了几下,把控制不住溢出的些许泪水全抹到他的 T 恤上。她哑声唤他:"陆鲸……"

陆鲸用嘴唇轻贴她的发顶吻了吻:"嗯?"

姜南风抬头,眨着一双水光潋滟的黑眸,答非所问:"我今晚不想回宿舍了。"

世界好像忽然之间安静下来,没有汽车引擎声,没有路人嘈杂声,没有滂沱雨声,声音全消失不见了。

陆鲸已不是不谙男女之情的小孩儿——二十二岁的他能立马明白姜南风说这句话的意思。

这几个月他们忙于各自毕业的事,约会都是在学校的食堂里或运动场上。两个人都规规矩矩的,牵牵小手、接接吻已经是极限了。血气方刚的少年禁不起撩拨,平日连深吻都不敢,就怕在姜南风面前失了态。

明明女孩儿的声音像被雨淋过,湿湿的,却让他费尽力气压下去的火苗"轰"地烧起来,燎得他的身上哪儿哪儿都发烫。

陆鲸垂眸看她,手指在她背上某处若有似无地滑过,呼吸已经有些急了:"你……你确定吗?"

姜南风微微点头:"嗯……小姨今天不在家吧?"

女孩儿的意思更明显易懂了,陆鲸深吸一口气,蓦地低下头,竟张嘴咬了一口她的脖肉!

脖侧传来湿润的触感,姜南风没感觉到疼,只感觉身体里有蝴蝶乱舞。

可她怎么都没想到陆鲸会在大庭广众下做这件事，都忘了是自己先主动地抱他，如今羞得去推他，小声惊呼："你疯啦，旁边有人！而且……而且我出了汗，好臭的！"

"才不臭，香喷喷的……"陆鲸埋在她软软的颈侧闷声嘟囔，"小姨今天不在，明天不在，要下周才回来。而且她现在常去那什么蔡叔叔家，不怎么回来住的……你在我家住上一个星期可不可以啊？"

姜南风还真认真地思考了一下，细声答："最多三天……我周四要搞毕设的东西。"

陆鲸笑出了声："行，三天就三天，成交。"

再抱了她一会儿，他才站直身。

少年微眯的眼眸有些狭长，眼神也锋利许多，伸指揉了一下姜南风的脖肉——被他咬一口的那处已经留下了淡淡的红痕。

喉结动了动，陆鲸心想：这好像小时候吃的奶油蛋糕，吃掉糖樱桃后留下的那抹粉红糖渍……那她别的地方呢？是不是都像这里这么细嫩，他轻轻咬一口，就会留下痕迹？

雨势不减，两个人打车回到小区门口，找了家茶餐厅填饱肚子，再去了便利店。

陆鲸买了些零食和饮料，怕姜南风半夜肚子饿，正想结账的时候，被姜南风拉到了一旁。她指着货架上的一个个小盒子，眼睛猛眨，示意让他一起买。

他低头凑近她耳边："家里有。"

姜南风惊讶："怎么会有？"

陆鲸轻咳一声，瞄了眼不远处的收银员，有些不好意思地说："我怕我不会用，先买回去学习一下……"

姜南风白他一眼："原来你蓄谋已久。"

陆鲸挑眉，一脸无辜："这不是人之常情吗？"

但最后陆鲸还是拿了两盒，塞到薯片下方一起结账。

家里有两个浴室，陆嘉颖房间里有一个，陆鲸用外面的那个。洗头的时候姜南风发现，陆鲸用的沐浴露和她用的是同一款。

她自己习惯了这股味道许多年，没留意到，身边有另外一个人身上的味道和她身上的味道很像很像。

她以前从没将这类事情放在心上,像每次晚归时总会遇到同样晚归的陆鲸,像陆姨姨家里那瓶未开封的洗发水……姜南风总以为是巧合,接连不断的"巧合"。

她穿着陆鲸的T恤,竟很宽松,能当条小裙子了。姜南风想了想,决定不穿陆鲸给的篮球裤子了。

在客厅里胡乱按着遥控器的陆鲸像在胸膛里养了只活蹦乱跳的兔子,等到姜南风从浴室里走出来时,那只兔子直接发疯,直跳到喉咙口,真是要命。

这画面在他梦里出现过多次,有的时候有后续,有的时候没有。可只要女孩儿静静地站在那里冲着他笑,就已经足够让他魂牵梦萦。

陆鲸的嘴唇碰到姜南风的嘴唇的时候,他才反应过来,这不是梦。陆鲸把姜南风困在墙边吻了许久,久到她一对膝盖都发软,站都站不住。

她不甘示弱,把手探进陆鲸的T恤内,尤其在原来"排骨"的位置上徘徊不停。陆鲸忍不住了,咬着槽牙想去抓她的手:"姜南风……"

姜南风躲开,使坏的手往下胡乱揉了一把,故作不解,喘着气问:"干吗?"

只不过她也是强装淡定,实则手心快要被烫化,心脏也是。

未经人事的少年哪能受得住,脑子被烟花炸得失神,一把抓住女孩儿的腕子,拉着她重新往下。

他吻女孩儿的耳侧,颤着声求她:"再一下,姜南风,再一下。"

姜南风拢了拢手指,手腕轻轻晃动。少年的温度令她的全身跟着发烫,她还偏偏要反问他:"一下就够了吗?"

陆鲸说不出话了,只能贴在她耳边低喘,呼吸越来越急,空气滚烫,直到最后下起暴雨。

打湿的衣物被遗落在伊甸园外,雨水逐渐减弱,绵细的雨丝好似少年的吻,追逐着房间里唯一一道皎洁的月光。

不停歇的雨水把月光淋得湿透,挤一挤都有珍珠从眼角滚落……

姜南风不知陆鲸是真不知还是装糊涂,他还问她为什么要哭,是不是哪里难受……

她毫不客气地咬他的下唇,恨不得咬出血,可听到一声闷哼后,又心疼地去舔舐他的唇。

陆鲸起身做准备时有些恍惚,满眼都是白奶油和糖樱桃——蛋糕甜得让他起了坏心。他一心想要把它弄得一塌糊涂,全吃下肚才能心满意足。

可到底是初次探索,少年在紧要关头有些无措,床头昏黄的夜灯将他的耳郭映得火红,汗水不停地从他的额头上滴落。

陆鲸微蹙眉心,将自己交给女孩儿,声音哑得不像话。

他说:"南风,你帮帮我。"

再醒过来时,姜南风口干舌燥,嗓子眼儿像被火苗燎过。

她的双眼缓慢眨动以适应昏暗,对于她来说,陆鲸的房间并不算陌生——搬家那会儿陆嘉颖拉她一块儿去挑家具,陆鲸现在还在用的这套床品都还是她挑的呢。

那时候她也着实没想过,现在会睡在自己挑选的这张薄被里。

电脑桌上的电子闹钟能看出时间,还不到晚上十一点,但姜南风觉得在茶餐厅吃的那碗牛肉面已经消化完了,毕竟体力消耗得太多。

她只是动了动脚丫子而已,搭在她腰上的那条手臂立刻收紧,身后传来陆鲸的声音:"醒了吗?"

他低哑的声音仿佛被烟熏了好久,像沙子般落进姜南风的耳朵里,痒得她没忍住打了个冷战。她说:"醒了……你是一直都没睡吗?"

陆鲸闭着眼,吻了吻她的后脑勺儿:"眯了一会儿,没睡熟。"

说的话是温柔的,手倒是不老实,他一下又一下地轻揉女孩儿有些肉肉的小肚子,爱不释手。

姜南风痒得出声抗议:"别挠我……"

陆鲸沉沉地笑了一声,手往上,屈起指节刮过:"这才叫'挠'吧?"

这下可好,她才熄灭没多久的火种又被点燃了。

身前人明显地急促起来的喘息声让陆鲸随之心动。今晚姜南风的许许多多种反应和表情,都是他以前未曾见过的,像是冬天过后开始流动的小溪,是打开贝壳才能找到的珍珠,是夜里绽放的红玫瑰,是伊甸园里的白月光。

那些声音也是他未曾听过的，似春日莺啼，似雨打芭蕉。当姜南风哭着唤"陆鲸"的时候，他更觉得仿佛今晚才第一次认识姜南风。

他怎么都尝不够这份甜。

姜南风被他弄得已经没了睡意，察觉到腰后方的异样，边扭着身子，边骂道："陆鲸，你怎么……？！嗯……你是没做手术之前的'细细粒'吗？！"

陆鲸大方地承认："嗯，我和没绝育前的公猫还挺像。"忽然被蹭到，他闷哼一声，五指蓦地拢紧，贴着姜南风的发顶哑声道，"但我只对你一个人……"

房间里开着空调，不过此时形同虚设，两个人都出了汗。陆鲸很快就不满足于只用手了，拂开被子后，整个人潜了下去。

他要去寻那跌落进深海里的月光，也看看海底的珊瑚是什么颜色的。

从"来不及阻止"到"不想阻止"，姜南风只经历了几次深呼吸，接着便只能跟着海流起起伏伏，随波逐流。

屋外还在下雨，"淅沥沥"的雨幕，掩去一室的春光。

再次结束时已经是一个小时后的事了，凌晨了，可餍足的少年精神异常亢奋。他光着膀子跑出跑进，认真地照顾无力起身的女友。

热毛巾、温开水，怕她着凉，又给她套了件T恤，最后他把人抱在怀里，把薯片一片片地喂给她吃。

"吃完了陪你去洗个澡？你流了好多……"

陆鲸才说了一半，姜南风就抓了一把薯片塞进他的嘴里。

姜南风羞得耳朵都烫了，恶狠狠地说道："那还不是因为你？！"

陆鲸"咔嚓咔嚓"地咬碎薯片，咽下后才说："姜南风，你思想好咸湿[①]。我指的是你流了一身汗，你想到哪里去了？"

姜南风脸红，伸手挠他的耳朵："你别再说了！"

"好，听你的。"陆鲸笑着蹭了蹭她的鼻尖，"南风，我很开心。"

[①] 粤语：下流。

姜南风嚼着薯片，意有所指地说道："嗯，我看得出来你很开心……"

"不是呀，我指的不是那方面的。"陆鲸拈起粘在她嘴角上的一小块薯片碎，舔进自己的嘴里，继续说，"就是……整个人都感觉很开心……"

一年前他在家门口胡言乱语地告了白，那时候还不知道自己等这阵风得等多久，如今真真切切地将这阵风拥在怀里，才能安了心。

姜南风沉默了片刻，把陆鲸手里的薯片拿起放到床柜上，双手搭住他的肩膀，认真地看着他的眼，说："今天早上阿公家漏水了。"

"啊？"

陆鲸撩起眼帘，有些不解：怎么在这么温馨甜蜜的时候姜南风突然说起阿公家漏水的事？

姜南风眨眨眼："301昨晚爆水管，然后呢，你的房间天花板下面那个储物柜有些渗水，我和老妈把里面的东西都拿下来了。"

陆鲸怔住，很快就明白了姜南风今日的反常举动从何而来。他清了清喉咙，问："你……你看到了？"

那些"礼物"本来放在床底下的纸箱里，那年离汕之前，他担心一直放在那儿会被姜南风发现，就找了个塑料收纳箱装起来，放到了高处以免受潮发霉。

"嗯，看到了，全部都看到了。"姜南风倾身吻了一下他的唇，"你怎么什么都不说啊？漫画工具包，是好久之前买的吧？"

陆鲸叹了口气："嗯，那时候还得去邮局汇款，邮局通知我包裹到了，我就推着我的小单车去取。"

姜南风想到什么，说："当时你的单车没车筐的耶，要怎么拿回来？"

陆鲸有些惊讶："你连我的单车长什么样子都还记得？"

"当然啊，那时候阿公还说你怎么买一辆这样的单车，踩的时候要趴着踩，屁股翘起来，好难看的。"姜南风笑得酒窝陷下去，"还说没有车筐，又不能载人，不实用，不知道你买来干什么。"

"嗯，你都记得……"陆鲸心动，侧过头去吻她的酒窝，"我那时候不知道在别扭个什么劲，见到连磊然送你礼物，就更难受了，所以到最后都没送出去。"

"那……那本漫画书呢？"

"你和莎莉姨吵架那次我不是在场吗？看了难受，就去租书店那里让老板娘帮我单独订一本了。"陆鲸忽然笑了笑，"还有一件事，你也不知道的。"

姜南风瞪他，故意学着当时小男孩儿的口音说话："你怎么那么多秘密啊！我再也不相信你说的'这样我在你面前就没有咪咪了'。"

陆鲸被逗得直笑："乱讲，什么'咪咪'……我口音才没那么重！"

姜南风不满："你快说啊！"

她是真的好想大力地咬他一口，把这个闷葫芦咬破咬烂，看里面究竟还藏着多少小心思。

陆鲸轻揉她的背，寻找着儿时的回忆："那个叫什么电视台来着？就是可以打电话点播动画片和电视剧，还能玩游戏的那个，你放假的时候就会一直守着那个电视台，看有没有人点你想要看的动画……"

"我记得……我记得！"陆鲸只说了一半，姜南风似乎已经想到了他要讲哪一件事，眼睛越睁越大，惊诧地打断他，"我的天……我的天！该不会那是你打电话去点播的吧？！"

陆鲸咧开嘴笑："姜南风，你是不是把所有的记忆力都拿来记这些乱七八糟的事，所以数学才那么差？"

"屁啦！"姜南风攀着他的肩膀跪坐起来，激动地说道，"我还在想，那天怎么那么好运，有人点播了我看漏的那几集！"

陆鲸直接承认："那个月阿公去交电话费，回来后一直嚷着说'贵嘎着火'，问我怎么回事。我说可能是因为我跟广州的同学煲电话粥煲得太久了，后来阿公才没拿鸡毛掸子抽我。"

姜南风越想越觉得丢脸："那晚吃饭时我还在你面前提了这件事，说肯定是有'小天使'听到我的祈祷……好啊！你那时候心里一定在嘲笑我吧！"

陆鲸笑到肩膀一颤一颤："是啊，我心想，怎么这个肥妹仔会这么傻，都要上初中了还相信有小天使。"

不过他那时候年纪小，没往男女之情上想——这女孩儿整天在他的耳边嚷嚷着"好想把那部动画看完"，吵得他心烦意乱。

姜南风被气笑,故意重重地坐了下去,左右扭着腰……

少年立刻就笑不出来了,掐紧她的腰警告道:"姜南风,你再继续闹今晚就别想睡了。"

"谁叫你偷偷藏着这么多小心思……你真够能忍的,这么多年了一声不吭。"姜南风没把他的警告放在心上,若无其事地闹他。

陆鲸咬紧牙,倾身去吻她,手也从她的衣摆探了进去。

这次两个人竟旗鼓相当,姜南风趴在他的肩膀旁轻喘的时候,听见他低声说:"我知道你有多心软,当然可以利用你这一点,把我为你做过的事全搬出来,然后装得可怜兮兮,就好像路上跟在你身后走的'细细粒'那样。说不定这样做,你真的会选择和我在一起,但是那肯定不是纯粹的喜欢啊,里头会有很多同情……"

陆鲸喘了口气,声音很低地说道:"我不要,不希望我是'细细粒'。我希望你是真的喜欢我,才跟我在一起。"

姜南风吸了吸有点儿酸涩的鼻子,牵起陆鲸的手,放在她的左胸口处,紧紧地,随着呼吸一起一伏。

"我的心,它跳得很快,你感觉到了吗?"她问。

"嗯,我的也很快。"

"嗯,所以啊……"姜南风抬起头,微笑道,"我现在和你一样。"

仗着自己还年轻,这一晚他们是真的有些疯狂,直到后半夜雨声终于停了,姜南风才沉沉地睡了过去。

她的眼角还带着泪,陆鲸再一次拿来热毛巾,连手指指尖都帮她擦得干净清爽。

这次女孩儿是真的没力气了,还打起了小小声的呼噜。

这又是陆鲸没见过的一面——他欣喜得不得了。

他小心翼翼地躺到她身旁,手臂虚虚地搭住她的腰侧,闭上眼,这次是真的能笑着入睡。

第二天姜南风睡到中午才起来,觉得浑身酸疼得比跑完八百米还严重。

陆鲸笑她不济事,搀着她去洗漱,又替她穿上衣服,像照顾小娃娃一样。

姜南风问他今天有什么安排,言语里暗示今天不下雨了,可以出去行街睇戏。影院正上映《金刚狼》，她还蛮想看的。

反正不能总待在家里，他们太容易擦枪走火。

陆鲸说："先去吃饭，你肚子一直在叫。"

姜南风立刻被带偏："我想吃回转寿司！"

"行。不过，下午你能陪我先去一个地方吗？去了之后我们就去行街睇戏。"

"可以啊，去什么地方？"

陆鲸的神情有些认真，他问："你愿意去看看我的妈妈吗？还有阿公。"

陆嘉琳的骨灰被存放在一座墓园内，陆程的也是。

姜南风的行李袋里都是彩色的衣服，她觉得不大适合。

陆鲸从自己的衣柜里找了件黑色T恤给她。

墓园门口就有鲜花店，姜南风说想买点儿花，问陆鲸知不知道陆妈妈喜欢什么花。

陆鲸挠挠后脑勺儿，说他没什么印象了，但小姨每次来都会买点儿白百合。

本来陆嘉颖想过要送老父的骨灰归入大海，但后来想了想，最终还是把陆程的骨灰带到广州，安放在了陆嘉琳的骨灰旁边，让生前有太多遗憾的父女俩"住"在一起。

姜南风双手合十，先在阿公面前颔了颔首，心中默念：阿公，好久不见！阿公，你在天上有吃得饱无？阿公，你不能偷偷又喝酒。还有，阿公，你听到了可不要吓一跳……我和陆鲸在一起啦，不是普通朋友那种在一起，是男女朋友那种关系。

接着她看向隔壁一格的骨灰瓮，瓮上照片里的女子笑得恣意。

姜南风以前看过陆鲸钱包里的照片，对陆妈妈并不感到陌生。

她把百合花束献上，又一次双手合十，在心里说：你好啊，陆姨姨。第一次见面，希望你喜欢这束花。

陆鲸也和她一样双手合十，闭上眼，向着陆嘉琳低声说："妈妈，她就是以前我常提起的南风。"

那个我喜欢了很久很久的女生。

时隔多年，姜南风再次见到江武，是在杨樱拍毕业照的那天。

在这之前，杨樱终于在姐妹群里提起了她谈恋爱的事。群里的其他女生都没见过江武，纷纷惊讶地问她的男朋友是谁，姜南风也装作自己之前毫不知情。

杨樱介绍了江武的近况，说他打算明年自立门户，开一家自己的公司。

她给江武说了许多好话，但隔着屏幕，姜南风都能察觉到她其实很紧张。

女生们纷纷送上祝福，姜南风没有在群里扫大家的兴，私聊了杨樱，认真地问她："现在开不开心？"

没料到杨樱直接给姜南风打了电话，也认真地说："南风，我现在觉得很开心，很幸福。"

五月底的广州已经提前进入夏天，穿着学士服的学生们在不远处拍着集体照，姜南风和其他家属一样，都站在树荫下等候着，顺便乘凉。

忽然有人唤她的名字，她回头一看，是个面生的高大男子。

尽管姜南风一直知道江武这号人物的存在，但在这之前也只见过对方一次。那时的旱冰场灯光昏暗，再加上已经过了那么长时间，其实她不怎么记得男人长什么样子了。只不过，一与那双眼对上，姜南风又能立即认出他就是江武。

男人身材依然高大，气质却和以前旱冰场上那个轻浮嚣张的少年截然不同。

他穿着格外正经的衬衣西裤，皮鞋铮亮，手上戴着象征着"大老板"身份的腕表，怀捧一束鲜花，面带笑容，看上去相当友善可亲，不再像一只会扎人的刺猬，或一匹会咬人的恶狼。

江武走到姜南风面前，主动地和她打招呼："不好意思，我来晚了，没想到今天路上堵得不行，塞车塞了好长时间。"

姜南风轻提嘴角，声音淡淡地说道："没事，杨樱他们班还在拍照。"

江武站进微晃的树影中，问："我听杨樱说，你和陆鲸在一起了？"

"对的。"

"今天他怎么没陪你来？我同他也有好几年没见面了，还想着等杨樱拍完照了，大家能一起坐下来吃顿饭。"

"他学校今天有事要忙，所以没办法来。"

江武笑了笑，继续说："之前阿樱跟我说陆鲸毕业后要去游戏公司，当时我就心想，这小子可以啊。我们当年一起玩游戏的时候，他就说他长大了要当设计游戏的那个人，没想到他真的做到了。"

"嗯……"姜南风回应道，态度有点儿敷衍。

听出女孩儿不大乐意和自己讲话，江武也不勉强，反而跟她道了歉："我还欠你一声'对不起'。小时候我脾气不好，跟你起了些争执，对不起。"

闻言，姜南风抬头看向他。

男子表情真挚，语气诚恳，她实在挑不出刺，只能"喃喃"一句："事情都过去那么久了……我不怎么记得了，你不用道歉。"

拍照的学生们开始欢天喜地地抛四方帽，姜南风知道流程，应该差不多拍完了。

姜南风掂了掂怀里的向日葵花束，声音慢慢沉下来："江武，杨樱说她现在很开心，很幸福，所以别的事情我就不多说了。你是真心诚意地对她好，我就祝福你们，可要是你敢欺负她……你等着，我跟你没完。"

江武无奈地笑道："我怎么会欺负她？我疼她都还来不及。"

见姜南风眼神严肃，江武敛了笑，说："你应该多少知道一点儿我家里的事。我没家人了，杨樱也没家人了，我们只剩彼此。我知道你们都是名牌大学毕业的大学生，肯定看不上我这种人，就像杨樱的妈妈……"

姜南风一愣，没想到江武会提起张雪玲。她打断江武："不，我从来没说过你的学历或学校。"

她以前只是单纯地觉得，杨樱不适合跟他在一起。

"我承认，我确实没读多少书，家境更是一般。所以，我付出的比别人多许多。"江武对自己过去的经历不以为意，看向姜南风，说，"如今我做的一切都是为了和杨樱有个家。我会尽力给她最好的，希望你能给我们祝福。"

人群喧哗,树影婆娑,姜南风沉默了一会儿,才闷声道:"杨樱是有家人的。她还有我们……总之,你得好好待她。"

江武答应道:"嗯,一定。"

过了一会儿,拍完照的学生们四散开来,见杨樱挥着学士帽朝他们小跑过来,树荫下的两个人重新挂起笑容。

女孩儿一张脸被太阳晒得通红,额头上都是汗珠,连口红都有些掉色了。

姜南风把矿泉水递给她:"赶紧先喝口水。"

杨樱小口喝水,乌黑卷翘的睫毛眨啊眨,视线在男友和闺密之间来回地晃动。

姜南风拿纸巾仔细地帮她擦着汗,睨她一眼,没好气地说道:"怎么?怕我跟你的男朋友吵架吗?"

"没有啦,没有啦!"杨樱上一秒否认,下一秒还是凑到姜南风耳边问,"所以有没有吵架啊?"

江武知道杨樱担忧的事,捏了把她的脸颊,笑道:"没有,你整天瞎操心。"

不少同学来找杨樱合照,姜南风带了相机,帮她拍下每一张合照。

眼见杨樱一直在笑,笑得比手中的那些花束还要漂亮,姜南风把暗藏在心里的些许担忧甩到脑后,大声喊:"茄子——"

杨樱开心才是最重要的,姜南风心想。

江武本想请杨樱的室友和姜南风吃饭,但杨樱中午和晚上都已经安排了聚餐,是班里系里的同学聚会和谢师宴。

他稍微松了口气,尽管平时接触的叛逆青少年不算少,可跟杨樱这些涉世未深的大学室友站在一块儿,多少感觉有些格格不入。

衬衫西装虽能遮住满背的魑魅魍魉,但他双手双脚沾上的污泥可没那么容易洗干净。他不希望杨樱接触到那个乌烟瘴气的世界。樱花就应该在蓝天白云下绽放得美丽,不落一丁点儿尘土。

该给杨樱做的面子不能少,江武对她的室友们说,等找个大家都有空的时间,他请大家去吃四海一家①。

英俊多金的成熟男子轻轻松松地就能博得女生们的支持,唯独姜南风对这样的邀约表现得兴致缺缺,可偏偏这位姑奶奶才是江武真正得拉拢的人。他对姜南风说:"等你和陆鲸都忙完毕业的事,我们四个人一起吃顿饭吧?"

姜南风感受到杨樱眼里的期盼,也不好当着众人的面拒绝他,便说:"行,先等我们忙完再看看时间。"

江武笑着和大家道完别,杨樱陪他往前走了一段,挽着他的手臂,语气欢快地说:"看吧,我就说南风现在肯定不会反对我和你谈恋爱。她从来就不是那种会戴有色眼镜看人的人。"

"是是是,之前是我想有想无。"江武故意逗她,"不过你有没有想过,如果姜南风真的反对你和我在一起,那你要怎么做?会跟我直接分手吗?"

杨樱一怔,眉心微蹙:"你这和掉下海了要先救女友还是妈妈的问题不是一样吗?"

江武"哈哈"大笑:"确实有点儿像,那你要怎么选择啊?"

"我不选择……我两个人都要救!就算我自己体力不支,也要把你们都拉上岸。"杨樱孩子气地鼓起腮帮,闷声嘟囔,"我告诉你,我和南风之前就说好了,如果以后生孩子是一男一女,就要结娃娃亲的!"

胸腔被女孩儿灵气生动的表情逐渐填满,江武低声笑:"哇,那以后岂不是得跟姜南风做亲家?"

杨樱哼哼两声:"对呀,你和她都是我的家人,一个都不能少。"

江武沉默片刻,说:"嗯,我知道了。"

已近正午,烈日当空,江武让杨樱不用送了:"车停得远,你回去吧,我慢慢走过去就行。"

杨樱抱了抱他,撒娇道:"等忙完这几天毕业的事,我再出去找你。"

"行,宿舍里的东西有空也可以开始收拾了,陆陆续续帮你搬去

---

① 2005年成立于广州的一家自助餐餐厅。

我家。"

"好呀。"

想到即将可以名正言顺地跟男友住到一块儿，而且也不需要再瞒着姜南风她们，杨樱脸上就浮起了幸福的笑容。

江武正想再抱一抱杨樱就离开，这时从她的学士服里传出了手机声。

杨樱得翻开袍子才能从裙袋里摸出手机，但一见到来电号码，脸上的笑容便快速地消失了。

见她眼神不对劲，江武凑过去看了一眼，来电人是于露露。

他皱眉，想从杨樱手里把手机拿过来。杨樱摇摇头："不接就行了，等她多打几次，就不会再打了。"

这几个月，杨樱的养父杨向荣家里出了些事。

先是儿子杨志明被人扯进巷子里打了一顿，两条大胖胳膊都断了。这事的具体情况杨樱不太清楚，也是后来才听说，大概是因为杨志明里与他人起矛盾了。接着是前两个月的一个晚上，杨向荣出去找朋友喝酒，整夜未归。第二天晨运的邻居发现他跟脱线木偶一样躺在楼梯拐角处，脑袋后方的血都糊住了。

邻居被吓坏，以为这楼要成凶楼了。大家都猜测是男人醉酒后踩空脚从楼梯上滚下去，伤了脑袋，还耽误了最佳的抢救时间。

急救车来了之后，医护人员发现杨向荣竟还有呼吸。后来男人虽保住一命，可和张雪玲那时候一样，如今也躺在床上睁不开眼。

于露露打电话来就是想让杨樱帮忙出点儿力，说好歹杨向荣也是养过杨樱几年的"爸爸"，她怎么能见死不救呢……

杨樱拒绝后，于露露恼羞成怒地骂她是"白眼狼"，依然时不时还是会打电话来找她。

"也就是你善良，换作我，早把她骂得狗血喷头，怎么还敢跟你要钱……我真是服气了。"江武直接被气笑。

"我就该听你的话，一早把手机卡换了。"杨樱也无奈。

"明天我去再买张电话卡，过几天你回家了，就给你换上，反正你和同学、老师都能用QQ联系，换号码也不耽误事。"江武拍拍她的肩膀安慰道，"有我在，你别怕。"

杨樱扬起笑："嗯！"

昨晚江武熬了个通宵，白天又去了杨樱的学校，回家后倒头就睡，直到傍晚才起身。

吃完饭，时间还早，酒吧还没到营业时间，江武先开车去了"星河会"——这是去年刚开的，同样是他的老板聂河手下的生意。

和其他需要月亮升起时才敢亮起灯牌的养生馆不同，"星河会"拿正牌做生意，从下午开始就有客人来光顾。养生馆从外看有三层楼高，内里是高档大气的中式装修风格，饮茶喝酒、唱歌棋牌、台球麻将样样皆有，自然也不会少了揉骨①同桑拿。

但除了这些基础的休闲项目，"星河会"底下还有一层未对外公开的隐秘区域，只供贵宾进出。要去这个区域，需要先上三楼，走进一间会议室里，搭乘一条隐秘的电梯直下负一层，中途不停其他楼层。江武出电梯后，按规定交了手机。所到之处都有人唤他"武哥"，他点头回应。

其实有些人年纪跟江武相当，甚至比他大一两岁，但他向来将自己的年龄谎报多几岁，加上他的身高和长相，还有人觉得他已经三十好几了。

这一层装修风格以暗红色为基调，比楼上更奢华，灯光昏暗，檀香阵阵。江武径直走向走廊尾端的监控室。

房间很小很暗，显得墙上十几个监视屏异常明亮，屏幕前坐着三个年轻人。几个人聚精会神地盯着屏幕里的一张张赌桌，看是否有人出老千。

其中一个红毛跟江武打招呼："哎哟，今天你不是得去看小嫂子拍毕业照吗？怎么这么早就回来了？"

"这你们就不懂了吧，毕业照一大早就拍完了，接着一群同学得请老师吃饭，谢师宴。"江武不客气地嗤笑一声，自嘲道，"算了，我也不懂，没读过几年书，一想起老师就一肚子火，哪还可能谢师？"

---

① 粤语：按摩。

几个年轻人深有体会，边"哈哈"大笑，边给江武递烟。

江武盯了一会儿监视器，突然起身，指向其中一个屏幕里的一个男人："这家伙怎么又来了？之前的钱还完了吗？"

有赌的地方就有贷，江武的老板两样生意都要做。江武认出来的那个男人常来——他什么都玩，手气时好时坏。当然，手气坏居多，所以男人陆陆续续跟他们公司借了不少钱。

红毛点头："还真让他在限期之前还上了。"

"呵，赌鬼死性不改，我看他很快又要借。"江武眯了眯眼，"等他再赢几把，精神开始兴奋了，就请他进贵宾房。"

"明白。"

在会所里逗留了一个小时，见没什么事发生，江武交代几句后离开，转场去"糖果"巡一圈。

这几年唱歌是大家最爱的消遣娱乐项目之一，大大小小的KTV开满了羊城。江武刚到广州的第一份工作就是在"糖果"当服务生，端盘子，擦秽物，跪在地上给客人送酒、送绿茶、送薯片。

他是想往上爬的，只要瞧见了机会，弄脏手也无所谓。

晚上九点是KTV生意最好的时间，间间房都爆满。江武巡了半圈，经过其中一间包房时突然停了下来。他透过门上极小的玻璃看见屋内沙发上横七竖八地躺了几个年轻人，书包和脱下来的校服都堆在旁边，还有个小孩儿跳上茶几高歌热舞，神情异常亢奋。

KTV附近有高职和高中，常有未成年人晚上来寻开心，江武见怪不怪。只要他们不在房间里乱搞，江武都睁一只眼闭一只眼，但如今地上空了的塑料瓶让他的眉头一皱。

江武疾步走到办公室，甩上门，大声问办公桌旁的经理："为什么又开始卖止咳水给学生？我不是说过，这些东西不能卖给细路仔吗？"

经理睇了一眼比他小几岁的靓仔，又低头玩手机，漫不经心地说道："没有啊，谁卖给学生了？"

"我刚在8号房看到地上有空瓶子。"

"会不会是他们自己带进来的啊？如果是的话我们就管不了了……"

江武直接拍掉经理手里的手机，没等他反应过来，一下把他的脑袋"砰"的一声重重地摁在桌子上,扯起笑,说:"少在这里跟我'游花园①',是你的主意吗?下面的人应该没这个胆。"

经理脑袋"嗡嗡"响,眼冒金星,想挣扎又动弹不得——江武可是聂老板身边的得力帮手,有头脑,拳头还硬,手段毒辣,大家自然不敢招惹。

经理恼羞成怒,大吼道:"大佬啊,你知不知道上面给好大的业绩压力的?我这边酒水没有酒吧赚得多,当然要找别的方法创收啊!不就是几瓶止咳水吗?平日伤风感冒也要喝的啊!又喝不死人!你少跟我扮好人扮善良!酒吧那边散K仔的时候你怎么不跳出来管?!"

"要是他们卖给学生哥细路仔,那我也要管!我说过多少次了?你们要怎么创收是你们的事,但这是底线!"江武也怒吼,"你的老婆不是就快生了吗?你就不怕'生仔无屎忽②'吗?!"

被他压制住的男人猛地颤了颤肩膀,接着慢慢卸了力气,像摊烂泥般趴在了桌上。

江武不再压住他,松手起身,缓了缓呼吸,说:"今晚的事我当没见到,下次再犯,别怪我不客气。"

说完,他直接离开办公室,走去洗手间,在水龙头下不停地洗手。

他也不知道他在装什么好人。

不过姓杨的那对父子活该,尤其是那个老畜生,领养杨樱之前就在外面搞外遇,之后又对杨樱虎视眈眈。江武觉得要是那一晚他在场,杨向荣估计没那么好命,还能像现在这样躺在医院里苟且偷生。

关了水龙头,他垂首看着湿淋淋的双手,有些失神。

明年,最晚明年,他得洗干净手,才能准备娶他心爱的姑娘回家。

美院的毕业照环节安排在六月初,这样毕业生们招呼亲朋好友来学校时,就能同时带他们去看自己的毕设作品。

拍照那天陆鲸穿着正经的白衬衫,搭一条休闲的棕色长裤,年轻

---

① 粤语:说话兜圈子。
② 粤语:生孩子没屁眼。

帅气的脸庞日渐退去稚嫩。他站在阳光下如挺拔苍翠的小松，眉毛如月，双眸如星。

他身旁的姜南风也眉眼弯弯，目光熠熠，粉唇皓齿，酒窝浅浅陷下去的笑容好甜，是夏天吃进嘴里最甜的那颗冻荔枝。风牵起学士服的一角，拂过女孩儿怀里那束红玫瑰的花瓣，将紧倚在一起的两个年轻人裹进温暖中。

"好——刚才那张不错的，我们再来一张！"

拿着相机的朱莎莉拍照姿势有模有样，指导意见不少，一会儿让两个人靠近一点儿，一会儿让姜南风整理一下被风吹乱的发丝。

姜南风保持微笑太久，僵硬着嘴型问："妈……好了没啊？"

朱莎莉："好了好了，最后一张！你们要不要换个姿势啊？"

姜南风和陆鲸相视一眼，都有些疑惑，在学校招牌前拍照不都是挺直腰杆站直直的吗？还能摆什么姿势？

旁边的杨樱笑着调侃道："陆鲸，你要不要像那天那样把南风抱起来，然后……"

她双手做了个碰碰亲嘴的手势。

纪霭也赞同："可以可以，那次我们没有在现场，陆鲸你重现一下。"

姜南风恼羞成怒："喂！你们两个！"

上个星期陆鲸拍毕业照，姜南风自然陪着他在校门口排队等照相。

轮到陆鲸的时候，这家伙竟毫无预兆地把她整个人托抱起来，还在大庭广众下吻了她！负责拍照的萧平原和其他男生比当事人还要兴奋，又是吹口哨又是欢呼不停，连小姨都跟着一群年轻人狂欢起来。

那天晚上姜南风趴在陆鲸的电脑前，紧张兮兮地咬着手指，不停地刷新他们学校论坛中的相关帖子，看有没有谁说她坏话。

洗完澡的陆鲸从后方贴上来，撇着嘴说这些人就是八卦精，又叫姜南风不用担心，这种帖子他们点一点鼠标就能处理掉。哇，陆鲸那口气比刚出道时的谢霆锋还要狂妄不羁，气得姜南风整个晚上不停地挠他咬他。

听见杨樱的"建议"，陆鲸还真的认真地思考了几秒："我是可以，但莎莉姨在场，会不会被她看到不太好？"

"当然不好！想什么呢？！"姜南风恶狠狠地瞪他，手也绕到他身后狠掐了一把。

小情侣再拍了几张，接着陆鲸拿相机，也帮母女俩和三姐妹拍了几张合照。

杨樱终于换新手机了，是夏普903——这部日牌手机被各大手机铺冠上了"机王"的称号。姜南风关注了几个163博客的博主，每个小有名气的网红基本人手一部。

奶白色的机身很好看，翻转屏幕特别适合自拍，三颗脑袋挤进小小的手机屏幕里，女孩儿们比起剪刀手，脸上的笑容比阳光还要灿烂。

杨樱学校有点儿事，纪霭也只跟公司请了半天假。两个人离开后，陆鲸陪母女俩去美术馆看姜南风的毕设展位。

朱莎莉是第一次看女儿的毕设作品。作品理念和人设介绍都贴在墙上，位置有点儿高，朱莎莉需要微仰起头。她看得很认真很仔细，逐字逐句，没有错过任何细节，有看不明白的地方就会问女儿。

为了这次毕设，姜南风可以说是使出浑身解数，除了已经做好的各种衍生产品，还将绘本中比较经典的情节和画面截取出来，做成动态漫画，配上音乐和对白，输出成了一段近一分钟的宣传动画。

连专业导师都颇有感慨，说可能因为见到姜南风全身心地投入到这件事中，那些晒了四年咸鱼的同学也难得振作起来，整个专业的毕设作品水平很平均，没有谁滥竽充数。

陆鲸为姜南风找来一部闲置的电脑，供她在展位上做循环播放展示。动态视频能优先抓住路人的注意力，没一会儿展位前便围了不少学生和学生的家长。看到有同学找女儿聊毕设的事，朱莎莉悄悄挪开了几步。见状，陆鲸也陪阿姨站到一旁，两个人安静地看着剩下的动画。

动画播放到最后，"灵魂"已经恢复为成年人状态的朱莉莉，只需要再推开最后一道门就可以回到人间。但她忽然停了下来，一回头，小时候那只常伴她左右的毛绒熊公仔正站在远处，朝她挥着手，叫她这次回去了要珍惜生命，还有，不要忘了它。

朱莉莉跑回去，和熊公仔紧紧地拥抱，说："我不会再忘了你。"

这时候画面戛然而止，只剩音乐，空白画面上慢慢浮出几行字：

496

"在成长的路上,我们或许会丢掉许多东西,而往往最先丢掉的,就是我们自己。"

还有一句提问:"你有勇气去找回最初的自己吗?"

陆鲸并不是第一次看这个短片,可每次看都会被它击中内心,后脑勺儿阵阵酥麻。他得咬紧槽牙才能忍住那阵战栗。

刚转头想问莎莉姨感觉姜南风的作品如何,他竟见阿姨眼角闪烁着泪光。

陆鲸赶紧从书包里摸出纸巾递给她。朱莎莉笑着接过,语气戏谑地说道:"我到现在都还记得,第一次在杂志上刊登了作品的阿妹有多开心。哇,那张图小到……都不知道有没有我的大拇指长!"

朱莎莉扬了扬大拇哥,嘴角挂着笑,但眼角的泪水越聚越多,说:"其实那个时候我根本没想过南风会坚持这么久。你知道吗?我一度是不相信她能成功的。但我没说出来,就想着,既然她喜欢,那就让她去做呗,失败了也没关系……谁知道她走着走着,不知不觉就走了这么多年。

"鲸仔,你知道的,我这个女儿不算聪明,有时候还笨笨的,但她就这点好,要么不做,要做就尽全力去做。"

朱莎莉拿纸巾轻揾眼角,看向人群中满怀自信的姜南风,缓声道:"有很多的时候,其实是她在影响着我的想法,我在她身上学习到了许多。"

不知不觉,陆鲸的视线又落到了姜南风身上,就像以前一样,无论何时何地,他都很容易就被她吸引了目光。

她就像海面上那道灿烂的光,引着他从深海里往上游,他控制不住自己,一心只想追逐。

"嗯,我知道的。"他浅浅一笑,低声道,"姜南风很好,是我见过的最好的女孩儿。"

少年突如其来的告白一点儿都不拐弯抹角,把朱莎莉吓了一跳。

陆鲸接着说:"我有的时候会想,如果那时候我没被送到好运楼,没有认识姜南风的话,现在的生活会变成什么样?脾气是不是会变得更差?是不是会整天跟阿公、小姨吵架?会不会变成厌世的后生仔还是小流氓?"

朱莎莉笑道："那你也别小看自己。你很聪明，阿公和小姨都疼你，你的本性不坏，怎么样也不会长歪。"

"可能是吧。"见姜南风望过来，陆鲸朝她笑笑，继续说，"但现在我只知道，如果没有姜南风，我肯定不会是现在这个样子。"

要是没有姜南风那几年一次又一次主动地向他伸手，没有姜南风在公交车总站的那一顿打骂，没有姜南风坚持拉着他去和其他小孩儿一起玩，没有姜南风叫他不要浪费阿公做的每一顿饭……如果没有姜南风，他会是什么样？

世上千千万万个人，他能与独一无二的姜南风相识，或许已花光了自己一世的好运气，但是很值得。

姜南风和同学聊完，蹦蹦跳跳地到了母亲身前，兴奋地问："老妈，怎么样？这几年的学费没白交吧？"

朱莎莉已经平复了心情，撇撇嘴，故意说："那这个问题你可得问姜杰，毕竟这些年的费用都是他给的。"

无论音乐还是美术，学艺术向来烧钱，连艺术大学的学费都比其他高校的学费高出一倍不止，姜南风从高中开始学画，这笔支出一直由姜杰负责。朱莎莉曾经跟姜杰提议一人一半，或者从赡养费里扣掉一些，姜杰没赞成。对于钱，他给她们母女俩的只多不少。

在这方面，朱莎莉挑不出他任何毛病。

提起姜杰，姜南风也学母亲撇撇嘴，态度有些扭捏："他上个星期问过我什么时候拍毕业照，我跟他讲了……"

朱莎莉挑眉："他没说要来？"

姜南风点头："有，但我说不想让你心里不舒服，就拒绝啦。我叫他单独找一天过来看看毕业展，到时候再跟他补上合影也一样。"

其实一直以来朱莎莉并没有阻止父女俩见面。她以前就说过，姜南风和姜杰的关系是没办法改变的。

但在姜杰的问题上，姜南风比朱莎莉还要谨慎——她跟姜杰一直保持着三四个月才见一次面的频率。

每次姜杰都得"预约"，等姜南风同意了，才能开车来广州。见了面，他们也就是在大学城里找个饭馆吃顿饭就完事，姜杰当晚就会回深圳。

朱莎莉鼻哼一声，声音淡淡地说："也行，到时候让他睁大眼睛，好好看看你的作品。"

母亲回汕后的第二天，姜杰从深圳过来了。

这几年姜杰的样貌没怎么变过，他也就是胖了点儿，黑了点儿，眼尾皱纹多了点儿。

变化最明显的是姜杰开的车，几乎年年不同。他这些年在华强北捣弄组装机生意，着实是赶上了风口，乘着风赚得盆满钵满。他办了厂，买了房——即便是姜南风这种对车一窍不通的人，都知道他今天开的新车价格不菲。

她站在车旁抱臂皱眉，语气不悦地说："你怎么又换车了啊？嫌钱多就给我妈打多点儿钱啊。"

虽然被女儿责备，但姜杰笑得比平时都要开心："我倒是想，你妈什么性格你又不是不知道，我给她多转一点儿钱都要被退回来。不然把钱打给你也行，只要你点头，我立刻给你转账。"

"我才不要。我能自己赚钱，不拿你们的钱。"

见女儿一脸不屑，姜杰笑得更愉快了："行行行，反正我都给你留着，你什么时候需要就随时跟我拿。"

姜南风翻了个白眼，抬脚往教学区走，语气难免开始阴阳怪气："不用了，你还是留给苏阿姨吧。"

姜杰愣了愣，挠挠后脑勺儿，快步跟上女儿，声音有些小："我还没告诉你，我和苏阿姨分开有一段时间了，而且她上个月已经移民了。"

这下轮到姜南风愣住了。她睁大眼睛问："这……这是怎么一回事？！"

她本以为姜杰跟朱莎莉离婚后，去了深圳就会很快跟苏丽莹结婚，也以为她会很快有一个同父异母的弟弟或妹妹，殊不知姜杰一直没有再婚再育。

姜杰像是讲着别人的故事，声音很平稳，说："你还记得王叔叔吗？就是苏阿姨以前的男朋友。"

见姜南风点头，姜杰继续边走边说："很多年前因为王叔叔移民去加拿大，他们两个人分开了。王叔叔在那边结婚生子，生意也搞得有声有色。前两年他离了婚，回国一趟之后和苏阿姨重新联系上了，然后……嗯，他们又在一起了。"

这故事听起来很短，但信息量极大，姜南风简单地消化后瞠目结舌，最后只能摇头晃脑地说："你们大人的事啊，我们小孩儿是真搞不懂……"

姜杰淡淡一笑，没再继续这个话题。

快到美术馆的时候，姜南风忍不住再问："那你'失恋'的事，告诉我妈了吗？"

姜杰苦笑："还没呢，我觉得她应该没什么兴趣知道我的事。而且这件事对她来说，应该也不重要吧。"

姜南风顿住——那是她以前对姜杰说过的话。确实，如果对一个人不再在意，那么对方过得是好是坏，对自己来说这些都不重要了。

姜杰问了些朱莎莉的近况——因为他加不上朱莎莉的QQ，所以也看不了她QQ空间里的照片和日志。

"我们前段时间办了护照，报了个去泰国的旅游团，准备八月去。"姜南风没瞒他，"是老妈的工友们组织的，这次带家属，所以我就一起跟着去了。"

"哇，那不错啊！正好你毕业了，也该好好庆祝一下，旅费我来出，好吗？"

姜南风嘟囔道："不用啦，你现在给的费用已经很多了，都够我们一个月去一趟欧洲了……"

姜杰忍住心酸，笑道："你要是有精力有时间，就多带你妈出去走走。你妈很喜欢旅游的，在你出生之前，我们也走过不少地方，从南到北，坐绿皮火车，还是硬座……"

在走到展位之前，姜杰已经讲到了他们当年在大冬天的清晨在天安门前等升旗的故事，姜南风一直安静地听着。

其实她知道的，朱莎莉的那些老相册里有一本是父母年轻时的照片，其中就有他们在天安门前的那张合照，那个时候他们仍相爱。

朱莎莉没有把这些照片处理掉，包括姜南风出生后，那些姜杰当爸爸的日常照片，都依然保存着。

察觉到姜南风的沉默，姜杰以为是自己说了些她不喜欢听的话，

· 500 ·

赶紧停了话题:"抱歉抱歉,老爸今天说得太多了。"

姜南风摇摇头表示不介意,指了指展位,说:"那天老妈来看展,说要你认真地看我的作品。"

姜杰有些不解,但没多问。和朱莎莉一样,他认真地研究着女儿的毕设作品,还用手机把每一样东西拍了下来。

最后,他开始看那段动画。

姜南风背着手站在姜杰背后,默不作声。

很快动画到了结尾,那几行文字出来的时候,姜南风看见,姜杰的肩膀明显地颤了颤,接着他猛抬起手,像是擦了一下脸。

姜南风心里叹了一声,后退了两步,给姜杰留出小小的私人空间。

和其他同学一样,姜南风也在毕设展位上放了一本留言簿,欢迎来看她作品的观众们留下感想。这些评价无论好坏,她都会接受。

等到撤展那天,厚厚的一本留言簿早已被写满,有人表示喜欢和鼓励,有人提出修改意见,有人表示共鸣感极强,认认真真地写下两页纸的感想,祝作者能越来越好。

小餐馆里,等着上菜的姜南风津津有味地翻看起留言簿。

陆鲸刚涮完碗筷,忽然听见她惊呼一声:"我的天,宫六生也给我留言了!"

"谁?"

"他是我们这一届动画专业的同学,而且他的作品和我的作品在同一本杂志上连载。不过他是画少年漫画的,已经连载了快两年了,人气很高……"

姜南风想到什么,抬眸偷偷望了陆鲸一眼。陆鲸察觉,挑眉示意她继续说。

一双乌黑的眼珠滴溜溜地转,姜南风咕哝:"接下来我要说的话和连磊然有关,你听了会不会不高兴啊?"

陆鲸把插了吸管的可乐瓶子放到她面前,一脸豁达坦荡的表情,说:"这有什么好不高兴的啊,我又不是那么小气的人,呵呵……你说啊。"

姜南风心想:你小气的样子我可见了不少次!每次你都是嘴上说

不在意，结果就在别的事情上"打击报复"！

她努了努嘴，说："当时宫六生和连磊然是同期，两个人都画古装少年漫画，撞类型了，但宫六生的故事比较商业化……嗯，怎么说呢，就是他的作品剧情比较通俗易懂、热血好笑，塑造的世界观很特别，主角团很有魅力，所以每期读者投票他都排在榜单第一……"

"嗯哼。"陆鲸不情不愿地时不时应一声，证明他在认真地听。

"然后那时候，我还重新注册了一个账号，在论坛里挑宫六生的毛病……"看着留言簿上的签绘和鼓励的话语，姜南风多少感到有些不好意思，连带着称呼都变了，"其实宫老师的故事脚本很强，画得也厉害……呜呜呜，对不起，宫老师，我错了。"

陆鲸哼了一声，脸色阴沉地问道："你以前肯定也在他面前狂说我坏话吧？"

"他"自然指的是连磊然。

姜南风睁圆眼，惊讶地说道："哪里有？我才不是这种人呢。"

陆鲸被她夸张的表情和语气逗乐了，扯起嘴角笑道："呵呵，我才不信。我想想啊，你一定会吐槽我脾气差、说话阴阳怪气……"

姜南风一脸人畜无害天真烂漫，嘴唇噘得快成小茶壶，眼睛也眨得飞快。她坚决地否认："没有没有，你别乱讲。我这人有多护短你是知道的，把你们夸上天都还来不及呢，怎么还会揭你短处呢？嗯？你说对吗？啊，烧鸡来啦！"

陆鲸对她的故意装傻充愣向来毫无招架之力。等上菜的服务员走了，他才伸手挠了一把她藏在餐布下的膝盖弯弯。

学校还有几天才放假，但姜南风上个星期已经从宿舍搬进市区了。

如今她住在2003，就是之前艺考时陆嘉颖借她和朱莎莉住的那套河南[①]的房子。

五一假期后，姜南风开始寻找毕业后要租的房子。

本来一开始她没跟陆鲸商量租房的事，自己悄咪咪地在网上找了些房源——她的收入谈不上特别稳定，接单接得多的话一个月能有

---

① 以广州珠江为分界，珠江以南的区域叫"河南"，反之就是"河北"。

六七千元，比不少上班族要高多了，但少的时候收入不过两三千元，所以她的租屋预算是一千五百元，顶天两千元，再多她也吃不消。

后来姜南风才发现自己的预算在天河区只能租到状况挺糟糕的老房子，正想去别的区看看，就被陆鲸发现了她找房子的事。

整天说自己"一点儿都不小气"的陆鲸那晚把她弄得惨兮兮。翌日，陆鲸约了陆嘉颖到南园饮茶。姜南风正咬着煎堆的时候，姨甥俩已经谈好了租房的问题：刚好姜南风住过的那套2003上一任租客租约到期，陆嘉颖可以直接租给姜南风。

等陆嘉颖中途去了洗手间，姜南风猛掐陆鲸的大腿说他自作主张——2003那片小区的平均租金高于她的租房预算，她又不想占小姨的便宜。

这时陆鲸才泰然自若地说："我和小姨之前早就讨论过你毕业租房的事了。她本来打算不收你钱的——是我跟她谈了好久，她才说那就意思意思收一点儿。所以，你按照预算给就行。我家六运小区那套老房子一直都是小姨负责放租的，今年开始涨租了，差价用来帮补你租屋。"

姜南风无话可说，差点儿忘了她的男朋友的真实身份是"体育西小少爷"。

陆鲸大一时就拿了驾照，虽然还没法像陆嘉颖那样单手转方向盘潇洒地停车，但正常驾驶没什么问题。他今天跟小姨借了车，帮姜南风把毕设展品带回2003。

两个人来回几趟把东西搬上楼，纺织类的周边洗干净了就能再利用。像抱枕套和环保袋早就被朱莎莉"预订"好——她让姜南风撤展后把这些物件寄回家，说可以放在家里等有亲戚来的时候显摆显摆，环保袋就更实用了，去超市的时候能用上。

其他小物件姜南风找了个收纳箱，一样样叠好放进去，最后盖上盖子时，长长地吁了口气。她四年的求学生涯，就这样结束了。

陆鲸给她递了罐凉茶，问："不舍得？"

"多少有点儿。"姜南风接过来抿了一口，"准备毕设的那几个月，我整个人感觉非常充实！我特别喜欢那个状态的自己，但不知道未来还有没有这样的机会，所以会觉得不舍。"

接下来他们不再是"学生"的身份了,面对的烦恼不再是"晚到食堂会没有卤鸡腿""错过了热水供应的时间就只能用热水壶煲热水洗洗屁股""校园网太慢了根本抢不到想要的选修课"……

姜南风看过的青春漫画那么多,她的心里明白,她的青春到这里暂告一段落了。

就像逛完一个展示了许多画的展厅,她即将走进下一个展厅,可这个新的展厅里一幅画都没有,四面墙空荡荡的,不知道未来会挂上什么风格的画作。

好在如今站在人生的斑马线上,她是从容不迫的,不会再因为"要不要随着别人一起追赶红灯"而感到焦虑苦恼。

陆鲸盘腿坐下,伸手揉乱她的发顶:"以后时间还长着呢,肯定会有其他的,慢慢来。"

姜南风佯装惊讶地捂住嘴:"我的天,陆鲸居然会说人话。"

陆鲸没理会她的挖苦,作势想要去抱她:"不止会说人话,我还能干点儿人做的事。"

姜南风赶紧起身跳开,嘻嘻哈哈地嚷着"不跟你闹",跑去拿衣服洗澡。

陆鲸问:"那这箱子我帮你放到衣柜上?"

"好呀!"

浴室里水声"哗啦啦",还伴着女孩儿自得其乐的哼歌声,陆鲸听着,嘴角就没放下来过。他收拾好东西,发现那本留言簿静静地躺在餐桌上,思考了几秒,拿起留言簿翻开。

第一页就是他留的言。"祝姜南风毕业快乐",笔迹龙飞凤舞,落款是"陆鲸",他本想大笔一挥写上"姜南风的男朋友",怕被姜南风打,还是作罢。

后面有不少陆鲸熟悉的名字出现,陈熙和黄欢欢,纪霭和杨樱,连去了上海发展的巫时迁都专门跑回来一趟看看姜南风的毕设……

艺考时带过姜南风的几位美术老师也来看了展,那位叫"韭菜"的顾老师给姜南风留了一句"前程似锦"。

陆鲸一页一页地往后翻,到了最后一页,都没看到那个人的名字。

他撇撇嘴,把留言簿合上放回原位。

陆鲸不解，连磊然居然能忍住不来？算了，他没来也好。

八月母女俩去完泰国后，朱莎莉便在广州住下来，不是长住，一般住半个月就回汕，来来去去，往返于两座城。

朱莎莉私底下将房租的差价补给了陆嘉颖，又偷偷跟陆鲸交代，如果姜南风哪月收入不高，还不起房租，他就跟她讲一声，她会帮姜南风填上窟窿。

毕竟姜南风是"自由职业"，没有五险一金，收入浮动太大，就怕手停口停。

朱莎莉每次来广州时，姜南风和陆鲸便会陪她到周边城市逛逛玩玩，新会浸温泉，顺德食鱼生，连南看瑶寨，澳门拜妈祖。

香港他们去得最频密，如今自由行方便，过境大巴上打个盹，很快就到了深圳湾口岸。拿着小本本过了关，再坐一会儿车，他们就到柯士甸了。

广九直通车车票较贵，但胜在中途不用落车，广州东站直达香港红磡站，而且姜南风还发现了车上的"广九大鸡腿"特别好吃，连陆鲸都说，这不输阿公做的卤鸡腿。

最让姜南风觉得好笑的是，有几个常年没怎么往来的亲戚，不知是不是有"特异功能"，他们总能精准地得知朱莎莉要去香港的消息，并麻烦她带奶粉。

这玩意儿又重又占地方，朱莎莉好心地帮忙带过几次，没赚钱还被人嫌，最后火大撂了话说自己是要跟女儿去玩的，又不是"水货客"，不再帮忙带奶粉了。

姜南风在一旁听着母亲叉腰讲电话，忍不住拍手叫好。

十二月的海港城被浓浓的节日气氛笼罩住。

朱莎莉从没正式过过洋节日，一边嘴里嘟囔着"圣诞老人不就是西方的老爷[①]吗"，一边把相机递给陆鲸，麻烦他帮她们母女俩在通天高的圣诞树下和"西方老爷"拍张合照。

[①] 神明。

陆鲸被朱莎莉这个描述戳中了笑点,拍照时手一直抖,把圣诞树上一闪一闪的彩灯全拍成了流星,直到好不容易拍完照,口中都没能停下爆笑。

笑意会传染,姜南风也越想越好笑,两个后生笑到东倒西歪,得扶着海傍栏杆才能稳住身子。

母女俩第一次准备在广州过新年。

年前她们入乡随俗去了行花街,姜南风见到许多小孩子手里都拿着风车"呼啦啦"地转,便问陆鲸为什么大家都要买风车。

陆鲸说:"这样代表转好运。"

接着他走到小贩那边买了个向日葵款式的大风车,送给姜南风。

这个风车后来一直被插在阳台上——风一来,它就乐呵呵地转起来。

这一年也是两个小孩儿的本命年。

朱莎莉早早就请来两条红手绳,姜南风和陆鲸各一条。她还给姜南风备了两套红内衣,叫姜南风不要因为嫌老土就不穿。

等年后朱莎莉回汕,陆鲸过来找女友"补"过情人节。两个人衣服脱了一半突然停下了亲吻,盯着彼此身上的红底衫底裤愣住了,而后"哈哈"大笑到在床上打滚。

烟雨蒙蒙的三月底,姜南风又带朱莎莉去了一趟香港,还提醒母亲带一件黑衣或黑裙。

四月一日傍晚,她带着妈妈先在酒店附近的花店取了提前订好的花束,再去搭地铁。中环站F出口再走上一分钟,沿途有不少人和她们一样,手里捧着或大或小的鲜花。不用担心会迷路,她们只需要跟着人群一起走就可以了,大家的目的地一样。

文华东方酒店门口站了不少人,酒店四周墙边已经倚放了不少花束和花圈。亲自来给"哥哥"送上鲜花一束,是姜南风几年前就想带朱莎莉来做的一件事。

大家都在怀念七年前逝去的那颗星星,有人低头哀悼,有人低声啜泣,朱莎莉在这件事上本就眼浅,很快眼眶红透,姜南风见她哭,也跟着默默流泪。

她还要故作成熟地安慰妈妈:"你看,有这么多人都记得他,所以他一直都在。"

献花的粉丝里有不少内地歌迷,见姜南风二人面生,问了才知道是女儿带妈妈来悼念张国荣。众人惊讶过后,热心地告诉姜南风,再过几个小时在附近的遮打花园会举办纪念晚会,可以带妈妈一起来看。

朱莎莉肯定想去啊,一双眼亮晶晶地看向女儿,仿佛生怕女儿不同意。姜南风忍俊不禁,一时觉得两个人好似身份调换。

夜幕低垂,公共露天花园陆续亮起荧光棒,蓝白相间,仿佛地上的星辰闪烁。巨幅白幕开始播放张国荣生前最后一场演唱会《热情》,歌迷们瞬间回到千禧那年,宛如在现场听着演唱会。

露天花园没有座位,只能全程站着,夜风沁凉,姜南风担心朱莎莉的身体,中途问了朱莎莉几次要不要提前离开。朱莎莉都说不用,自己的身体好着呢。

《我》的前奏刚出,人群中已经响起了哭声,接着全场开始大合唱。

"不用闪躲,为我喜欢的生活而活……

"我就是我,是颜色不一样的烟火……

"我喜欢我,让蔷薇开出一种结果……"①

回广后,姜南风让陆鲸陪她去挑了一个功能简单、操作方便的MP3将许多八九十年代的港乐灌进去,从《千千阙歌》到《夕阳之歌》,从《等》到《情人知己》,从《倾城》到《爱下去》……

她十分认真地教母亲怎么使用这部小机子,如何单曲循环,如何随机播放,如何充电。

如果说,海滨体育馆演唱会和黑胶碟是属于朱莎莉和丈夫的回忆,那姜南风希望,中环遮打花园纪念晚会和这部MP3,会是属于朱莎莉和女儿的回忆。不需要谁替代谁,它们可以一起存在于朱莎莉心里那本厚厚的相册里。

姜南风的《玩偶天堂》与金龙奖奖项失之交臂,入了围,提了名,

---

① 张国荣《我》。

但最终她没得奖。

那一届的最佳绘本奖得奖者,是位出道多年、出版过多本作品的漫画家。陆鲸有些给姜南风抱不平,经常私底下嘟囔比赛是不是有什么黑幕和隐情。

他仿佛忽然能理解,姜南风以前会因为连磊然的作品排名不高,故意去挑其他作者毛病的心情了。

姜南风听他这么一说,"嘎嘎"声笑得好像只小胖鹅。她倒是心态挺好,还觉得自己能和知名度远远高于她的漫画家们角逐同一个奖项,已经很开心了。

能入围和提名已经是肯定,若是能得奖就是锦上添花,得不了,她也不会被打击得一蹶不振。

《玩偶天堂》签了出版,姜南风收到出版社寄来的样书那天,正好是陆鲸二十四岁生日。

姜南风借花献佛,在绘本环衬上画了条鲸鱼,签上大名,就当是给陆鲸的生日礼物了,还美其名曰:"你看,你是这个世界上第一个拥有我签绘的幸运儿。"

她就差叫陆鲸感激涕零地跪下磕头了。

陆鲸"呵呵"冷笑一声,手指指住环衬上左上角空白,要求道:"这里,你得加一个'To:男朋友'(给男朋友),要不然这本跟将来你在签售会上签给读者的有什么不同?"

姜南风很快就按陆鲸的要求补上了"To签",还踮脚舔了舔他的嘴角,笑嘻嘻地说道:"你刚才没擦嘴巴,有奶油。"

只需一招,她就能让陆鲸理智全失。这也导致隔天晚上两个小年轻和陆嘉颖齐齐去海心沙现场观看亚运会开幕式时,姜南风穿了件高领打底衫,用来遮住脖子上的红痕点点。

11月12日那晚,整个城市都为亚运会欢腾雀跃,几乎家家户户都准时守在电视前观看开幕式,海心沙周边挤满了人,大家等着看开幕式的烟火表演。

珠江两岸连成璀璨的星河,红色烟火从广州塔的底部开始,一节一节地往上攀,在黑夜里开出一朵灿烂的木棉花。

美轮美奂的花火让姜南风瞠目结舌,她的口中连续不断地发出

"哇哇"的赞叹声。

别人都在用手机拍视频，陆鲸则是一直侧着手机——他只想拍姜南风被光彩染得红彤彤的脸蛋儿。

连他自己都觉得奇妙，怎么这家伙长得还跟小时候一模一样？跟个小番茄似的。

年底，"小南"老师的第一本全彩绘本漫画在各大书店上架。

陆鲸有点儿疯，一下子认购了两百本，派街坊派同事，喊萧平原他们四处发帖宣传。他还寄了二十本给黄欢欢——黄欢欢毕业后回了汕头，在一家幼儿园里当老师，可以把绘本当作礼物送给孩子们。

外甥疯，当小姨的也不遑多让。陆嘉颖认购了一批绘本，让服装厂里的主管分给有孩子的工人。

本来陆鲸还想用同样的方法给杨樱一批书，让她送给舞室里的学生，没想到她说她早早就买好，而且全都送出去了。

一整个2011年，姜南风都要积极地配合杂志社安排的签售活动。

全国各地的漫展从五一陆续开始，暑假是高峰，光是一个七月，姜南风就跑了三场漫展，月中在杭州和上海，月底在北京。

如果时间碰上周末，陆鲸就会陪她"出差"。每次在现场，他都会再买几本书，接着乖乖地排在读者队伍里找"小南"老师签名。

他做"托儿"是乐在其中的，姜南风则是狂翻白眼嫌他败家。家里还有一堆书没送出去呢，每次都添新的，他是打算以后拿去垫桌脚吗？

八月上旬，签售活动终于轮到姜南风的"主场"了。

在锦汉中心举行的ACG穗港澳漫展，为期五天，规模很大，看着自己的名字出现在活动宣传的海报上，姜南风自然觉得心潮澎湃。

活动前一晚，她一个人怒吃了三碗炳胜的白瓜叉烧炒米粉，还想装第四碗的时候被阻止了。陆鲸怕她吃撑了，说等她明天忙完活动，晚上再来吃咸骨粥。

和姜南风同时段一起参加活动的作家，有去年已经拿到最佳少年漫画奖的宫六生，还有另外两位她也很喜欢的插画师。

与另外几位老师比起来，姜南风资历尚浅，《玩偶天堂》的受众也有限，所以在她的桌前排队的队伍远远没有其他几个人的长。但她觉得这样也不错,自己可以有足够的时间把给每个读者的签绘签得更认真一些,也可以花点儿时间和他们互动。

她的粉丝多数是女生,年龄从初高中生到成熟女性都有,这几次签售都有读者送小礼物给她,巧克力或小公仔。让姜南风感动的是,这次竟有个年轻的读者手工缝制了一只漫画中的熊公仔来送给她。小姑娘兴奋地直喊"我好喜欢你",惹得她鼻子泛酸。

姜南风签了有二十来人,就排到"陆托儿"了。她抱着那只熊公仔,挤眉弄眼地冲陆鲸炫耀自己收到的礼物。他把刚买来的绘本摊开至她面前,嘴角扬起弧度,学着其他读者那样大声告白:"小南老师,我好喜欢你啊!"

姜南风当然知道陆鲸的喜欢和读者的喜欢有哪些差别,可大庭广众下光明正大地告白,依然让她的心脏"扑通扑通"地狂跳。

她跟回应其他读者那样说了声"谢谢",但又用口型,说了一句无声的"我也是"。

陆鲸低着头,趁着和后方排队的读者有一定的距离,小声问姜南风:"你想喝什么?旁边有星巴克,我去给你买来。"

姜南风眨眨眼:"星冰乐!"

陆鲸笑:"好。"

等陆鲸离开后,姜南风继续"哼哧哼哧"地忙活签绘。

不知不觉又快半个小时过去,去买星冰乐的男友还没回来,而姜南风呆呆地看着站在桌前的青年男子,一时之间,竟不知道脸上应该出现什么表情才合适。

连磊然摘下一边口罩,笑了笑:"怎么?已经不认识我了?"

"磊……磊然……"姜南风终于找回了自己的声音。一颗心蹿得飞快,她下意识地环顾四周,就怕小气鬼陆鲸会从哪里突然冲过来找连磊然干架,着急地问道:"你怎么来了?!"

"作为小南老师的第一个粉丝,怎么能不来签售会呢?"连磊然语气轻松,声音却极其沙哑,像一部坏掉的收音机。他指指自己的喉咙,解释道:"我这两天重感冒,喉咙坏掉了。"

他将手中的绘本递过去,低声道:"麻烦小南老师帮我签个名吧。"

姜南风仰着脖子看他。

三年未见，连磊然的长相没什么太大的变化，要玩"大家来找碴儿"的话，就是他的头发长长了，脸也瘦了些，还有就是，他的眼神比以前沉稳了许多。

她低下头应了声"好"，接过绘本。

连磊然的这本书不是崭新的，有明显的翻阅痕迹，姜南风翻开封面，正想在环衬上落笔，却被连磊然喊停了："等等，请问能指定签绘吗？"

一般读者都会跟作者提出一些签绘的要求，例如希望画书中哪个角色，例如画只小猫、小狗、小恐龙，例如画跟读者外貌相近的卡通版简笔画，只要不是太复杂耗时的，姜南风都会尽量满足对方的喜好。

姜南风抬眸："可以啊，你想画什么呢？"

连磊然提了提嘴角："画个'流川枫'吧。"

姜南风愣怔片刻，但很快点点头："行，要像以前寸头那个版本的，还是接近现在这样的？"

"接近现在的吧，我的头发长长了不少吧？"

"好……那我画了。"

如今姜南风提笔再画"流川枫"，不需再像以前那样擦擦涂涂，起好长时间的铅笔草稿了。她换了一支细头的黑色油性笔，寥寥几笔就已经画好了人物脑袋和头发，还能分心跟连磊然聊起天："今天不是周末吗，你不用上班吗？"

"感谢重感冒，我请了病假。"

姜南风"扑哧"一笑，问："工作挺顺利的吧？"

"还行，能养活自己。"

"你谦虚了吧，我的班群里经常有人提起你。"

连磊然忍住喉咙里忽然蹿起的酸涩，强装镇定："哦？为什么会提起我？"

"觉得你们去做游戏的薪水高呗，我们这一届有几个在动画公司的，现在都想找机会跳槽，说薪水太低了，交完房租后就没剩多少。"

许多满怀理想——想着要振兴中国动漫的青年人，经过这两年被社会巨浪打脸，初心早已动摇，饭都吃不饱，手机费都充不上，还谈什么理想？他们当初看不上的游戏原画岗位，反而成了今年的大热门。

511

像这样的事情，姜南风已经听说了不少。

连磊然问："你的收入应该比我的还高吧？那天瞧见你的微博说，那些'玩偶'要开始量产了是吗？"

笔尖顿了两秒，但很快再次连上线条，姜南风笑道："哇，你还关注了我的微博啊？"

前段时间，国内一家知名的玩具公司看到了姜南风发在微博上的毕设作品，联系她并提出合作。他们表示想打造一个国产品牌形象，而《玩偶天堂》的理念和设计都很符合他们的需求，所以想先从故事中几个形象最有辨识度、最特别的"玩偶"开始设计制作，未来再陆续推出同系列的原创形象玩具。

连磊然没有丝毫犹豫，回答道："对啊，我关注了。"

姜南风"哦"了一声，换了个话题："爷爷这几年身体怎么样？"

"去年他走了，我爸妈也正式离婚了。现在我很少回家，基本都是一个人住在深圳。"他回答得很快，像是恨不得把自己的近况和盘托出。

姜南风没抬头，只遗憾地道了一声"节哀"。

很快她便画好了签绘，问连磊然："需要写'To'吗？"

"要的，麻烦你写'To：好久不见的莲'，莲花的莲。"

"好。"写完后，姜南风盖上封面，把书递回去，认真地道谢，"谢谢你的支持。"

连磊然接过，递出右手，喉咙哑得似乎快要发不出声音了："还能……还能再握个手吗？"

面前的这只手依然修长好看，姜南风站起身，直视着连磊然的一双长眸，有些答非所问："我现在有男朋友了。"

"我知道，你在微博上发过你们之间相处的漫画小故事。"连磊然诚实地说出心里的想法，"我本来还想像刚才那几位女生那样，问能不能抱抱你或者合个影……想想还是不合适，就握个手吧，可以吗？"

姜南风没再扭捏，伸手虚虚地握住了连磊然的手。在察觉到他要收紧手指的时候，她已经先松开了他。

连磊然连一阵风都抓不住。

他收回手，把口罩重新戴好，许是因为生病的关系，没被口罩遮住的眉眼有淡淡的疲惫感，但仍让旁人看得出他正在笑："我记得我们刚开始给杂志投稿的时候，经常讨论着以后谁成名了就要给对方签名……南风，你能坚持这么久，真的很棒。"

姜南风浅弯背脊，朝他鞠了个躬："真的很谢谢你愿意买我的书，也谢谢你专门从深圳过来。"

"南风……"

连磊然还想说什么，被旁边的工作人员笑着打断："请签完名的读者往旁边通道走哟。"

他眼神黯了黯，声音沙哑地跟姜南风道别，转身要走。

"等等。"姜南风唤了他一声，并向工作人员解释："抱歉，这位是我的朋友，我再跟他讲一句话就好。"

"好的，没问题。"工作人员走开了几步。

连磊然停在原地，看着姜南风朝他缓缓伸出右手，一时有些发愣。

姜南风的表情和声音都从容不迫，她说："再握一次手吧。"

鼻酸越发难忍，连磊然已经觉得有水汽在眼眶中开始聚集。

他伸出手与她的交握，但没像刚才那样一心想着要紧紧地牵住她。

"连磊然，一起加油吧。"姜南风微笑着说，酒窝浅陷。

连磊然知道自己弄丢了什么，也知道自己早就失去资格，没敢眨眼，只点点头，说："好，一起加油。"

姜南风没有目送连磊然离开，径自坐下，扬起笑容准备接待下一位等候多时的读者。这时，她忽然察觉到了一股无法让人忽视的视线。

她转过头，僵住嘴角，猛地倒抽一口冷气！

陆鲸不知道什么时候回来的，站在签售区的围栏旁，安静地看着她，但眼神比他手中的摩卡星冰乐还要冷冰冰。

哟嗬……她今次扑街啦。

连磊然去洗手间洗了把脸，盯着镜子里下眼睑一片通红的自己，苦笑着摇摇头。

喉咙和鼻子都酸胀，脑袋晕晕沉沉的，他感觉自己的感冒又加重了。

走出洗手间后他从书包里拿了感冒药和矿泉水，服药后再把剩下的一点儿矿泉水都灌下了，正想拿空瓶子去丢，一回头就看见了陆鲸。

陆鲸一只手叉腰,语气着实谈不上友善客气:"你来干吗?"

如今连磊然也不需要在他面前装模作样了,睨他一眼:"这漫展是你开的吗?我花钱买门票进来的,想干吗就干吗。"

虽然连磊然跟陆鲸关系不好,但满打满算也叫"认识"了有十来年,所以现在这样面对面倒不觉得生分,就是这感觉是够奇怪的。

只不过,他们想要好好说话可不容易,夹枪带棒是肯定的了。

连磊然把空瓶子丢进垃圾桶里,"哐啷"一声,刚想开口反问陆鲸找他干吗,喉咙突然一阵发痒。

他赶紧背过身扶墙咳嗽,好久才止住痒意。

咳得眼角流泪,口罩也弄脏了,连磊然摘下来想换一个,面前忽地递过来一瓶矿泉水。

连磊然抬眸冷睇陆鲸:"你这又是干吗?给失败者的慰问礼物吗?"

陆鲸戏谑道:"这话我可没有说过。"

连磊然看了一会儿那瓶一直停留在半空中的矿泉水,一把夺过,闷声道:"不用你说,我都觉得我自己失败。"

连磊然经过刚才那阵咳嗽,此刻声音已经哑得像破锣了。

陆鲸忍不住皱眉:"你都病成这样了,就别到处乱逛了,早点儿回家吧。"

连磊然扭开瓶盖,猛灌几口水,才扯起嘴角笑笑:"你别突然这么关心我,我不习惯。直接说吧,找我什么事?要警告我别再来找南风?"

"警告有用吗?脚长在你身上,我也不能真的敲折你的脚骨头。"陆鲸语气很认真,好像真的考虑过这样做似的。

"那你要干什么?示威?"

"我才没那么幼稚……"刚否认完,陆鲸立刻烦躁地挠了把后脑勺儿,皱着眉唾骂了自己一句,再说,"我也不知道为什么要来找你,就当我幼稚吧。还有,我从没觉得你是'失败者',也没觉得自己这样就算'赢了'。"

说完,陆鲸挥挥手就想离开,却被连磊然喊住了:"喂!"

陆鲸回头,像以前那个不耐烦的小男孩儿,问:"干什么?"

喉咙疼痛难忍,每次发音都如沙砾划过,连磊然深吸一口气,说:"你不要像我那样……陆鲸,你别让她哭。"

陆鲸沉默了片刻，突然扬起有些轻松随性的笑容："这一点可没办法同你保证，因为我向她求婚那天她肯定会哭。"

连磊然怎么都没想到陆鲸竟会如此回答，呆愣了好一会儿，最后回过神，才感觉到心如刀割。

他半合眼帘，不想让陆鲸看到他眼中的破碎感，咬着牙嗤笑一声："怪不得我小时候第一眼见到你，就知道没办法跟你相处，你这人有的时候真的……好让人讨厌。"

陆鲸以前总觉得连磊然假惺惺，现在能听到这么直截了当的"评论"，也笑了，说："彼此彼此。"

连磊然没再在会馆里逗留，离开后直接打的去了车站。

的士上，他从书包里拿出那本绘本，翻开，环衬上用油性笔画的"流川枫"线条干净利落，可以看得出画者落笔有多果断。

去年爷爷离世后，他那对父母终于办完了离婚。他已经不是小孩儿了，不用选择跟谁一起生活。

身上惹了些官司的父亲没再回家，母亲费尽心思拿到的别墅冷冷清清——连磊然过年时回去过，陪母亲吃了顿只有两个人的年夜饭。饭后，连磊然从母亲那里拿到了好多年前被"拦截"住的那几封信件。他感到有些意外，以为这些信件早被销毁了。

母亲声音淡淡，说她也忘了原来这些东西一直压在抽屉底层，说完就上楼了，一句道歉都没有。

信封泛黄起毛，封口被拆开过，连磊然只挑出了姜南风的信，小心翼翼地取出里面的信纸——仅仅是开头的一句"展信佳"，就让他控制不住眼泪奔涌。

《玩偶天堂》开始连载后，每期漫画杂志连磊然都会买——要知道，在这之前他已有许多年没买过漫画杂志了，一开始是杂志社会寄样书，后来则是自身没兴趣了。

之后他在论坛上看见粉丝们说"小南"开微博了，便注册了一个号关注起来。那届毕业展连磊然也去了，但没联系过姜南风，没问她能不能再见一面。

姜南风的毕设展位实在太醒目，是那种每个做过毕设的美院生经过都会觉得"这家伙未免也太拼了"的程度，方寸的空间让她摆满了这几年的学习成果，例如，他曾经教过她许多课程的动画制作。

那天连磊然呆站在展位前不知多久……

那动画来来回回地播放，每一帧他都要深深地刻进脑海里。

尤其是动画最后的那一段话，他要一笔一画地将它们通通凿在心脏上。

连磊然在留言簿上留了言，但只写了两个字："谢谢。"

他没有留下落款，毕竟留言簿的第一页，现任男友的签名那么招摇，刺得他本就酸涩的眼睛更疼了。

"靓仔？靓仔？到东站啦。"

司机的呼唤把连磊然拉回了现实。

他胡乱地抹了下眼睛，掏出钱包付款："师傅，多少钱？"

司机报了数，见乘客情绪不怎么好，关心了一句："靓仔，我已经开得很快了，是不是错过火车了啊？你赶紧去柜台看看能不能改下一班车。"

连磊然顿了顿，递钱给司机："没有，我没错过火车。"

"哦！那就好！等等，我找散纸①给你。"

下车后，连磊然仍有些恍惚。

他想起了，那次从阳朔回来，他和姜南风就是在这里分别的。

他没有错过火车，但错过了什么？

他错过了好多好多。

陆鲸有些受宠若惊。

先是晚饭前姜南风主动地揽下了涮碗筷这个工作，接着又把较大的那只白切鸡腿给了陆鲸，还全程"嘘寒问暖"。女孩儿一会儿问他坐空调风口位会不会太凉，一会儿问茶水够不够暖，要不要帮他重新倒一杯。

陆鲸明明被她哄得开心，但还要佯装闷闷不乐地咬着鸡腿："你今晚这么积极干什么？无事献殷勤，非奸即盗，你是哪一种？"

听听，他那语气酸得仿佛这鸡腿蘸的不是姜葱豉油，而是陈年

---

① 粤语：零钱。

老醋。

姜南风"嘿嘿"笑了两声:"这段时间辛苦你陪我跑来跑去,奖励你吃个鸡腿是应该的嘛,至于我是'哪一种'……你说呢?"

边说她还边在桌子下挠了两下他的大腿内侧。

陆鲸瞪大眼,忙着去抓住那只使坏的手:"你好歹也算是半个公众人物了,怎么还在公共场合动手动脚?要是这里有你的粉丝怎么办?"

姜南风像只树袋熊一样挂在他的臂弯上,哼哼唧唧地撒娇:"你就是我最大的粉丝啊,暗恋我那么多年耶……"

"多年痴恋"这件事看来是过不去了,陆鲸觉得,如果他们能携手到老,等到姜南风未来变成白发老太太的时候,她肯定还会把这句话挂在嘴边。

他咬牙切齿地说道:"那今天来现场的粉丝可不少,还有专门从深圳来的。"

姜南风"嗷"一声又挠他一把:"哎呀!说好的不小气呢?我不知道他会来呀!他也没说什么,就是让我签名而已!"

见女孩儿已经鼓起腮帮,明显开始有小脾气,陆鲸立刻软了声哄她:"对对对,我的错,我们赶紧吃饭,吃完回家。"

只要朱莎莉不在广州,陆鲸就默认到2003住下。虽然每天早上要多花将近半个小时的通勤时间,但他心甘情愿。

这一晚女孩儿的主动让陆鲸忽然觉得,连磊然偶尔出现一下好像也不错。

姜南风的发丝起起落落,仍然好似乌鸦的羽毛掠过他的心脏。

银白的月光和城市的灯火勾兑成一种迷离暧昧的颜色,逶迤地流淌在他心爱的女孩儿身上。光影晃晃又荡荡,仿佛从她眼里,或是哪里,即将跌落一地的星光。

陆鲸被晃得眼花缭乱,忍不住伸手去托住那最亮眼的两颗星辰,他的脑子里卑劣地浮出一句话:长大这件事真不赖。

女孩儿喘着气问他喜不喜欢这样。

拜托,他当然喜欢啊,请问怎能不喜欢?他爱得要命。

但他更喜欢看着姜南风哭得鼻尖和眼角都通红、鼻涕泡泡都要冒出来的模样。

等到姜南风坐都坐不稳了,陆鲸便箍住她的腰把她放倒,笑得恣意:"辛苦小南老师了,接下来交给我吧。"

姜南风再一次精疲力竭,抱着枕头趴在床上动都不想动,晃了晃还翘着的小屁股:"水……水在哪里?我要渴死了……"

陆鲸的手没忍住,重重地拍出一声脆响,惹得姜南风大叫一声"疼",他才拦腰抱起她。

他把水杯凑到她嘴边,笑声沙哑:"姜南风是懒猪猪。"

胸腔里又有蝴蝶扑腾翅膀,姜南风真的好喜欢陆鲸在这个状态下的声音,性感迷人,已经是完全成熟的梅子,又酸又甜,咬一口都要心肝颤一颤。

当然,她才不会傻到跟陆鲸讲她的喜好,要不然这家伙肯定会更加得意忘形,到最后惨兮兮的还是自己。

姜南风咽了几口温水,突然开口:"对了,我吃饭时忘了问你……下午你买来星冰乐之后,人怎么就不见了?跑去哪里了啊?"

经过刚才一役陆鲸也流了许多汗,边喝着水,边吞吞吐吐地说:"好像……好像去厕所了。"

姜南风睨他:"哦?是吗?我以为你去找连磊然了。"

陆鲸差点儿呛了口水,故作不解:"我找他干什么?"

"吵架,还是说打上一架?"姜南风想起什么,突然笑出了声,"啊,你小时候不也跟我一起看过《动物世界》吗?"

女孩儿的思路有时真是天马行空,陆鲸一时没跟上:"《动物世界》怎么了?"

姜南风"嘻嘻"笑,眼睛也亮晶晶,说:"你记不记得有一集是说猩猩的?有一只公猩猩跑到另一只公猩猩的领地,然后两只公猩猩打起来了。"

陆鲸瞪大眼,用力地揉了她一把,没怎么多想,就顺着她的话开玩笑道:"我要是公猩猩,那肯定要死守住我的老婆。"

这个称呼让姜南风一愣,陆鲸也很快反应过来,双颊微烫。

女孩儿一双黑眸里蓄满了光,陆鲸心动,低头去吻她,又偷偷在她的耳边喊了一声。这一声好似什么迷魂药,蛊惑着姜南风也回了一句。

恋爱中的年轻男女都喜欢用这样的称呼来呼唤对方,像是只需要这样,双方就可以立下什么爱情契约。

时间还早,两个人洗完澡后开了电视,吹着空调喝着可乐,看TVB的新剧《潜行狙击》。

陆鲸在手机微博上点开一则信息,递给姜南风:"已经宣布了,明年2月24日和25日,会在天河体育馆多开两场。"

他说的是《张学友1/2世纪演唱会》的巡演场次。之前有合适的场次,但他和姜南风都因各种私事错过了。好不容易等到新出的巡演城市名单里有广州加场,都开到家门口了,他们肯定得去。

姜南风连连点头:"可以可以,到时候提前买票,小姨也要去吧?我想带我妈去。"

"行,我到时候买四张连票。"

"啊,可能还要再加一张。"

"嗯?还有谁要去?"

姜南风努了努嘴,说:"阿霭之前说过她想去的……我回头问问她,我就怕她……唉。"

她担心纪霭去演唱会容易伤情。

当初的纪霭与黎彦,也和许多年轻的情侣一样有属于两个人的"定情歌"。姜南风以前常听她唱:"到公园中散步年纪,有结伴人是你①。"

但毕业后,与姐妹聚会去唱歌时,姜南风就再没听过纪霭唱过张学友的歌了。

姜南风问过纪霭两个人分手的原因。一开始纪霭只说是因为异国恋太难维持,后来姜南风才偶然听她说过一句,她的家庭和黎彦的家庭相差太大了,这差距大得无法只凭两个人的一腔爱意就能解决。

姜南风伸长脚丫踩了一下陆鲸的大腿:"喂,黎彦那边你还有联系吗?"

"有啊,时不时会问问彼此最近在忙什么事。"

---

① 张学友《有个人》。

"那他有没有问起阿霭?"

陆鲸把她的脚丫抓住:"有,问问她有没有交新男朋友,工作怎么样,也就这些了。"

姜南风眨眨眼:"那你觉得……他们俩有机会复合吗?"

陆鲸摁了一下她不老实的脚趾,瞥她一眼:"你想听实话吗?"

"你说啊。"

陆鲸拿来遥控器,把电视的音量调低,说:"我高中时就去过黎彦家,第一次去,他妈妈问我家住在哪里。听我说了'好运楼',她不知道在哪儿。后来我说了好运楼在哪一带,她就明显收了些笑容。那天同时去的还有其他几个同学,像郑康民他们,你也知道他们那群有钱仔都住在哪里,他妈妈就一直很热情地招呼他们。"

光是这么一段话,护短的姜南风已经快要蹦起来了,惊诧地问道:"她看不起我们好运楼吗?"

陆鲸耸耸肩:"可能是吧,所以我对他妈妈的印象很一般。你问我他和纪霭有没有机会复合……他们复合是很容易,可后面的相处更难啊。纪霭真想跟黎彦在一起,光是他的家庭这一关估计就得折腾得够呛。"

姜南风如鲠在喉。

她想:无论她长大至多少岁,都永远听不得别人拿纪霭的家庭来开玩笑。可她如今也心知肚明,两个人谈恋爱,真的不是只有两个人的事,不是只用"我的名字和你的姓氏就能成就这故事[①]"。

见姜南风沉默,陆鲸怕她误会,赶紧解释:"我的意思不是说纪霭配不上黎彦啊,在我看来黎彦才配不上纪霭。纪班长多好的一个人,黎彦的优点只有家里有钱……"

姜南风顿时"扑哧"一笑:"我以前好像也这么说过你。"

陆鲸挠挠她的脚心,松了口气,说:"放心吧,纪霭比我们成熟多了。她想做的事,你拦不住她;她不想做的事,你也逼迫不了她。"

"确实……别看阿霭对谁都笑得温柔,狠起来是真狠。"

[①] 张学友《你的名字我的姓氏》。

"而且啊，初恋失败也不见得是件坏事。"陆鲸突然说话音量大了一些，底气十足，"你看看，你不也是'那个'结束了，才能和一个这么优秀的现任男友在一起吗？说不定纪霭很快就会找到比黎彦好一百倍的男朋友。"

姜南风"哈哈"大笑，抓起抱枕就砸他："你真是面皮厚！"

两个幼稚鬼还跟小时候一样打来闹去，只不过现在会再加上咬或者吻。他们闹着闹着就过了火，谁都无心理睬电视上在播着什么剧情。

陆鲸忽然想到，含糊地问："你说纪霭他们有什么……'定情歌'？是什么？"

姜南风的十指穿过他乌黑的头发，她喘得厉害："嗯……对啊，就是那种一听就会想起对方的歌……别咬那里！"

"哦，那我们也有。"陆鲸不听劝，说完就埋头继续。

姜南风在"嗯嗯呜呜"声中问陆鲸是哪一首，他暂时放过她，抹了一下嘴角，再前倾了身子吻她的唇，把她的味道也喂进她的嘴里。

男孩儿又开始变得沙哑的嗓子在女孩儿的耳边轻唱："流传在月夜那故事，当中的主角极漂亮。"

第十四章
起风了

  姜南风着实没想到，在张学友的演唱会上哭得最厉害的人居然不是她，而是陆鲸！

  她也不知道这孩子想起什么伤心往事，动不动就跟着台上的大明星边号边哭，手里的灯牌摇摇晃晃，跟个傻佬一样。

  若是他在唱惨情歌的时候哭，姜南风还能理解。毕竟张天王现场唱得实在太好，不知不觉就会陷入歌曲歌词中，姜南风有时也会听着听着就流泪。可连张天王唱《月巴女且》这么欢乐的歌陆鲸都要"嗯嗯呜呜"，姜南风就实在无法理解了。

  前排的观众频繁地回头投来好奇的目光，姜南风觉得丢脸死了，狠狠地掐了把陆鲸硬邦邦的手臂，急忙说道："你到底怎么啦？！"

  他们的位置离舞台不远，陆鲸边吸鼻子边指着舞台上巨型的沈殿霞气球公仔："姜南风，是你耶，你看！"

  姜南风真是被他气笑，还觉得莫名其妙，差点儿在众目睽睽之下张嘴咬他的手臂，直接骂道："你痴线！"

  陆嘉颖更是哭笑不得，说陆鲸这么多年根本没变，还是那个大喊包[①]。

---

① 粤语：爱哭鬼。

最后安可的时候张天王竟然唱了《蓝雨》，姜南风和陆鲸两个人一秒就在座位上蹦了起来，跟着号"冷冷雨呜呜呜喔"。

当年姜杰带他们俩去"看"演唱会的那次，安可歌曲里也有这首，两个人同时想起这个细节，并为这样子的"巧合"感到兴奋不已。

姜南风担心的情况到最后还是发生了。

一直安安静静地摇着手中荧光棒的纪霭，到最后全场大合唱《忘记你我做不到》时，强忍了许久的情绪终于溃堤。

纪霭抱着姜南风哭，说她真的在努力地忘掉他，但好难。

那晚纪霭去姜南风的住处过夜，姐妹俩久违地深夜聊天。

纪霭说元旦时陪同事去了一场 speed dating（闪电约会），她坐在餐厅里，心里一直在想的却是远在天边的那个人。

姜南风算了算，其实两个人也分手挺长一段时间了，试探问纪霭："这几年难道就没有人追你吗？你公司里的同事？"

"有是有……"纪霭总算止住了哭泣，揉揉泛红的鼻尖，嘀咕道，"但我不喜欢他们啊。南风，年轻的时候遇见太优秀的人，真不是一件好事……"

姜南风抿紧了嘴。

在这件事上她没什么发言权，毕竟她的前后两任男友似乎都……挺优秀……

纪霭想了想，缓声道："不过，那天在 speed dating 那里，我认识了一个男的，嗯……算是比较聊得来。"

姜南风在床上鲤鱼打挺，眼睛亮晶晶地说："啊！你怎么不早说！我刚还偷偷叫陆鲸留意一下他们公司有没有合适的人选能介绍给你！对方怎么样啊？帅吗？帅吗？快跟我说说！"

"嗯，他是本地人，人很开朗，是卖保险的，就住在我的出租屋附近，所以上班坐地铁的时候我经常会遇到他……"纪霭把发丝掖到耳后，忽然有些赧然，"至于帅不帅……不好说，就是笑起来的时候咧一口大白牙，还挺……可爱的。"

周六的舞室排满了课，每位老师都从早忙到晚。杨樱上完最后一节私教课，已经是晚上九点半，送走学生，才得空坐下来休息。

"好运来"群里有不少未读消息,杨樱看了看,是姜南风和陆鲸发了昨晚张学友演唱会的现场视频,陈熙在群里狂骂,说视频里压根儿听不到天王唱歌,画面又模糊,一直只听到陆鲸跑调的"号叫声"。

杨樱点开一个,听得捧腹大笑。

其他老师也陆续下课,大家围坐在一起休息喝水,聊着下个星期的青少年舞蹈比赛还有什么地方能给学生们做调整和加强,争取让学生们一举夺冠——舞室如今开了快三年,需要增加一些含金量较高的奖牌来吸引更多的家长给孩子报班。

大家聊着聊着就到了晚上十点。

江武来电话,说他快到大厦楼下了。

老师们嘻嘻哈哈地开她玩笑:"杨老师的好好先生又来接她下班啦。"

杨樱冲她们做了个鬼脸,笑着提醒她们别太晚回家。

杨樱走出大厦,见江武的车已经停在了路边,打着双闪。她笑着坐进车内,说:"你今天好早啊。"

江武倾身吻她:"专门跑出来接你回家的,等会儿还得回公司。"

一张脸皱成苦瓜干,杨樱噘着嘴有些不满:"你都算半个老板了,怎么还那么忙啊?"

江武捏了一下她小巧的鼻尖,低笑道:"你自己不也是个小老板吗?还不是从早忙到晚?"

杨樱想了想,确实是这样。舞室是江武出本钱给她开的,所以她既是老师,也是老板。

"是啦是啦……"杨樱皱了皱鼻尖,一把抓住江武的手,凑近闻了闻他的袖口,"你又喝过酒了!"

"哇,我老婆现在是警犬吗?闻手都能闻出我喝酒了?"江武笑得开心,反手牵住她的手,十指相扣,"有个朋友在'糖果'过生日,我过去送份礼物,然后意思意思抿了两口而已。我说过我要开车的,不能喝酒。"

"哼,你最好是!最近开始严抓酒驾了,你别老是踩线啊!"

心微微一沉,但面上仍带着笑,江武缓缓踩下油门,单手打方向盘:"知道知道,谨遵老婆教诲。"

"老婆、老婆……我现在是嫁给你了吗?喊得那么亲密……"杨樱连瞪人都是娇俏的。

"我不娶你还能娶谁?杨樱,这辈子也就只有你能降得住我。"江武牵起她的手,在她的手背上轻咬一口。

杨樱心里暖洋洋的,正想也抓他的手过来咬一口,突然眼角闪过一道黑影,车子瞬间急刹!

"啊!"杨樱不备,身子随着惯性蓦地前倾。

江武重重地踩着刹车,呼吸略急,狠瞪一眼此时站在车头前方、张开双手挡住车的男人。很快,他已经想起这男人是谁了。

他边解开安全带边问杨樱:"樱,你有没有事?"

"没有……被安全带勒了一下而已。"

杨樱蹙眉,看向了站在车前的男人。他大约三十岁出头,身材矮胖,眼神闪烁,扯着嘴角笑得奇怪,直直地盯着驾驶座上的江武,还举起手挥了挥。

杨樱也解开了安全带,问江武:"这个人是谁啊?你认识吗?他这么跳出来也太危险了!"

"是我公司的一个客人……可能认出我的车,想跟我打声招呼。你别下车,在车上等就好。"江武指了指副驾驶位的车门门锁,面上没什么表情,"锁上门。"

杨樱还想问点儿什么,可江武已经下车了。她只好听他的话,把门锁上了。

男人被江武搭着肩膀带到一旁,杨樱前倾了身子,但距离有点儿远,听不到他们在说什么。两三分钟后,江武回来了。

杨樱问道:"没事吧?"

江武笑笑:"没事,说想跟我聊点儿公事,我让他去公司等了,现在先送你回家。"

江武把杨樱送到小区门口,让她别担心,说自己处理完公事就立刻回来。杨樱点点头,让他路上小心。

江武去了"星河会",进门大堂处就见到了那个拦车的男人。

来的路上江武想起了那个男人的名字。他叫陈伟,是常来负一层玩的客人,有赢有输,但前段时间贷的钱还剩一期没还完,故而目前进不了门。现在陈伟的意思是，他今天凑到了一笔本金，还剩下的钱是绰绰有余的，但想先进场玩几把，再还钱。

赌徒心态，他总想着本金越大收益越高。

这当然不合规矩，可刚才在舞室楼下，陈伟似乎是等了有一段时间——江武一想到这一点，嘴角扯起的笑容便冷了几度。

陈伟两只手像苍蝇那样搓来搓去，谄笑迎上来："武哥，辛苦你了啊，麻烦你通融一次！"

"陈生，你知道的，这种通融可不合规矩，给你破了一次例，之后也有别人跑来找我破例，那我怎么办？"江武皮笑肉不笑地说。

"武哥，我发誓，就这一次！真的，而且我绝对不跟人提起！"陈伟举起三根手指。

"我其实也是个打工的，管不了事，所以刚才帮你问过聂生了。聂生说可以通融一次，但息要加一分。"江武没等陈伟回应，直接跟前台侍应生打了个手势，再重重地拍了两下烂赌鬼的肩膀，笑道，"祝你今晚好运啊，陈生。"

陈伟的肩膀发颤，如果别人在这个时候搭膊头①，他一定会大骂对方"唔老礼②"，但对方是江武，便也不好说什么，赔着笑说："多谢武哥，多谢武哥……"

江武心中冷笑，自己明明比这家伙还小了几岁呢。

江武走进监视室里盯着情况，赌桌前一张张脸或兴奋或沮丧，他们无非都是一个个被泥潭糊住脚的灵魂。

他一时恍惚，想起两年前杨樱毕业的那天，他还想着要趁早脱身，谁知道如今自己在泥沼中越陷越深。

他已经跟聂河请辞过，说他不想再管KTV和酒吧，那边的人"创收"的手段太脏，他管不来。聂河没同意，说让他再管几年，等有合适的接班人选他再离开。不过聂河同意了让他只负责会所和财务公司。

---

① 粤语：拍肩膀。

② 粤语：不吉利。

江武再盯了一会儿，让人重点留意陈伟，便离开了。

他怕杨樱一个人在家胡思乱想。

回到家，客厅没开灯，电视无声开着，而在沙发上打瞌睡的女孩儿蜷成一团，江武的心脏瞬间被焐热，他轻手轻脚地走进浴室里，洗完手和脸，再准备抱起她。

杨樱一下就醒过来了。见到男友，她伸手抱住他的脖子，声音含糊地说："你回来啦……"

江武蹭了蹭她的黑发："嗯，你继续睡吧，我抱你回房。"

"不困……"刚说完杨樱就打了个哈欠，脑袋耷拉在江武的肩膀上，问道，"今晚的公事谈好了吗？没什么麻烦吧？我看那男人的神情有点儿不大对劲，怪怪的……"

"没事，哪有什么麻烦？别多想。"

杨樱沉默了片刻。

江武还没回家之前，她一个人想了许多。离开象牙塔两年多了，她多少能明白江武的工作并不像他说的那么简单。而且江武像是在担心什么，前段时间几乎把所有的存款都交给了她，还要她哪天有空一起去趟房管局，想把房子过户到她的名下。

杨樱不敢问也不想问，觉得这件事一定会影响到两个人——她不想再跟江武分开了。

她把江武抱得好紧，脸埋在他的肩膀处，嘟囔道："我不用你赚很多钱，也不用你换大房子或新车子……你到底什么时候要娶我啊？"

江武愣了一下，失笑道："哪有小姑娘像你这么主动想嫁人的？羞羞脸。"

杨樱当然害羞，脸都不敢抬起来，说："我只想能和你有个家……"

即使是短短的一句话，江武也觉得，未来要他跌入万劫不复的地狱都值得。

他拍拍杨樱的背，压住汹涌澎湃的情绪，低声说："你先坐好，我去拿点儿东西。"

"嗯？你要拿什么？"

江武浅笑，没应她，只落了个吻在她的额头上。

他回房,再出来时手里握着一个红色绒盒。杨樱一双杏眸越睁越圆,嘴巴也合不拢了:"这……"

浅浅勾起嘴角的男子英俊帅气,在她面前单膝下跪,打开绒盒,亮出了里面小巧精致的白金钻戒。

江武望向杨樱:"我去年就买了,一直想找个好时机……"

没想到他话还没说完就被女孩儿打断了。杨樱迫不及待地伸出手,急切地说道:"同意!同意!"

江武忍不住笑出声,但很快又认真地问:"杨樱,你要认真地考虑这件事,确定以后都要跟我在一起了吗?"

男人的眼神深情且真诚,杨樱皱着微红的鼻尖说:"你这是什么话……我不跟你在一起,还能跟谁在一起啊?"

江武的眼眶发烫,他握住杨樱的手,把戒指轻轻地套到她的无名指上。

尺寸他偷偷确认过许多次,所以如今戒指戴在杨樱的手上刚刚好,不紧也不松,如同一圈皎洁的月光,安静地绕在樱花的花瓣上。

"你跑不了了,我会一辈子缠着你。"江武笑着吻她。

"谁缠谁还说不定呢。"杨樱的眼眶泛泪,她伸臂紧拥住他。

她抱得很用力,像是用上她一生的勇气,去握住一捧闪烁不停的火花。

虽不确定火花能燃烧多久,但她希望他们能一起燃烧,一起璀璨。

可她忘了,也会一起熄灭。

她们在少女时代开的"赌局"终于揭晓,一群人中最先结婚的竟是杨樱。

三月,杨樱在姐妹群聊里突然发来照片,两本颜色喜庆的结婚证上叠着两枚圈戒,再附上一句:"姐妹们,我先结婚啦。"

尽管众人心知杨樱谈恋爱多年早晚要结婚的,但还是被她偷偷领证这一事震撼到了。黄欢欢一边恭喜她,又一边直肠子地碎碎念:"杨樱,你这么大的事也不提前讲一声,是要给我们惊喜还是惊吓啊?"

结婚证里二人的合照甜蜜而温馨,女士钻戒洁净闪亮,姜南风当然替杨樱开心，但隐隐约约地，也会感到一丝不踏实。

如黄欢欢说的那样，这么大的一件事，杨樱就这么决定下来了，没有跟她们任何一个人提起过。这很像高中时杨樱决定要过海去读寄宿学校——那一次，杨樱也没提前跟她们商量过。

姜南风觉得不踏实，觉得自己还没认真地去了解江武这个人。且先不说江武这人是好是坏，就连江武的交友圈和工作她都不清楚。

她总觉得江武身上萦绕着一团迷雾。这种感觉让她不大舒服，可又无可奈何，因为那是杨樱的选择。

姜南风想起以前，张雪玲总会想要去打探清楚杨樱身边交往的是些什么朋友，想要知道杨樱每一刻的行踪，想要杨樱一直在家乖巧地练琴。

姜南风以前很反感张老师这样的监视和控制行为，万万没想到，十几年后的自己居然也冒出了这种念头。这样不好，她警告自己。

姜南风最终还是把自己的担忧告诉了陆鲸。

陆鲸关掉笔记本电脑，揽她进怀，笑着说："明明是杨樱结婚，怎么变成你有'结婚恐惧症'了？"

姜南风在他的怀里嘟囔："你又不是不知道，我现在是'妈妈'的视角，就害怕'女儿'们受人欺负，过得不好。得要她们过得开心，我才能开心。"

"我知道，但说到底，大家都不再是小朋友了，许多事情要自己学会承担责任。既然杨樱已经自己做出了选择，那我们只能尊重。"陆鲸安慰道，"杨樱跟江武在一起也不是一年两年的事了。算一算，他们在一起多长时间了？"

"七年长跑，有情人终成眷属……"姜南风长长叹了一口气，稍微释然了一些。"你说得对，他们都在一起那么多年了，杨樱一直说江武很好，我应该相信她。"

"嗯，真好。"陆鲸低头咬她的脖侧，语气羡慕地说，"我也想结婚，可自身还是个打工仔，没洋楼，没洋车，女友不愿意嫁我怎么办呢？"

姜南风痒得直笑："你有'洋楼'啊，六运小区啊，'洋车'也是有的。"

陆鲸挑眉:"我哪来的'洋车'?"

"你那辆山地自行车还停在好运楼的单车棚里呢,勉强也算是进口的吧。"

陆鲸笑着问:"哇,你要求真低,一辆山地自行车就肯嫁给我了吗?"

姜南风抬手堵住他的嘴:"你别偷换概念,我可没这么说。"

谈恋爱多好啊,她才不想要那么快就踏进"坟墓"里。

陆鲸知道她还没做好准备,鼻哼一声,也没再继续这个话题,低头啃她的脖肉。

杨樱不正式摆酒。她和江武都没与亲戚往来,为数不多的朋友们又分散在各地,所以二人决定分别请相好的朋友们吃饭,请好运楼的朋友们吃一顿,请舞室的老师们吃一顿,再请江武的几个合作伙伴吃一顿。

虽然他们没有大摆宴席,但婚纱照和蜜月可不能将就,江武要给杨樱最好的。

当下最火的马尔代夫他们必须去,还得带上婚纱去旅拍。海风徐徐,白沙环绕,在水天一色中随风飞扬的蕾丝长纱,在火红落日中亲吻彼此的浪漫剪影,杨樱将一张张照片上传到 QQ 空间,简直羡煞旁人。

尤其是晚杨樱一年领证的黄欢欢,到接亲的这一刻还在嘀咕着自己度蜜月也好想去马尔代夫。

这一天姜南风给黄欢欢当伴娘。接亲吉时是凌晨一点半,姜南风已经犯困了,边打哈欠边说:"可惜你的老公是人民好公仆……他不是说带你去海南?都是海岛,差不多咯,没说带你去南澳岛就很好啦。"

黄欢欢坐在梳妆台前调整着最后的妆发,直接从小镜子里白了姜南风一眼,说:"海南和马尔代夫能相比吗?!"

姜南风耸耸肩,漫不经心地拆穿她:"你也就是在这里说说。要是陈熙真说要带你去马尔代夫,你也不会同意的。"

黄欢欢撇撇嘴,又觉得南风说得没错。她可心疼陈熙花钱了——

本来连摆酒设宴都想省下,是陈熙和婆婆一直坚持要她风光大嫁,她才同意。

但黄欢欢坚持能省的地方就得省,这是她的做人原则,比如被拉来帮忙做妆发造型的是楼里另一个学化妆的小姐妹,当摄影师的自然是已经小有名气的巫时迁。

女孩儿住了二十多年的房间其实并不大,巫时迁得不停地找合适的角度和时机才能把照片拍出大片的质感。

他顺便给站没站相的伴娘抓拍了几张照片,还调侃道:"姜南风,等会儿陈熙他们上门,你们姐妹团要讨多点儿红包,然后也分我一点儿。"

黄欢欢瞪他:"说好了会给你包大红包的,你怎么连姐妹团的利市也要贪?现在好运楼里收入最高的可是你这个大摄影师。"

姜南风点头附和:"就是就是!下次你给明星拍照的时候能不能顺便帮我要个签名?"

巫时迁笑着骂:"没出息!"

房门"叩叩"两声,杨樱探头进来:"好了吗?他们已经快到楼下了。"

黄欢欢莫名其妙地紧张起来,深吸一口气:"好了好了!"

姜南风走过来帮她整理龙凤裯的金线领子,"嘻嘻"地笑道:"我们欢欢盼了念了好多年,今天终于要嫁给他啦。"

瞬间喉咙泛酸,黄欢欢皱着眉,却又挤出一抹笑容:"讨厌死了,你不要惹我哭!等下妆花掉了!"

陈熙去年把好运楼的老房子卖了,添了些钱,在靠近海滨路那边贷款买了套二手的商品房,三室两厅。他重新装修,买了新的家具,主卧套间就是他们小两口儿的婚房。

黄欢欢的意思是他们就算住在好运楼的老房子里也没关系,反正是从小待到大的401房。她还开玩笑说,这样跟陈熙吵架了,她一下楼就能回娘家,好方便。

但陈熙仍想在力所能及的范围内给黄欢欢最好的。

本地人接亲的传统习俗琐碎繁杂,年轻人想要一切从简,可过不了老一辈人那关,男方要提前安床大吉,新娘则要提前洗头挽面。

十六岁的陈芊如今已是亭亭玉立的少女。她跟着一群姐姐跟自己的亲哥讨接亲红包，巫时迁在旁拍照，不停地嘀咕"别小气啦""多给一点儿啦"，兄弟团们骂他是臭间谍。

例行玩了两三个游戏，她们再让陈熙对着房门念结婚誓词，新娘子才从房中慢慢走出来。

从小看到大的女孩儿今日盘起秀发，妆容精致，表情也是难得一见的娇羞，两个人对视的一刹那陈熙便红了眼睛。当伴郎的陆鲸在一旁低声提醒他"忍住忍住"，但其实陆鲸的鼻子也泛起了酸。

还有一些仪式要进行，女方家早早准备好了五道菜：猪肝炒蒜、炒春菜、豆粉煮白煮蛋、两尾乌鱼、甜豆干炒葱。新郎新娘坐下吃饭，兄弟姐妹则要吃甜丸①。

出门前新人给黄父黄母敬甜茶，陈熙声音嘹亮，态度认真地说："爸、妈，你们辛苦了，未来欢欢就交给我来照顾。"

陆鲸的双眸这时候朝姜南风望去，见她眼角果不其然已经落下泪，他手动了动，偷偷地牵住了她的手。

等他们敬完茶，姜南风撑起红伞，送黄欢欢下楼。

大人们提醒过，新娘子出门后路上不能说话，等到了男方家再开口。黄欢欢也说不了话，未走出好运楼，已经哭得梨花带雨。

接亲完毕后，兄弟姐妹各回各家休息，当晚还有一场喜宴。

酒店宴会厅的白幕上播放着陈熙和黄欢欢从小到大的生活照片，其中不少是以前朱莎莉给小孩儿拍的。他们挑出一些提供给婚礼策划师，简单的照片配上抒情的音乐和动人的语句，这样已经能让好运楼的这群小孩儿一个个眼湿湿。

姜南风还意外地发现了一张女孩儿们在老戏台上玩过家家的照片。她刚激动地扯住陆鲸的袖子，陆鲸已经直接开口说："我记得，你们那时候在玩'港姐游戏'。"

姜南风这下更惊讶了："你……你这是什么记性啊？！"

"哈哈，我可是聪明绝顶的小天才。"陆鲸笑了一声，"不过现在仔

---

① 甜汤圆。

细地想想,我好像只是对其中一个女孩儿印象深刻。"

姜南风眨眨眼,心脏"怦怦"跳,问:"谁?是那天的冠军杨樱吗?"

陆鲸摇摇头:"是那个一直主持节目的'司仪'。"

姜南风脸红耳热,还故意反问:"你会不会记错了啊?那个'司仪'好像是我……"

"我的记性超级好,当年我刚到好运楼的那一天,你正在楼下买冻草粿,对不对?"陆鲸倾身凑近姜南风的耳边,"你说奇怪不奇怪,明明那时候老戏台上站着那么多个女孩儿,可我只能看到站在最边上的、笑起来有酒窝的那个女仔。"

同桌还有其他老友,姜南风多少有些难为情。她左手捂着忍不住扬起的嘴角,右手在白桌布下主动地牵住了陆鲸的手。

想一想,她小时候和陆鲸的合照似乎不多。小学时多是她过生日时一大帮人一起合影,初中高中时很火的大头贴他们也没拍过。那以后的回忆视频岂不是没有影像素材?还有,他们要挑哪一首歌当视频的背景音乐呢?是《不老的传说》,还是《爱是永恒》?

见女孩儿一直不说话,陆鲸捏捏她的指尖,低声问:"在想什么?"

姜南风赶紧摇头:"没……没想什么。"

好难得两个人今天都穿得正经,陆鲸穿的是衬衫西装配领带,姜南风穿的是白色抹胸小礼服,还特意做了妆发。

眼珠子滴溜溜地转了一圈,姜南风打开手机里的相机,悄悄往陆鲸那儿靠了靠:"喂……"

陆鲸正抬头看着巨幕里发小们的照片:"嗯?"

姜南风小声说:"我们来拍张合照吧……"

这一年热得快,五月的天从早上开始已闷热无比,朱莎莉才买完青菜就出了些许汗。朱莎莉走去纪家鱼档,笑着要了两条巴浪鱼。纪母正招呼其他客人,麻烦她等一会儿。

朱莎莉正用路上拿来的超市宣传单扇风,听见有客人问纪母:"阿霭在广州有交男朋友无?我有个朋友的儿子也在广州,做房屋中介的,无女朋友,要不要年轻人认识一下?"

"阿霭有男朋友啦。"朱莎莉替纪母回答,还竖起个大拇指,夸赞道,"阿弟不错的,对阿霭很好!"

两家人认识久了,上个月朱莎莉去广州住,应纪母"委托",前去帮忙"侦察"了纪霭目前正交往的对象——邵滨海。

邵滨海比纪霭大几岁,相貌端正,性格开朗,待人礼貌,工作稳定——朱莎莉给纪母反馈了很高的评价。

据说两个人是在什么"闪电相亲"活动里面认识的,姜南风解释过,就是一群单身男女在咖啡厅或餐厅里排排坐,参与者每次和一个人聊天,几分钟到了就往旁边挪一个位子,继续新的聊天。

姜南风还说,有一些相亲活动是专门提供给中年人的,丧偶或离婚的都可以参加,问朱莎莉有没有兴趣。朱莎莉捏一把女儿肉肉的胳膊,说她净瞎操心。

从菜市场离开后,朱莎莉绕到大马路,去照相铺取昨天拍的二寸照片。

老板娘与朱莎莉认识许多年,把办港澳通行证的回执和装照片的信封一起递给她,问:"又要去香港玩啊?"

朱莎莉接过:"对啊,和女儿约好了下个月去看场演出。"

老板娘语气羡慕地说:"真好,太羡慕你和你女儿这样的关系了,我女儿跟我平常都没两句话说的,我说一句她都要反驳十句。"

朱莎莉笑笑,把证件照从信封里取出来,因视线有些模糊,又把照片拿远一点儿,眯起眼看。

照片上的中年女子笑得眉眼微弯,酒窝浅陷。

朱莎莉夸赞摄影师老胡拍得好看,赶紧叫老板娘再加个单,把这张照片多洗出一张正常尺寸的,说她改天来拿。

走出照相铺,被顶上的阳光刺得眯了眯眼,也是在这一瞬间,她眼前忽然模糊,好似被挤满了洗洁精的泡泡,什么都看不清。她踉跄了两步,好在及时扶住了店铺的玻璃门,才没有从矮阶上摔下去。

老板娘见状赶紧出来扶她,着急地问:"怎么了?哪里不舒服?"

朱莎莉缓了缓呼吸,再睁眼时已经能看清事物了。她也疑惑,擦了擦汗,说:"难道是中暑了?"

照相铺离好运楼就一个路口，老板娘热心肠地说开摩托车送朱莎莉回家，朱莎莉也不拒绝了，回到好运楼楼下，连声跟老板娘道谢。

在门口她遇到了巫父，听巫父说今天有人要来给内街装监控摄像头了。朱莎莉舒了口气："终于肯装了！再不装，我家的防盗网又要再加一层了！"

老区的治安越来越差，尤其每年过年前，总会有几家被小偷光顾。内街灯疏，三个月前有年轻女子晚归时被人尾随，背包和手机被抢，还好人没事。钱财身外物，最重要的还是人平安。

好运楼里越来越多原来的居民都搬走了，也有新的居民搬进来，但邻里之间的关系自然比不上以前。大家见面点点头问声"好"，始终带着些生疏。

一只只雏鸟离去，老巢冷冷清清。

朱莎莉想了想，上一次老楼最热闹时，还是去年黄家闺女出嫁的那天了。

婚宴上朱莎莉和其他老厝边坐一桌，大家都在说，下一个肯定就轮到她家的南风了，叫她有空可以开始准备婚礼上的家长致辞了。

南风出嫁吗？朱莎莉一边洗菜一边撇嘴，心想：这女儿现在跟嫁人好像也没什么两样？

家里那台老黑胶碟机前几年寿终正寝后，姜南风给朱莎莉买了一台新的，她学他们年轻人的说法，好文艺好小资。

她选了一张盘，听着哥哥的"为你钟情，倾我至诚[1]"，吃一顿简简单单的午餐。

两条巴浪鱼她只吃一条，另一条起了肉，混在白饭里，带下楼想给那只老猫吃。

"阿细，呷饭啦阿细……"朱莎莉走向"细细粒"的窝，像平时那样唤它。

但今天没有猫叫声回应她。

---

[1] 张国荣《为你钟情》。

心脏像个气球被风忽地拽到了半空中，朱莎莉显然已经意识到了什么。

她走到纸箱旁，低头看向蜷在箱内、一动不动的猫。

她蹲下来，放下喂猫的铁碗，伸手，轻轻抚摸那被五月阳光晒得暖和的皮毛。

朱莎莉发现，自己最近总会动不动就想起年轻时候的事。

从海南下乡回来时，她已到了"适婚年龄"。有人上门谈亲事，但她坚持要找份工作，再自由恋爱。父母讲不过她，最后还是阿父安排她进了公元厂。

一开始是在小公园的老厂里上班，她被分配进相纸车间检验室里当产品检验员，在暗房里与仪器打交道。

她从什么都不会到慢慢成为熟手。

阿父说这工作好，不用像他一样，在车间里被机器的轰鸣声和浓烈的化工气味时刻笼罩。

朱莎莉和姜杰是在邓丽君同好会上认识的——姜杰是组织者。后来她才发现，姜杰主要是想通过这种活动，推广他刚开没多久、还没什么名气的小小唱片店。

后来她成了唱片店的常客，虽然多数时间是只看不买。再后来有一天，姜杰忽然问她，用不用他骑单车送她回家……

那晚回到家后，她立刻去跟阿父说，不要再让厂里的叔叔阿姨给她拉郎配了，她有男朋友了。

在她婚后两年，公元厂搬新址了。那时候厂子是鼎盛时期，新厂区占地二十五万平方米，喷水池、礼堂、车间大楼、宿舍区、办公楼应有尽有，仿佛成了一个小小的王国。一栋栋建筑物整齐且大气，一个个"公元人"无论老少，都受环境的鼓舞，士气高涨[①]。

厂里也有流浪猫，一只在宿舍区住下了，有人喂，后来就会陆陆续续地跟来其他的小家伙。朱莎莉没在厂里住，中午时会省下两三口饭菜，去宿舍区倒进流浪猫的饭盆里。

---

① 本章与工厂相关的部分资料参考自新闻。

那些猫崽有老有小，日头好的时候，便一只只躺在厂区大马路上，将肚皮晒得暖暖的。路过的人揉一揉，它们会舒服得"咕噜咕噜"叫。

"细细粒"以前也会的……

如今被朱莎莉摸了好一会儿肚皮，它仍然是一动不动。

最终她叹了口气，上楼去给姜南风打电话。

朱莎莉查出生病，是从香港回来之后。

六月中旬，姜南风带朱莎莉去红馆看陈慧娴的三十周年演唱会。陆鲸帮忙买的票位置很好，离舞台很近，可她发现自己依然看不清台上的女歌星。

去医院之前她没跟姜南风说，也忽然就明白了，陆程当年为什么什么都不说。

朱莎莉本以为自己患了白内障，挂了眼科。医生开了些检查，她乖乖地照做。后来医生又建议她做个核磁共振，她拿到片子再去找医生，原来是长了个小瘤子，影响了她看东西。医生让她转神外看诊。

朱莎莉从医院出来时难免恍惚，夏天的阳光猛烈，她的身体却感觉到一阵又一阵的寒冷。她有一位工友的先生前年查出脑瘤，忘了是恶性还是良性，但去年他们的"旅行团"便少了一个人。

她感到一阵恶心，冲到路边扶着树呕了一会儿。她满脑子想的都是，自己还能不能看到南风出嫁……

手机里有很多工友和亲戚的电话，但朱莎莉只打给了那个人。

她得趁早交代他许多事情，关于女儿的未来。

姜杰当时正在公司开会，看到来电显示时愣了几秒，听完朱莎莉有些混乱的叙述后，更是愣怔了许久。

他没继续开会，回家收拾了行李，直接开车返汕。高速公路上他超速了不少次，四个小时就赶到了好运楼楼下。

回家硬逼自己睡了一觉以缓解情绪的朱莎莉见到前夫都傻了，问他来干什么。姜杰一路上抽了很多烟提神，此刻让朱莎莉收拾一下行李上广州，说他找人联系了一个神经外科专家，明天就能帮她看片子。

这一次朱莎莉没有拒绝。她本来打算的也是去大城市看病,该手术就得手术,不能拖拖拉拉。只是,她没想到姜杰的执行速度快成这样。

而且她现在已经时常看不清远物,一个人出门很不方便。

夏天傍晚的天空极美,紫的、红的、蓝的,是好运楼二楼的阳台那儿永远看不到的景色。

朱莎莉望着窗外,有些出神。因为视野有些模糊,夕阳在她眼中成了失焦的胶片,却意外地绚烂美丽。

姜杰已经没有抽烟了,但车内烟味仍是很浓。朱莎莉问姜杰能不能开窗,姜杰便把天窗都打开了。

风吹进来,潮湿的,闷热的,将朱莎莉的头发吹乱。

半晌,姜杰听见她开口:"好可惜,我这次电的头发还挺好看的,南风夸我年轻了好多岁。"

姜杰紧了紧方向盘,喉咙酸得难受,最后还是从烟盒里咬了一根香烟进嘴里,没点燃,就这么含含糊糊地说:"会再长出来的,你别担心。"

天暗下去的时候,朱莎莉浅睡过去,隐隐约约中听见姜杰一直在跟人打电话,要对方帮忙预订离哪个哪个医院近的酒店,两间房,又交代了许多公司的事,还说他这些天得忙家里的事,没法回去。

酒店离医院只有一个路口,而离姜南风的住处只有三个路口。女儿打电话来的时候,朱莎莉刚洗完澡,窗外的霓虹灯灯光在她的眼中好似水洼里的残败花瓣。朱莎莉笑着跟姜南风吐槽今天温度这么高,地面都能煎鸡蛋了。

姜杰坐在椅子上低着头。他答应了朱莎莉,把这件事先瞒着女儿。

隔天,医生看完片子,建议朱莎莉直接入院做进一步检查。

结合症状和影像学,朱莎莉脑子里的瘤最终被明确为胶质瘤,好在尺寸不大。医生建议尽快排期进行手术切除,再对病理组织进行检测分析。

入院第二天,姜杰陪朱莎莉做完各项常规检查,问她:"决定好了吗?"

朱莎莉叹了口气，点点头，拿出自己的手机。

那天是 2014 年 6 月的最后一个周五，陆鲸刚吃完午饭，正在工位上挑着七夕那天求婚场景要用的道具物品，就接到了姜南风的电话。

电话那边的女孩儿在哭，像倾盆大雨，"哗啦"一声淋湿了陆鲸的心。

他请了一下午的假，和姜南风一起去了医院，听闻消息的陆嘉颖也飞车赶到。几个人一出电梯就看到了在那儿等着的姜杰。陆嘉颖不知道姜杰也在，虽感到有些意外，但又觉得在情理之中。

姜南风拉着姜杰走到一旁，仔细地了解了目前朱莎莉的具体情况和医生安排好的手术时间，这才走进病房。

见到朱莎莉后，她倒是没哭了。母女俩都眼睛通红，挤出了不怎么好看的笑，试图让对方稍微安心一点儿。

朱莎莉先开口："医生说瘤子不大的，发现及时，基本能全部切掉，你别太担心。"

"怎么可能不担心？那么大的手术耶……"姜南风坐到床旁，牵起朱莎莉的手捏了捏，哑声道，"妈妈，你要加油，我会一直念'老爷保贺'的。"

朱莎莉笑笑："行。"

姜南风深深地看着母亲，眼泪就在眼眶中晃。她问："你喜欢什么款式的帽子？我先去给你买。你之前说过要买一顶草帽的，海岛度假风的那种。"

朱莎莉哭笑不得："那太夸张了，又不是真的去海岛度假。"

姜南风握紧她的手："等你做完手术，身体舒服一些了，我们就去，好不好？"

朱莎莉点头："嗯，好。"

母女俩再聊了几句，朱莎莉让姜南风去唤陆鲸进来，说想单独跟他讲讲话。

陆鲸进病房后关上了门，双手有些无措，不知道该放在哪里好："莎莉姨……"

"来，你过来。"

陆鲸走到床边,低垂着脑袋,嗓子都哑了:"姨,你一定会没事的。"

"陆鲸,我要跟你说声'对不起'。"朱莎莉偷偷看了眼已经关上的房门,小声说,"七夕那天的求婚惊喜我帮不了你的忙了……而且,可能因为我的事,还得辛苦你再等一等。"

陆鲸怎么都没想到朱莎莉会提起这事,脑袋摇得跟拨浪鼓一样。他说:"姨,你不要说这些!我没关系的,你的事才是最重要的!我什么时候求婚都没事!"

朱莎莉白了他一眼:"嘘,小声点儿!"

陆鲸立刻抿紧嘴。

眼前的男孩儿如今高大帅气,不过五官和当年的小瘦子没太大差别,朱莎莉永远记得,当时的小陆鲸还向她"承诺",说他上下学时会跟着南风,不让南风出事。

朱莎莉不是不相信医生,只不过姜南风说得对,这不是小手术,而且无论手术大小,都会存在一定的风险——她得在上手术台之前,完成一些小小的心愿。

"鲸仔啊……"

"姨,你说。"

"南风好像很久之前,就喊嘉颖'小姨',也和你一样,喊陆程'阿公'了哟。"朱莎莉觉得自己提示得很明显了,耳朵都开始发烫,"那你……怎么还喊我'阿姨'?"

陆鲸只愣了不过两秒,就立刻明白了朱莎莉的意思。

他膝盖一软,下一秒就半跪在地上,从下往上看着坐在病床上的朱莎莉。他颤着声音唤了声:"妈……"

朱莎莉笑着哭出来,应了声:"听到了。"

朱莎莉的手术很顺利,肿瘤全切,术后第三天她出现了癫痫,用药治疗后没再发作。术后第五天,朱莎莉视力模糊的情况逐渐好转,到第七天便已经可以出院了。

病理检测结果出来了,肿瘤是二级胶质瘤,术后仍需要辅助放疗,朱莎莉在广州住下,方便后续的治疗和复查。

姜南风在医院时，主动地跟陪护阿婶学了不少护理知识，对朱莎莉出院后的术后护理都亲力亲为。

刚回到2003的那晚，擦了一周身子的朱莎莉想洗个真正的热水澡。姜南风小心翼翼地帮她戴上防水浴帽，扶她进浴室新买的护理凳那儿坐下。

这是姜南风第一次看见完全赤裸的母亲，但心中没有感到一丝尴尬，反而是朱莎莉有些害羞——她总别过视线不敢看女儿。

姜南风一边扶起她的手臂帮她擦洗腋下，一边泰然自若地说："你有的我也有，害羞什么？"

朱莎莉嘟囔："我跟你这年轻人哪能比？老妈老了啊，身体不好看……"

"什么好不好看的，净想这些有的没的，你就是我姜南风眼里最漂亮的妈妈！"姜南风语气坚定、自豪地说，"你看，神外病房那几天有五个女患者做开颅手术，就你剃头之后最漂亮！你的头壳圆滚滚、白净净的，跟剥壳的白煮蛋一样！"

朱莎莉觉得好气又好笑，扬手泼了女儿一串水珠。她笑着骂："神经妹，像个白煮蛋有什么好骄傲的！"

那段时间姜南风减少了手头上的工作量，抽出大部分精力和时间照顾朱莎莉。她拿了个小本子认真地记录下妈妈每天的情况，方便观察术后的恢复情况，一有异常也能第一时间察觉。

陆嘉颖知道姜南风厨艺不怎么行，便帮她找了个有经验的阿姨。阿姨只在午饭和晚饭时上门做饭，包含朱莎莉术后的食疗餐。

姜杰每个星期都会来一趟广州。一开始煮饭阿姨不知情，晚饭直接多煮了一个人的份——姜南风没敢做主，而朱莎莉没说好也没反对，姜杰便厚着脸皮留下来吃过几顿饭。

纪霭和杨樱常来看朱莎莉，好运楼的老厝边和朱莎莉的工友们也分别派了"代表"来广州……

放疗期间朱莎莉时不时会犯恶心，但还是积极地配合着医嘱。

朱莎莉头发重生的速度有点儿慢，等到羊城入冬，才长出短短的头毛，摸上去手感刺刺绒绒的。她撇着嘴问身旁的姜南风："老妈现在像不像个猕猴桃啊？"

姜南风也伸手去摸，油嘴滑舌地说道："你现在啊，是春天里的小山坡，春风吹又生。"

虽然绿油油的小山坡想象起来有些奇怪，但朱莎莉还蛮喜欢姜南风这个说法的，有种生机勃勃的感觉。

她手术开过刀的头皮留下一道疤痕，那里长不出头发了，不过慢慢地，那道疤就被新生的头发遮盖住了。

许是手术加放疗的关系，她新长出来的头发有的细软有的粗硬，且生长速度不一，其中一边长得快一点儿，另一边慢一些。

姜南风买来一套家用理发剪，在阳台帮朱莎莉修剪参差不齐的头发，尽量让它们看上去有型一些，不要真的像野蛮生长的野草。

年底，朱莎莉复查 MRI（核磁共振成像），片子未见肿瘤明显复发，医生提醒朱莎莉五年内得定期随访，有出现头痛、视力模糊等异常症状要及时就医。

陆鲸下班后来 2003 吃饭，听了复查结果，稍微安下了心，只是稍微而已。

他和姜南风都查过资料，陆嘉颖也问过不少人，二级胶质瘤全切术后的五年内复发率在 80% 左右，所以半年只是第一道坎，后面的路依然崎岖不平。

那晚陆鲸留宿，待确认隔壁房间的朱莎莉已熟睡，小半年没有恩爱过的情侣锁上门，默契十足地闷声接吻。

姜南风很急，在陆鲸身上四处点火，直接从陆鲸的运动裤裤腰处伸手进去，手心被烫得发软，还要踮脚去吻陆鲸的喉结。

她哑着声叫陆鲸"你快点儿啊"。

陆鲸知道姜南风急，知道她这半年来默默积蓄了许多压力和情绪……既然她急着需要一个发泄口，那他就帮她打开。

鲸鱼潜进深海里，一次又一次亲吻在漩涡中开出的花，让花瓣越来越鲜艳，蜜似泪流。

今晚交缠的影子是无声的，宛如默剧一场，姜南风耳侧的发丝被汗水或泪水沾湿，咬住被子的呜咽声仿佛小兽在舔舐伤口的动静。陆鲸心疼，却没法在这个时候放慢速度，否则前功尽弃。

从深海跃出海面的那瞬间，姜南风终于哭出了声，也伴着一声长叹,这段时间巨大的精神压力随着停不住的战栗,汹涌不停地一起释放出来。

陆鲸低头吻去她的泪水,听见她说:"我好希望妈妈是那百分之二十。"

两个人分别去了浴室,姜南风还去隔壁卧室确认了一眼,回房后躺进陆鲸的怀里,声音懒懒散散像填饱肚子的猫崽:"一次肯定不够吧?辛苦你了。"

"怎么会不够?有的吃都开心死了,重质不重量你知道吧?"陆鲸欢爱过后的声音很哑,用右手揽着她,手指有一下没一下地拨弄她的耳垂肉肉,左手滑着手机,"你舒服一点儿了吗?"

姜南风明白他指的并不是生理层面的,轻轻点头:"嗯,舒服多了,以后这种'解压'方法多多益善,我欢迎。"

陆鲸浅笑出声:"真的是'好食妹'。"

姜南风见他一直在摆弄手机,有些不满,作势想要咬他的锁骨:"大半夜的你跟谁发信息呢?"

陆鲸闻到醋味,自觉地把手机递给她:"是中介啦,小姨那个小区有一套房,屋主急售,中介问我明天有没有时间去睇楼。"

姜南风接过手机,点开房屋的实景照片看了一下,有些讶异:"哇,这是实拍吗?怎么装修还这么新?"

"嗯,据说这房子是屋主买来炒的,但生意出现问题,需要套现。"陆鲸凑过去点开户型图,"户型是四室两厅的,园心。"

这是珠江新城较新的楼盘之一,一开盘就被炒房团们哄抢一空,陆嘉颖也抢下了一套小户型的房子用来自住。秋天陆嘉颖刚搬进去,姜南风去陆嘉颖家时对这楼盘挺有好感,陆鲸便想着把婚房买在这儿,未来跟陆嘉颖住在一个小区里,彼此能有个照应。

陆嘉颖虽然朋友遍布四海,但家人也只剩下陆鲸一个人了。

小区之前放出来的房源都是小户型,陆鲸等了几个月,终于等来一套大户型的。

"四室会不会太大了?"姜南风皱眉问道。

陆鲸过去几年所在的项目组很牛,自身也在不断地晋升,总有人来挖他去深圳或杭州——他一直留在广州。目前他进了另一个项目组,姜南风听他信心满满地说过好几次，明年这个手游肯定会成为畅销榜上的第一名。

虽说这些年陆鲸拿的游戏奖金分红有多少姜南风是知道的，可还是觉得这套房子的总价有点儿超过他们的预算了，三室二厅的户型应该比较适合。

不过要是陆鲸真喜欢这一套也可以的，她的积蓄也有一些，不够的那部分她来填上。

"四室才够住啊。"陆鲸边说边翻看房屋的照片，"这是主卧套间，住我们俩。这个小次卧是儿童房，这个房间可以做工作室，放你和我的电脑，还能做个大书柜……还有最后这个大次卧，采光很好，这个可以给妈住。"

姜南风愣怔几秒，眨了眨眼，问："我……我妈？"

"也是我妈。"陆鲸挠了挠发痒的鼻尖，低声说，"南风，我想和你一起照顾妈妈。无论她是百分之八十，还是百分之二十，我都希望她能不留遗憾。"

姜南风的鼻尖已经开始泛红，一张小圆脸皱巴巴的，她想哭又想笑，哽咽着问："你这算不算求婚啊？"

陆鲸竖起食指摇了摇，说："当然不算，我这个人很注重仪式感的。"

再过一个多月，临近农历新年，知道朱莎莉有大半年没回汕，有些想念老厝，姜南风和陆鲸商量了一下，决定这一年的新年回好运楼过。

陆鲸开车回去，姜南风便想问纪霭要不要坐他们的车一起回家，纪霭这时才"坦白从宽"。她说今年过年邵滨海会开车陪她回家，跟纪家二老见见面，也谈谈结婚的事。

姜南风立刻打给杨樱告诉杨樱这个好消息，没想到杨樱也吞吞吐吐起来。杨樱说自己怀孕了，不过因为还没满三个月，怕小孩儿小气，就没跟人说起，南风还是第一个知道的人。

姜南风终于强烈地感觉到，时间如河，裹着她们不停地往前漂游，游向属于每个人不同的彼岸。

新年时的老楼比平日热闹，游子们归家，连满世界到处跑的巫时迁都回来了。据说巫时迁在东区买了套房子给父母，但巫父巫母一直没舍得搬。

这一年正好赶上兴建了六年的南澳大桥通车，进岛的车辆可以不用再搭乘轮渡，大年初五，一行青年人刚好凑了三辆车，浩浩荡荡地进岛玩。

姜南风假装不知道一群男生在密谋什么，假装不知道陈熙和巫时迁的车尾箱里装了什么。晚上黄欢欢喊姜南风去酒店楼下的沙滩上散散步看月光的时候，她还沉浸在装傻的状态中。

黄欢欢哪能看不明白，白她一眼，也不拆穿她拙劣的演技，按计划领着她走向沙滩的另一端。

长长短短的LED灯带在沙滩上围出了八个圈，每一圈灯带上方都另外放置了一个圆形的LED灯，圆球灯或大或小，红的、蓝的、黄的——姜南风一下就看出这个布置代表着什么了。

冬天的海风有些冷，可姜南风双颊滚烫，海风拂面的时候冷热交加，蒸腾起薄薄的一层水汽附着在她的眸子上。

姜南风的眼睛起了雾，像小时候冬天时趴在玻璃窗上呵气，她再用手指写下喜欢的那个人的名字。

如今，那个人的名字是"陆鲸"。

那一圈圈的灯带成了银河，璀璨群星拥着行星，只剩中央空出一块地儿，陈熙和其他男生站在"太阳系"的另外一边筑起人墙，挡住了背后的男主角。

姜南风噘着嘴，眼眶里泪珠晃荡，问黄欢欢："你们准备了好久啦？"

"嘿，有小半年啦，本来是去年夏天要求婚的。"黄欢欢轻拍一下她的腰后，笑道，"上吧，南风。"

姜南风从"冥王星"走到"天王星"，从"木星"走到"地球"，跨过小小的"水星"，站到了"太阳"的位置。

陆鲸终于露脸。他手捧鲜花，也从"太阳系"的最外围开始，一步一步地走向他的"太阳"。

十九岁那年，在这片海边，他问姜南风："欢喜吗？"

十年后，依然在这片海边，他问姜南风："能不能嫁给我？"

这里的月亮、星星、海风、浪花都能为他做证——它们都知道，他有多喜欢姜南风。

眼角挂泪，姜南风踮起脚轻吻他的唇，选择再一次回答他十年前的问题："陆鲸，我很欢喜。"

你记得的那些事，原来我也一直没有忘。

众人雀跃，一群奔三的青年今晚兴奋得好像回到儿时，回到他们听到豆花伯"锵锵"敲碗声的那个时候，奔跑在内巷追赶脚下足球的那个时候，晃着红白机手柄操控角色打赢小伙伴的那个时候，在跳舞毯上蹦蹦跳跳的那个时候。

2015年的秋天，姜南风有点儿忙。

九月初忙着新书定稿，九月底她要当纪霭婚宴的姐妹团成员之一。

十月则轮到她的婚宴，今年成为暨大大一新生的陈芊妹妹给她当伴娘。

十一月她和陆鲸去了北海道度蜜月，回来后正好赶上了她"干儿子"的满月酒。

杨樱生了个七斤重的大胖小子，孩子的眼睛又黑又圆好似她的眼睛。

江武找大师算过，大师题了几个名字，两个人不约而同地从中选了一个——游烨，江游烨。

杨樱怀孕的时候，姜南风常伴着杨樱。江武忙工作的时候，便由姜南风陪着杨樱去做产检。

朱莎莉预后良好，还给杨樱未出生的小娃娃打了毛线帽子和小鞋子。杨樱和姜南风一开始怕她辛苦，但听她说打毛衣能练练脑子，就随她去了。

杨樱怀孕的时候没遭太多苦。小娃娃挺乖，她吃得好睡得好，但就是太瘦了，从孕中期开始就像挺着个小西瓜，肚皮上也长出一道道浅浅的妊娠纹。

她自己倒无所谓，觉得这样才是"生命的印记"，倒是江武托人在香港买了一堆很贵的护理油，每晚都会帮她涂抹完肚子再去上班。

546

赴港或赴美生子是近期的大热趋势，江武本也想送杨樱去美国，但杨樱说没必要，自己想留在国内。

大家分别认购了不同的婴儿用品，姜南风认了最大件的婴儿床后，总趴在杨樱的肚子上跟小娃娃说话："娃娃，这是干妈送你的床。"

杨樱痒得"咯咯"笑，感叹道："这娃娃真幸福，还没出生就已经有那么多'爹地妈咪'！"

姜南风还把婚宴办在了杨樱的预产期之前。也是巧，在喝完喜酒的第二天杨樱就见红了。姜南风闻讯赶到医院，开玩笑地说："肯定是昨晚婚宴上的烤乳猪太好吃，小孩儿也馋了，想快点儿出来看看这世界上还有多少好吃的。"

杨樱一开始还有力气陪她说笑，说这小孩儿肯定和他的"干妈"一样好食。

后来杨樱就没力气笑了。

大块头的娃娃一般都会让妈妈吃点儿苦头，但从小跳舞的杨樱身体素质确实有点儿厉害。她整个生产过程十分顺利，连助产士都惊叹。

杨樱在城中最贵的月子中心坐月子。姜南风三天两头就去看杨樱和游烨，也帮她吃她吃不完的月子餐。半个月下来，姜南风脸圆了不少。纪霭笑到肚痛，说真不知道是谁在坐月子。

怀孕这事好像会传染，翌年春天，纪霭和黄欢欢前后脚宣布了自己的好消息。

就像婚宴时抛花球那样，黄欢欢将花球给了纪霭，纪霭将花球给了姜南风。如今她们也开玩笑说，要把"接力棒"交给姜南风。

小两口儿去超市补日常用品的时候，陆鲸站在计生用品货架前许久——久到姜南风捧着家庭装的冰激凌回来，陆鲸还在货架前呆站。

姜南风见他眉头紧锁，以为他在认真地思考要买哪一款。见左右没人，她凑到他的耳边提建议："上次买的带小点点的那款挺舒服的⋯⋯"

陆鲸是挺认真，却是在认真地思考另一件事。

他直接对姜南风说："老婆，要不这个就不补货了吧？"

一年比一年热的夏天，总让人忍不住去寻找回忆里的温度。以前没有空调和各种冷饮的夏天，他们都是怎么过的？

也或许是小娃娃们对冷热还没特别大的感受。那时候他们似乎真不觉得夏天热，流汗就流汗呗，一碗冰镇绿豆汤或两块蘸了盐巴的冰西瓜，睡觉前冲个冷水澡，躺在起了草的凉席上，听着绿叶风扇"吱呀吱呀"地摇脑袋，就能让人身体和脑袋一起降温。

停电了他们也不怕，有天上清冷的月光，还有公公婆婆手中晃动的蒲扇和嘴中呢喃的童谣。

人越长大，越能感受到温差，是真的因为太阳毒辣吗？还是因为人的心境已经发生了变化？

姜南风连下的士都需要做足心理准备，扫码付了车费，拎着大包小包下了车，憋着气冲进商场里，直到感受到商场充足的冷气才松了口气。

约好的中餐厅在商场三楼，小姐妹们已经到了。纪霭正在斟茶，杨樱身上围着哺乳巾，严严实实地遮住怀里正在吃奶的小娃娃。

姜南风坐下，挤眉弄眼地说道："好哇，有人已经提前吃饭啦。"

杨樱笑着白她一眼，扬扬下巴指桌上的菜单："我们选了一些茶点了，你看看还用不用加点儿什么？"

姜南风拿起菜单，见自己喜欢吃的那几样点心姐妹们都帮她选好了，开心得"嘻嘻"笑，唤来服务员下单。

下完单，姜南风把带来的大包小包分给两个人，说："给你们，还有两个契仔的手信！"

纪霭有一次产检做 B 超的时候，正好拍到了"小丁丁"。已知她怀的是个小男孩儿，于是姜南风又多了个"干儿子"。

上个星期她和陆鲸去了趟东京。以前两个小年轻会沉浸式逛秋叶原，但这次不一样了。行程中有两天他们在锦系町的特大母婴商场里来回逛，看到啥姜南风都想给游烨和未出生的小弟弟买。

纪霭边看礼物，边问："你家陆鲸这次买了多少东西？"

姜南风翻了个白眼："我的天，整整塞满一个行李箱！"

这是姜南风最近的"苦恼"——两个人才说了开始备孕，陆鲸仿佛已经当上了"爸爸"，一经过母婴店或童装店就要走进去瞅一眼，还跟店员们聊得欢快。

有一次他们吃完饭逛商场散步,姜南风看见一张新款婴儿床,觉得挺好看,提了一嘴。眼见陆鲸立刻走进店里准备刷卡,姜南风硬把他拉走,骂他"走火入魔"。

大件的姜南风还能阻止,小件的就没办法了。新生儿的奶瓶、安抚奶嘴、口水巾、手工床铃、手铃摇铃……光婴儿哈衣陆鲸就已经买了快十件,姜南风得出动朱莎莉才能劝"购物狂"停下刷卡的手。

问题是姜南风也不知道未来会生男孩儿还是生女孩儿,可陆鲸买的小物件明显都是适合女娃娃的,像颜色都是鹅黄色、粉红色,有次还想买一顶桃红色的婴儿帽。

姜南风劝不动,一劝陆鲸就要说"这些男女都可以用啊""我小时候不也是被这样养大的""听小姨说我小时候还被妈妈安排过穿裙子扎小辫"。

姜南风只能狂翻白眼,心里全是"好好好"和"小少爷喜欢就好"。

"陆鲸到底想做爸爸想了多久啊?"杨樱听得直笑。

"鬼知道,我一同意备孕,他就跟疯了一样。"

人妻不愧是人妻,如今三姐妹对于聊天话题可以说荤素不忌,跟十九岁相比,那时候的话题简直就是小儿科。

姜南风压低声音,吐槽道:"他都三十岁了,怎么精力还跟大学生时那样?"

纪霭捂着耳朵疯狂地摇头:"哇,有人得了便宜还卖乖!"

杨樱"呵呵"笑了笑。这时胸前的宝宝也吃饱了,她把游烨抱出来,递给姜南风。

小男孩儿浑身奶香奶香的,姜南风忍不住埋在他的脖子处重重地吸了一口:"猪仔仔,一个星期没见,有没有想干妈啊?"

这时,小男孩儿忽然喊了一声:"么么——"

他的发音不太标准,但姜南风还是听明白了,惊喜地说道:"游烨会喊'妈妈'啦?"

杨樱整理好衣服,收了哺乳巾,点头笑道:"对,前几晚忽然会叫了，不过还不太标准啦。"

少女们长大了依然有不同的烦恼。

杨樱的母乳越来越少，她得开始寻找合适的配方奶粉让游烨试试。

纪霭不知道以后坐月子时是让婆婆帮忙，还是让妈妈帮忙。

姜南风嚼着鲍汁凤爪，听着姐妹们从坐月子的注意事项谈到了所在户口能摇上号的公立幼儿园，心中难免感慨万千——想想当年，她们是连卫生巾怎么用都不晓得、听到点儿荤话都会脸红心跳的懵懂小孩儿，现在却都已为人妻。

姜南风这一刻只希望，五年后、十年后、二十年后……一直到她们白发苍苍，她们还能像现在这样，轻松地喝着茶、聊着天。

她那时候还不知道，时间和命运，之后会将她们推向何方……

游烨这娃娃挑嘴。杨樱试了三四个不同品牌的奶粉，终于有他愿意喝的了。

游烨喝完奶，洗完澡，杨樱陪他在爬行垫上玩拼图。

钟点工走到客厅："太太，衣服都晾好啦，还有没有别的需要我做的？"

"没啦，王姨，你快回家吧。"杨樱看了一眼阳台的方向，明天有个台风直奔珠三角地区，今晚城市的夜空是赤红的，不知蓄着多少电闪雷鸣和狂风暴雨。

她对阿姨说："刚才电视新闻说今晚会开始下雨，明天有大暴雨的话，你就别过来了，我在家里简单地煮点儿吃的就好。"

"好啊，明天看看雨势，说不定台风今晚拐到别的地方去了呢。"

"行，你路上小心。"

等钟点工离开后，杨樱给江武打了个电话，想跟他说晚点儿可能会有暴雨，让他饭局结束了就早点儿回来。

"对不起，您拨打的电话已关机……"

杨樱蓦地皱起眉头。江武很少会关机，她再打了一次，还是关机。

隐隐约约，她似乎听到从很远的地方传来了消防车的声音。她走出阳台，想再听清楚一点儿，又突然发现没有声音了，像是她的耳朵

550

出了问题。

鬼使神差地,她点进微信朋友圈里想看看有没有什么突发事件的新闻。刷了一会儿没有结果,杨樱心想是自己疑神疑鬼,正想回去陪小孩儿玩,就见一个本地妈妈群聊里的未读信息数量激增。

有人发了些白烟滚滚的视频,说离她家两三个路口远的一家商铺发生火灾了,消防车停满了一整条路。很快有人确认了消息,说起火的是一家名叫"星河会"的养生馆,具体的起火原因不明,传闻有人纵火。

看见"星河会"三个字,杨樱眼前一黑,膝盖一软,跌坐到沙发上。

"星河会",就是江武负责管理的那个会所!

杨樱正想再给江武打电话,这时进来了一个陌生的电话。她接起,竟是江武。

他声音有些急地说道:"老婆,会所出了点儿事,你帮我收拾点儿东西,护照什么的都先拿上。我现在在回来的路上了,十分钟后就能到家。"

杨樱愣怔了好一会儿,才问:"你要去哪里?"

江武哑声说:"先去澳门,再等聂生安排。"

"江武,到底发生了什么事?"

江武终究没瞒她,如实坦白不久前发生的事:"那个在舞室楼下拦车的男人,你还记得吗?那人是个烂赌鬼,欠了一屁股债。我们不肯借钱给他了,他就放火烧养生馆。"

杨樱有些云里雾里,但又似乎很快就能串联起许多事情。她结结巴巴地问:"烂赌鬼……烂赌鬼为什么要去养生馆啊?"

"养生馆里有个地下赌场,起火点也在那里,那男人把自己烧死了,有两三个客人来不及跑出来,估计也凶多吉少。"江武一口气说完,之后沉声道歉,"杨樱,对不起。"

杨樱六神无主,脑袋"嗡嗡"响。她只能相信江武重复了好几遍的承诺——"会没事的""等事情压下去就能回来了"。

挂电话后她呆坐了许久,等到游烨爬到沙发旁,扒拉着她的膝盖摇摇晃晃地站起来时,才回过了神。

她把小孩儿抱回爬行垫那儿,关上护栏门,摸摸小孩儿的发顶,挤出笑道:"游烨乖乖,先自己玩,妈妈给爸爸收拾一下行李。"

主卧衣柜里一直有一个黑色旅行袋,里面常年装着两三套江武的衣服,杨樱从保险柜里取出丈夫的证件放进旅行袋里,又帮他放了一些贴身衣物。

过了一会儿,密码锁响了,她听到江武唤她的声音。

虽然没有得到妻子的回应,但江武知道杨樱就在卧室内。他先走去爬行垫旁边,抱了一下儿子。他身上有在饭局染上的烟酒味,小孩儿嫌弃地"呜呜"叫。

江武走进卧室里,从后面直接抱住了杨樱。妻子挣扎,江武用力地把她转过来,一见她满脸是泪,他的一颗心立即支离破碎。

他低下头,不顾一切地吻她,揉她,想要把她嵌进自己的身体里。

杨樱继续挣扎,避开他的吻,蓦地扬手,接连甩了他好几个耳光!听没办法放声骂他,因为不想吓到游烨。江武一一承下,继续吻她,急切且凶狠。

最终,杨樱还是用尽全力地回吻了他。她像站在悬崖边,奋身一跃,为了去拥抱自己爱的那个男人。

江武在饭局上喝了酒,见他居然还想自行开车离开,杨樱一把把车钥匙夺过来,怒骂他:"你是不是疯了!今晚我来开!"

"那游烨呢?"

杨樱把收拾好的妈妈包递给江武,走过去抱起儿子,说:"先送他去南风家住一晚。"

姜南风不是第一次帮忙带游烨,但这次实在太突然。在电话里,杨樱说得含糊不清,只说自己和江武临时有点儿事,游烨需要在姜南风家睡一晚,她最晚明天中午就来接孩子。

"我是没问题啦,多住几天也没事⋯⋯"姜南风从杨樱的手中接过妈妈包,视线扫向停在小区大门不远处的轿车。

那一闪一闪的车尾灯让她觉得有些奇怪。

她看向杨樱,认真地问:"你和江武要去哪里?出什么事了吗?"

杨樱提起嘴角笑笑:"没事没事,就是突然⋯⋯我们今晚约了个朋友谈点儿事情,谈投资生意⋯⋯什么的⋯⋯"

姜南风微微蹙眉，转头和陆鲸对视了一眼。

陆鲸帮忙抱着游烨，替姜南风问："是生意上有什么困难吗？"

杨樱怕自己说得越多越漏洞百出，连连摇头："不是不是，你们放心，没事的！我明天就来接游烨，今晚麻烦你们还有莎莉姨了！"

她抬手捏了一下儿子肉肉的脸蛋儿，说："游烨要乖乖地听话，明天妈妈回来，给你带好吃的小饼干呀。"

不知为何，小男孩儿开始闹着要妈妈抱，杨樱只好从妈妈包里拿了点婴儿零食哄他："你们快进去吧，不然等会儿他又要闹了。"

姜南风掂了掂有些重量的妈妈包，压下隐隐的不安，嘱咐道："等会儿晚点儿可能会有暴雨的，你看这天都憋了两三天了……你们开车要小心啊，尤其是你，驾照到手后都没怎么上过路，晚上还是让江武开车吧。"

姜南风刚才在小区门口等的时候，看见杨樱从驾驶座上下来。

杨樱点点头，微笑着答应："嗯，我会小心的。"

等轿车的尾灯消失在路尽头时，姜南风才转身往小区里走，陆鲸则抱着男孩儿在大门旁等她。许是没见到母亲，游烨又开始闹，"呜呜哇哇"地叫着，将心爱的小零食都丢到地上去了。

"哦哦，猪仔要干妈抱对不对？"姜南风把妈妈包递给陆鲸，再把游烨抱进怀里，软着声音哄他，"我们回去看两集《碰碰狐》，然后就喝奶奶睡觉觉……"

小孩儿稍微平静了一些，趴在姜南风的肩膀上，忽然喊了一声："妈——"

"妈咪，醒啦！妈咪……"

姜南风被唤醒，却没完全清醒，霎时间有些分不清时间和地点。

眼前一片模糊，她眨一眨眼，把眼眶里的水分挤出去，视线清晰了一点儿。她看见了游烨圆圆的脸蛋儿，还有他一双黑眸里明显的担心。

"我……我睡着了吗？"姜南风坐直身，脑袋有些疼，用手捏了捏眉心，"现在几点了？"

游烨按了一下自己的电话手表："已经下午两点啦。"

姜南风回了回神，也按亮自己的手机。

2022年4月20日，14:05。

她睡了差不多半个小时，却似乎做了一个很漫长、很漫长的梦。

游烨抿了抿嘴，伸手，直接用手给妈咪擦泪，小声问："你怎么哭了？做噩梦了吗？"

本来压下去的悲伤又汹涌地涨起，姜南风赶紧捏住泛酸的鼻子，笑道："没事没事，妈咪去洗个脸就好了。"

说完她薅了一把男孩儿的脑袋，匆忙地走进厕所里。

游烨鼓了鼓腮帮，听见"哗啦啦"的水声，赶紧在手表上点了几下，发了段语音出去："爹地！爹地！妈咪刚刚哭了，哭得好厉害！你什么时候来啊？！"

"哭得好厉害！你什么时候来啊？！"

手机里小男孩儿"实时汇报"的语气很着急，陆鲸听完，感觉心脏像被手猛地攥了一下。

果然，他不该让姜南风一个人回去。那栋老楼承载着她的整个青春，她很容易陷进那些回忆里，好的坏的，哭的笑的，有阿公在的，有母亲在的，有杨樱在的。

尽管陆鲸相信姜南风可以自我消化这些情绪，可听见儿子说妈妈哭了，他的心依然难受。

正想去衣帽间里提前换上衣服，他就听见了卧室里传出"窸窸窣窣"的声音，看了下手表，午睡的女儿差不多要醒了。

他拉开门走进卧室里，打开床头的小夜灯，这时候，床上鼓起的那一小团动了动，两只小手把被子扯得很高，声音柔软得好像小孩儿嘴里含化的奶糖。她说："我还要……还要再睡一下……"

陆鲸低笑出声，隔着被子拍拍女儿的背："那再让你睡五分钟，爹地先去换衣服，换完就轮到你。"

小孩儿像毛毛虫一样蠕动两下，这才发现大床上没人。她骨碌一下坐起身，急切地问道："妈咪呢？妈咪去辣里（哪里）了？"

陆莎琳一头短发睡得乱糟糟的，脸蛋儿红彤彤，眼睛又圆又亮。她又问："哥哥呢？"

"他们先出门啦,我们准备一下,就去找他们哟。"

既然小孩儿都醒了,陆鲸索性把房间里的电动窗帘摁开,午后的阳光涌进房间里,拐角大片窗户外的景色极佳,他们能远眺海滨路方向的大海。

游烨这小孩儿精力旺盛,一般中午都不怎么需要睡午觉。小莎琳身上的"电池电量"没有哥哥那么高,她的生物钟很固定。

午饭后二人商量,姜南风决定带着儿子先回好运楼,让陆鲸在酒店里陪女儿睡个午觉,等莎琳醒了陆鲸再带她去好运楼。

陆鲸给女儿洗了把脸,梳好头发,换上小裙子,再把粉色水壶灌上半壶温水,问:"妹妹,你肚子饿不饿?拿块小蛋糕在车上吃好不好?"

小莎琳连连点头:"好,妹妹饿了!"

这几年这座小城变化不小,尤其是万象城周边这一带,商场、写字楼、公寓、高档住宅拔地而起,再看不到以前南国商城存在过的痕迹了。

陆鲸想想也觉得无奈,还能有多少人记得当年这里有过一间号称"粤东地区最恐怖"的"鬼屋"呢?

陆鲸没有走宽敞多车道的海滨路,而是走了只有两车道的城中老路——是他们以前常坐的那几辆公交车的运行路线。

他边开车,边给后面安全座椅上的女儿做"向导":"看,这个车站,以前你妈咪就在这里'哇哇'大哭,然后打电话给爹地,要爹地来陪她……哇,这家果汁冰店居然还在。你妈咪以前好爱吃这家的杧果冰沙,爹地都会专门来这里买给她哟……"

三岁的小莎琳其实听不大明白爸爸说的话,双手捧着小蛋糕默默地啃着。

越往西边老城走,唤起的记忆画面便越多,陆鲸以为自己早已忘记了那些平凡琐碎的事情,但现在它们又开始挤进脑海中,一个个举着手说"快看看我"。

他都如此,那南风更甚。

蓝牙耳机进来一个电话,是姜南风的来电,陆鲸按下接听,声音温柔地说道:"喂,我和妹妹在路上啦。"

"嗯，我看到微信信息啦。"姜南风嘟嘟嘴，主动地交代，"我刚才好丢脸的，收拾照片收拾到睡着，还梦见了好多以前的事，醒了发现自己居然在哭！我还被弟弟看见了！"

原来是这样，陆鲸松了口气。

陆鲸没追问她梦见了什么，只是简单地问："那照片有找到合适的吗？"

"有，老妈拍了好多有的没的。"姜南风笑笑，"我还找到一张某年七夕过生日时拍的合照。弟弟见到后，问我上面有没有'爸爸'。"

闻言，陆鲸一顿，问："哪一年七夕？"

姜南风想了想，说："上面有连磊然，好像是他送我香奶儿香水的那年……哦，我出花园！"

陆鲸"呵呵"两声，阴阳怪气地说道："人家送瓶香水，你居然记了这么多年。姜南风，你没有心。"

"痴线！"姜南风知道他在故意逗她，"哦，那年有人狂吃醋，买了礼物也不敢送给我。"

妻子笑声爽朗，陆鲸也被感染了笑意，提了提嘴角。他回到刚才的问题上："那你怎么回答游烨那个问题的？他最近似乎总好奇这件事。"

"我说没有。"姜南风是走出阳台打的电话，怕被游烨听见，还压低声音嘟囔道，"那张照片上确实没有江武啊……哼，就算有，我也不想让弟弟知道，要不是江武，杨樱怎么会……"

姜南风刹住话语没再说下去。这种负面情绪并不好，她知道的。

但她至今仍无法原谅江武。

六年前的事情历历在目。

那个电闪雷鸣的夜晚，游烨睡在陆鲸和姜南风的中间。小孩儿明显睡得不大踏实，小肉胳膊、小肉腿蹬来蹬去，还时不时呜咽一声。

大人同样睡不好，每一道闪电、每一声闷雷都会让姜南风心颤。陆鲸也没睡着，时不时拍拍身旁的游烨，又伸长手拍拍姜南风的手臂。最后，姜南风在忐忑不安中浅眠了一两个小时。

凌晨四五点的时候，天还没亮，她被急促的手机声吵醒。

警方来电，说杨樱和江武在高速公路上出了车祸。姜南风一开始怀疑是什么新型诈骗电话,还骂了对方几句。等确认了信息,她直接眼前一黑,晕了过去。

后来,姜南风总回想那个时刻是什么样的心情,可她的大脑已经完全想不起来了,反正心脏已经成了一块被搅得乱七八糟的烂布丁,用勺子都舀不起来。

这件事情太严重,没办法瞒得住大人们。朱莎莉知道后呆愣了许久,眼泪"潺潺"流出。过了许久,她走进主卧里,坐在床边轻拍着还在熟睡的游烨,哭着说:"这娃娃以后怎么办啊?"

原本陆鲸不想让姜南风去确认死者尸体的,说他跟小姨和蔡叔叔一起去就好,但姜南风坚持要去。

但之后她在医院里又晕倒了一次。

过了不知道多久她回神,发现自己坐在医院走廊的椅子上,陆鲸在她的旁边守着她。

陆鲸搂着姜南风的肩,搂得很紧。她能感觉到他的手一直在发抖,她的耳朵靠在他的胸膛上,能听见里面传出来抽泣的声音。

陆鲸也在哭,眼泪滴到她的发顶上。

各种小道消息传得极快,养生馆实为"羊城小葡京",烂赌鬼引火烧身最终导致四死十伤,负责人卷款逃跑,同时还涉及其他多件刑事案件……姜南风不知道这些信息有多少是真的,但种种矛头都指向了江武。

姜南风整宿整宿地睡不着。她知道得养好精神才能处理好接下来的事情,可就是睡不着。

她在夜里无声落泪的时候,身后总有温暖的手臂圈住她。

姜南风哭着自嘲,说"不倒翁"烂掉了,这一次自己没法倒下去又站起来了。

陆鲸轻吻她的后脑勺儿,说那就先坐着、躺着、趴着,怎么舒服怎么来,不用急着站起来。但如果她想站起来了就喊他一声,他会过来拉她一把。

他说:"南风,没有人会怪你。"

但姜南风自己怪自己。

他们真的长大了,已经可以操办起朋友的葬礼了。这么一想,姜南风就觉得好心酸。

可他们已经不会再去想"长大的意义就是这样吗"这种问题，因为生老病死，本来就是生命中无法避开的"必考题"。

姜南风为杨樱举办了一场小小的告别式，只通知了杨樱的朋友来参加。她本来不让江武的玻璃棺和杨樱的放在一起——朱莎莉和她谈了许久，她才勉强同意。

分散各地的发小们纷纷赶到广州，这些年他们虽然经历过多场亲友的送别仪式，可到今天仍会泪流满面。

纪霭有身孕，但说什么都要来，根本不听劝。告别式前一晚姜南风在电话里和她大吵一架，被剩下的姐妹俩痛哭流涕，最后由邵滨海代替纪霭来送别杨樱。

告别式上来了个他们许久不见的老友——郑康民。

郑康民早就移民美国了。接到陆鲸的通知，他立即乘长途飞机赶了回来。

他在杨樱面前哭得比当年被老师叫家长那次厉害多了。他对杨樱说："早知道当初就该不顾一切地去追你，就算被江武打断腿都无所谓。"

骨灰暂存在殡仪馆里，姜南风没想好要不要送杨樱的骨灰回归大海，让她也像张老师那样，去到她还没来得及去看看的那些地方。

杨樱拍大学毕业照的时候，姜南风曾跟江武说，如若他敢欺负杨樱，她跟他没完。现在她连替杨樱打江武一顿都做不到，但也总不能真把江武的骨灰扬了吧？

那段时间姜南风过得很糟糕，脑子全是乱的。

她知道每个人都在担心她的情绪，所以白天在大家面前都装出一副坚强勇敢的模样，在游烨面前更是仿佛什么事情都没发生过。她陪他玩，陪他笑，陪他哭。

而那些胡思乱想在深夜里就成了妖魔鬼怪，一点儿一点儿地吞噬着她心里的阳光。

姜南风好悔好恨，后悔当初自己在旱冰场没有强行拉着杨樱回家，痛恨说话不算数的江武。

大约过了一个多月，她接到了杨樱住的小区物业工作人员打来的电话,说邮政快递员送来杨小姐的一大纸箱快递,问要怎么处理。

姜南风和陆鲸过去领了大包裹,当场拆开。她发现里面是一罐罐的配方奶粉——是杨樱出事前海淘买的奶粉。

姜南风直接坐在管理处哭得无法自已。

那晚她哭得脑袋疼,回家后躺在床上昏睡过去,不是真的有睡意,只是真的耗尽了"电量"。

昏昏沉沉中她感觉到一直有人走到床边看她。母亲身上有中药药汤的味道,陆鲸身上有淡淡的沐浴乳的味道,他们都会伸手探一探她的额头,许是怕她情绪崩溃后开始发高烧。

不知过了多久,姜南风闻到一阵奶香,是那臭弟弟爬上床来了。他"呜呜啊啊"地拍着她的背,见她没什么反应,他便躺在她身边津津有味地吃起手指。

姜南风翻过身,微微眯眼,小男孩儿的脸蛋儿就在旁边。

游烨还把自己吃得湿淋淋的手指往姜南风脸上蹭,那味道不怎么好闻。

姜南风又哭了。她伸手勾勾游烨的手指,哑声问他:"喂,臭猪仔,我们成为一家人好不好?"

游烨两三岁的时候,姜南风常陪他看《哆啦A梦》。

每每看到时光机时,她总会忍不住涌起哭意,但那时候游烨还小,就算被他看见她哭得"稀里哗啦"也没关系。

姜南风很想回去某一天,但具体是哪一天,自己也说不清了。

是回到最后见到杨樱的那一晚,姜南风让她不要开车送江武走?

是回到杨樱决定结婚的那一天,姜南风跟她说江武这人不是良配?

是回到旱冰场的那一天,姜南风死活都要拉着杨樱回家?

还是回到第一次听到杨樱被张老师斥责的那一天?她要上去敲503的门,然后心平气和地跟张老师说:"杨樱已经很努力了,请您用鼓励代替训斥"。

其实哪一天都无所谓了,她知道,世上没有时光机。

后来有一晚,姜南风在梦中见到了杨樱。

她们穿着初中时的那套校服,不远处是在操场上争夺着一个可怜足球的男生们。女生们站在树荫下躲避太阳，讨论着如果道明寺和花泽类同时追求自己的话到底要怎么选……

姜南风和杨樱在她们最常"霸占"的角落里，聊着接下来准备考哪个高中的事。

姜南风说自己想读华高，还说杨樱和纪霭接下来应该都会在一中。姜南风要跟她们分开了，有些伤感。

这时，杨樱忽然说了一句："南风，就算我们以后分开在不同的学校，你也不要忘记我。"

一阵风吹来，树声"沙沙"如浪花推岸，杨樱偷偷放下来的长发随风飞扬，细碎的光斑也落在她的睫毛和脸颊上。

姜南风是记得那一次的。

她笑着对杨樱说："我当然不会忘记你。"

可这次在梦里，姜南风哭了出来。那些光斑成了玻璃碎片，落进她的眼里，刺得她不停地涌出酸涩的泪水。

这次她对杨樱说："我不会忘记你，可是杨樱，你也不要忘记我。"

姜南风醒来之后，枕头已经湿透了，身旁的陆鲸担忧地看着她。

她扑进陆鲸的怀里，哭着说她知道如果有时光机的话她要回到哪一天了。

她要回到杨樱刚搬进好运楼里的那天。

那时候几乎全部小孩儿都趴在自家窗口往下看，姜南风也不例外。她住的楼层低，能清楚地看见那新搬进来的漂亮女孩儿穿着花花裙子和皮鞋，还有蛋糕一样的花边短袜。女孩儿整个人又白又亮，精致得好似瓷娃娃。

忽然女孩儿抬起头，姜南风和她对上了视线。

姜南风傻傻地咧开嘴笑，还冲女孩儿挥挥手，但女孩儿似乎有些害羞，很快低下头没再看姜南风。

晚上在中药铺门口踢球之前，大家都在讨论着杨樱。那时候他们还不知道她的名字，都喊她"503"。

姜南风想：如果回到那天，她一定要第一时间就跟那女孩儿打招呼。

她要问女孩儿叫什么名字，然后再大声地告诉女孩儿："嘿，我叫姜南风,我们做朋友吧!"

"南风,我从来不会反对你的决定,你想做什么我都会跟随你。"车在红灯前停下,陆鲸叹了一声,"不过江武这件事,我们可能真的得重新讨论一下。"

二人收养游烨之后,几个大人讨论过这小孩儿未来的成长、求学等细节。最后他们决定小孩儿的名字不改,只把"江"姓改成了"姜"姓,所以如今小孩儿户口上的名字是姜游烨。

游烨成年后,如果想改回原来的姓氏,姜南风他们也会尊重他的决定。

他们也从未对游烨隐瞒过他的身世,当然有些部分稍微描述得童话化了,像是"生出游烨的爸爸妈妈已经到天上当星星"了之类的。

杨樱离开后的那一年,姜南风从家里的老VCD收纳包里找出碟片——是好多年前她叫姜杰帮忙录下来的杨樱上电视的那些演出。

如今姜南风再看,那个年代的电视画质极其不清晰,可舞台上的女孩儿仍熠熠生辉,光彩照人。

姜南风还跟舞室的老师们要来了许多杨樱近年来的舞蹈视频。见状,其他朋友和同学也纷纷找出他们和杨樱的合照,都提供给姜南风。陆鲸把资料按时间顺序整理好,通通储存进一部平板电脑里。两个人时不时就会拿照片和视频给游烨看,说:"这是你的'杨樱妈妈'哟。"

但是"江武爸爸"这一部分,姜南风他们很少跟游烨提及。

一是他们后来和江武基本没有交集,只在QQ空间里找到了杨樱和江武去各国旅游时的合照;二是姜南风心里总有根刺儿,不乐意跟游烨讲他的爸爸是个什么样的人。

可姜南风也不希望一直瞒着游烨。她叹了口气,回答陆鲸:"我知道,会好好考虑这件事的。"

"嗯,你别有压力,小孩子是会有这么一段时间好奇心比较重的,一旦和别的小孩儿有了对比,头脑里就会开始冒出各种问题。"陆鲸顿了顿,声音略沉地说道,"我以前也这样,具体的事不记得了,但小姨说我有段时间整天追着我妈,问为什么我没有爸爸……"

之前姜南风就听陆嘉颖讲过这事。现在陆鲸本人对"亲爹是谁"

这个问题似乎没什么兴趣,反而是姜南风越来越心疼他从小就没了爹娘在身边。

好在陆鲸那时候有阿公和小姨,而现在游烨有了她和陆鲸。

姜南风提议:"那……要不然回头你跟游烨聊一聊?毕竟你是'过来人',又都是男生,可以聊点儿父子之间的小秘密……"

陆鲸扬起笑:"行啊,只要你同意,我就找个机会和弟弟聊。"

见后视镜里的小女孩儿吃完蛋糕已经开始舔手指了,陆鲸赶紧抽了两张婴儿湿纸巾,往后递给女儿:"妹妹,擦擦手和嘴巴哟。"

男人哄女儿时的语气向来温柔,姜南风提了提嘴角:"你有没有给妹妹吃小蛋糕?她睡醒会饿。"

"当然有,她刚刚吃完。"陆鲸在中控上点了两下,把接听方式切换至车内音响,又对小莎琳说:"妹妹,跟妈咪说说话。"

姜南风唤了女儿一声。

小莎琳睁圆了眼,填饱肚子后的声音中气十足:"妈咪!妈咪抱!!"

"好好,妈咪等下就抱。"姜南风"咯咯"笑,问陆鲸:"你们到哪里啦?"

"还有两个路口,目前在三小这个十字路口。"

"哦,那好快了!对了,楼下应该有位置停车的,而且铁门没关,你直接进来就好。"

"行。"

绿灯了,陆鲸把音频切换回耳机,踩下油门时习惯性地对姜南风说:"老婆,锡啖[①]。"

姜南风心想:这都老夫老妻了,他们还总像小年轻谈恋爱那样,好像真是有一点儿丢脸……

但她还是凑近手机话筒,轻轻"啵"了一下。

挂了电话,姜南风走回屋内想跟游烨说爹地和妹妹就快到了,没想到男孩儿又站在餐桌旁,小心翼翼地掂着老相册的一角翻开,看得入神。

---

① 粤语:亲一下。

"妈咪！"游烨眨着亮晶晶的黑眸，指着一张照片兴奋地说道，"这张照片上有你和妈妈，还有纪霭姨姨！"

姜南风眨眨眼，走过去一看，竟是她们高考后去南澳岛时的照片。

那次她跟朱莎莉借了相机，回来后还托朱莎莉送到相熟的照片铺冲洗，许是母亲把里面比较好看的照片多冲洗了几张以作留念。

除了她们三个女生的这张合照，相册中还夹着他们"青春之旅"六个人的合照，三个女生在前，三个男生在后，背景是南澳岛上的风车山。

和姜南风"出花园"时拍的那张合照不同，这张照片里少年的模样已和成年时的他相差无几了。

游烨直接认出了陆鲸，指着大喊："是爹地！"

而另外两个男生又是生面孔，游烨不认识。他抬眸，眼神和声音都有些犹豫，问道："那……那这两个是……？"

姜南风深呼吸一个来回，浅提嘴角，跟游烨认真地解释："这两个都是我们以前的同学，中间这个叔叔在澳洲，这一个呢在美国……他们都不是游烨的爸爸。"

眼见男孩儿小嘴巴噘起来，姜南风缓声问道："弟弟最近很想见爸爸对不对？"

游烨吞吞吐吐地说道："因为……因为我知道妈妈长什么样子，就想看看爸爸长什么样子……"

接着他赶紧补充一句："只是想看看而已。妈咪，你不要生气。"

鼻子猛地一酸，姜南风连忙说道："傻猪，妈咪怎么会生气？"

她揉了把男孩儿的脑袋，浅笑道："今晚我们要跟叔叔阿姨他们一起吃饭，妈咪让他们也帮忙找找爸爸以前的照片，好不好？"

游烨眼睛瞬间发亮，连连点头："好！"

姜南风决定了，今晚回酒店就给游烨看杨樱和江武的婚纱照、旅游照。

无论江武的身上背着什么秘密，杨樱和他曾经相爱过，这是事实。杨樱爱他，他也爱杨樱，这些姜南风心里是清楚的。

刚把相册放回原位，门铃就响了，隔着一道防盗门，姜南风就听见了女儿唤她的声音。

开门后姜南风从陆鲸手中抱过小姑娘，直接亲了一下她的脸颊：

"妹妹想妈咪了是不是？"

"是！"小莎琳竟眼睛红红，像是受了多大的委屈，抱住妈妈紧紧不放，"想妈咪！"

陆鲸在女儿背后做着鬼脸，提起嗓子，学着女儿甜甜的声音，戏谑道："我也好想妈咪哟。"

姜南风睇陆鲸一眼，没好气地冲他努了努嘴。他立刻会意，低下头吻她。

"充电"完毕的陆鲸下楼，把车尾箱里大包小包的手信拿出来，他们要去楼上巫家、黄家坐坐，拜访一下几位长辈。

经过楼梯间拐角处的时候，陆鲸突然停下了脚步。

白墙底下接近地面的位置破着皮，露出底下土黄色的墙体，他好眼熟。

他有些赧然——以前他吃连磊然醋的时候，就会对墙泄愤，也气自己好窝囊。

要不等会儿跟巫叔叔商量一下，找工人重新粉刷楼里的墙，费用由他来负责吧？陆鲸心想着。

巫父巫母知道小辈们下午来，都在家里候着。除了早早备好了吃的给小娃娃们，巫母更是抱着软乎乎的小莎琳爱不释手。

巫柏轩今天大学没课，所以也在家。

当年瘦小的男孩儿如今已是高帅少年，就是他依然太瘦了点儿——说起来也心酸，这小孩儿先天心脏不太好，从小没法上体育课。男孩儿们喜欢的那些运动，他都不能碰。和巫时迁那"野狗"不同，巫家人从小把巫柏轩护在手心里养着，就怕少年早夭。

姜南风像老母亲般拍拍他的肩，关心地问道："最近身体怎么样啊？"

"还行。"巫柏轩笑着答，"对了，我买了你新出的那本书，能帮我签个名吗？"

姜南风豪爽地说道："当然可以！拿来！"

上个月姜南风出版了第四本作品。这次书中收录的是她三年前在微博上开始连载的漫画，画的内容是她与母亲这些年相处的点点滴滴，像日记一样，她记录下了记忆里的每一个朱莎莉。

矮矮胖胖、爱穿便宜又有点儿土的衣服、说话粗声粗气、做饭不好吃、买东西爱砍价……这样一个"妈妈"形象引起了许多读者的共鸣。

姜南风微博评论区里最常出现的评论就是"这不就是'世另妈'吗""虽然我妈做饭也不好吃,但我现在只想天天吃""想妈妈了"。

母亲陪着女儿备战艺考的那段情节阅读量激增,尤其是考试前母亲一路护着画袋不让雨水淋湿、自己却大半个肩背湿透的那一篇微博,至今还有美术生在转发。

去年朱莎莉肿瘤复发离世,姜南风也给长达两年的连载画上了一个句号。

最后一则漫画,她写下母亲临终时期在病床上说的一段话:

"虽说每个人的人生都是一本书,可并不是每本书都是一样的厚度,有的书极厚,还有硬皮封面保护着,而有的书很薄,翻着翻着,没一会儿就翻到了最后一页。书里面的内容,也不因厚度而定,有的书虽厚,内容却单一无趣,甚至有许多损页、坏页,有的书虽薄,每一页却都是五彩缤纷的。"

姜南风发完这一则漫画之后的第二天,就有影视公司联系她,表示想要买下这部作品的影视版权。

巫柏轩把绘本递给姜南风,小声说:"我好喜欢莎莉姨最后说的那段话。你知道的,我的'书'应该也很薄很薄,但我希望每一页都是精彩的。"

姜南风佯装凶狠地瞪他:"谁说你的'书'薄?我告诉你,你得给我长命百岁。"

说完,她在环衬页上给巫柏轩画了一本通天高的书,比广州塔还要"高"。

巫柏轩"哈哈"大笑着收下:"行,我努力!"

从巫家离开后,一家四口又去了黄家。他们将手信都送完时,天也暗下来了。

姜南风和陆鲸今晚约了巫时迁和陈熙他们吃饭,打算回老厝再看看有什么东西需要带上,收拾收拾,然后提前去酒楼。

见游烨对那套海贼王感兴趣,姜南风说想找个收纳箱装起漫画带回广州。陆鲸问:"那我房间书柜里的那些漫画要不要带?"

放在陆鲸那边的漫画书大部分是些古早少女漫画，很多还是盗版口袋书。不过最近"千禧风"又重新流行起来，姜南风觉得或许能给之后的设计工作带来灵感，便让陆鲸在203这边收拾，自己则去201挑一些书一并带走。

虽然201这边也委托家政公司打扫过了，但空气同样有些浑浊，姜南风开了窗通通风，再熟门熟路地进了陆鲸的房间里。

她选了几套有代表性的漫画书，正想离开房间的时候，忽然听见窗外有声响。

姜南风耳朵动了动，很快明白是怎么一回事了。

她拉开窗，探出头，隔着防盗网看见了笑嘻嘻的陆鲸。

姜南风忍不住跟着笑："你干什么？无聊，你还是小孩子吗？"

"好奇怪，一回到这里就好像变回细路仔了。"陆鲸伸长了手，指尖几乎能碰到自家的防盗网。他惊喜地说："哇，你看，我比以前高好多。"

姜南风心动，也伸长手，在半空中牵住了他的手。她挑了挑眉，调侃道："要是小时候你有这么高，我应该能早点儿和你在一起吧？"

陆鲸悄悄翻了个白眼："你以前就是颜控。谁长得高长得帅，你就喜欢谁。"

"现在也是呀。"姜南风厚着脸皮说，"怎么有个爹地都快四十岁了，还又高又靓仔，我好钟意他呀。"

这么多年，她的粤语还是不咸不淡，但可爱得不行。

陆鲸有片刻恍惚，想起那个捧着陶瓷碗公的小女孩儿跟他打招呼，说的也是有些口音的粤语，仿佛自己到好运楼不过是昨天刚发生的事。

往事匆匆如流水，还好如今他握住的不是水中月。

陆鲸捏了捏她的手心，说："我这边收拾好了，等你那边收拾好了就走吧？"

姜南风点点头："好呀。"

陆鲸先把东西搬下楼，再回来抱女儿。

姜南风检查了门窗，锁好防盗门，牵着儿子往下走。

鹅黄色的壁灯已经亮起来了，他们隐约能闻到哪家炒菜的味道。楼下的中药铺早已易主，如今那里开了一家推拿理疗店。

· 566 ·

陆鲸将车停在理疗店往前一点儿的空位上。

姜南风给小孩儿绑好安全带,准备去拉副驾驶位的门,忽然,一阵温热的风吹过来,拂起了她的发丝。

她怔了怔,猛地抬头,看向五楼的方向。

姜南风把发丝掖至耳后,轻轻笑了笑。

今天起风了。

【正文完】

番外一
白月光

巫时迁姗姗来迟，进包间里的时候其他人都到齐了，他的手里捧着机车头盔，笑得没脸没皮，大声打招呼："哈喽！我亲爱的老朋友们！"

但在场的老友们没人有空搭理他。大圆桌上已经摆了几道菜，小孩儿饿了，大家都忙着顾自家娃娃吃饭。

这里头年龄最大的小孩儿是游烨。也不知道像谁，平时活蹦乱跳的男孩儿吃相倒是很乖。他筷子已用得熟练，夹了块蒜香排骨，还不忘跟巫时迁打招呼："巫伯伯。"

旁边的莎琳就和哥哥不同了，手握拳头抓勺子的姿势很独特，舀着碗里的南瓜粥一口接一口地往嘴里塞——陆鲸正忙着拿湿纸巾擦她的嘴角和下巴上的黄色糊糊。

巫时迁已经习惯了这样的饭局。到他们这个年纪，大家都已为人父为人母，就剩他一个人未婚未育。

不过他现在不用担心被催婚了。他可是有女朋友的人啦，好自豪的。

"欸，你不是说要带小瞳一起来吗？"姜南风招呼他坐下，"人呢？去洗手间啦？"

苏瞳是巫时迁的女朋友，前几年因为工作的关系，这老狗的生活状态就是网上常说的"中年颓",如今因为小女友的关系,巫时迁慢慢恢复回原来的状态。两个人在一起已有一年多的时间,依然恩爱得不行。大家都在私底下说巫时迁肯定是偷偷去哪个庙烧高香了,才能遇上这么好的女朋友。

"她今晚大学临时有点儿事忙,来不了,让我跟大家说声抱歉。"巫时迁在陆鲸旁边的空位上坐下,笑嘻嘻地跟花脸猫似的小姑娘打招呼:"妹妹,我是谁呀?"

莎琳眨眨眼,大声喊人:"巫婆婆——"

小娃娃有些分不清声母"b"和"p",惹得一整桌子人"哈哈"大笑。巫时迁也乐开了花,顺着她的话说:"对对,我就是巫婆婆!"

他忍不住伸长了手,用食指轻戳莎琳。小娃娃的脸蛋儿就像个蒸得软糯的小豆沙包,一摁轻轻凹下,他一松开就又回到圆滚滚的模样。

莎琳忙着吃饭,被人打扰,刚皱了下眉头,陆鲸立刻毫不客气地把巫时迁的怪手拍开:"别影响我女儿吃饭。"

巫时迁翻了个白眼,说:"陆鲸,你真的是个女儿奴。"

陈熙跟服务生交代可以上叫起的菜,顺便调侃道:"巫婆婆,你别五十步笑百步了,要是你未来生的是女儿,我看你的症状要比陆鲸的还严重。"

黄欢欢给四岁的儿子陈骏夹了条白灼菜心放进盘子里,也戏谑道:"不过巫婆婆用不用先喝点儿什么补酒补补身子?毕竟快四十岁的人了⋯⋯"

巫时迁龇牙咧嘴地反驳:"用不着,我好用得不得了!"

一整桌子人又"哈哈"大笑,好一会儿才想起同桌吃饭的还有孩子们,赶紧清了清嗓子结束这种不大正经的话题。

当初张口闭口就是"睇波""珍藏"的小孩儿,现在要给小小孩儿当"好榜样"了。

小孩儿吃得半饱后,大人们开始吃饭。时至今日,大家仍会习惯性地拿酒楼里的潮菜,和当年陆程在家给他们做的菜式相比较。

好运楼家家户户都不是什么大富之家,孩童时期他们下馆子的次数一年能有两三次都算是多的。但在陆程那儿,他们反而能时不时吃上比酒楼里的菜肴还美味、精致的菜肴。

"知道吗？小时候我不爱吃青菜，经常好几天拉不出大便。我爸妈怎么骗我都不吃，后来去请教陆爷爷。陆爷爷就教他们做菠菜羹，还有一些蔬菜做成的菜式。真别说，大厨师就是厉害，陆爷爷弄的那几样我可乐意吃了。"

"对啊，我小时候在陆爷爷那里吃了点儿什么菜，隔天回学校都要跟人臭显摆，夸得天上有地下无。"

"哈哈哈，我到出来工作时还在臭显摆，以前带外地朋友去潮菜馆吃饭，总能跟他们讲解哪道菜要怎么做，吃法是什么，总被人夸讲究，好有成就感的。"

"哟，以前的朋友？以前的女朋友吧？"

"哈哈哈，阿发，你今晚回去要跪洗衣板。"

"现在哪里还有洗衣板？只有儿子的珠心算算盘！"

"哈哈哈！"

吃完饭的小孩儿已经下了饭桌，留大人们嘻嘻哈哈地聊着过去、现在和未来。姜南风嘴角带着浅浅的笑，在桌下牵住陆鲸的手，时不时收紧手指。

你看呀，大家都还记得阿公，而且以后都会一直记得的。

甜品是芋泥白果，大人们唤了一声，正在玩过家家的小孩儿立刻如幼鸟扑腾着翅膀归巢。

这道甜品是小莎琳的最爱之一，她嫌爬上儿童餐椅太慢，直接手脚并用地爬到爸爸身上，兴奋地嚷道："妹妹要多多！要好多！"

姜南风先尝了一口，努努嘴："不行，有点儿太甜了，妹妹和哥哥分吃一碗就好了。"

姜南风把一小碗芋泥分成了两份。莎琳两三口就吃完，咂咂嘴巴，小舌头舔着嘴唇，默默地盯着哥哥。

游烨哪能不清楚小丫头的想法？趁妈咪爹地和叔叔伯伯他们聊天，游烨舀起一勺递到莎琳的嘴边。

两个人配合得无比默契，莎琳立刻张大嘴巴含住。

姜南风余光瞥到两个小孩儿的动静，但没出声阻止，只和陆鲸互看了一眼。

陆鲸浅笑。等俩小孩儿吃完甜品又去玩了，他才凑近妻子的耳边说:"像不像小时候我喂你吃糖水樱桃？"

姜南风耳郭发烫，偷偷地掐他的大腿："才不像，你恶心死了，含进自己嘴里的还敢喂给我，臭口水……"

几个小时后，待两个小孩儿熟睡，陆鲸把推拉门合上，抱着姜南风在沙发上喂她一个又一个的吻，等她快喘不过气的时候便稍微停下来，哑笑着问她还是不是臭口水……

陆鲸的手指也没闲着，催熟雪峰顶端的果实，蹚过曼妙的海岸线，最后来到种满红玫瑰的花园，他肆意地采摘那一片片娇艳欲滴的红玫瑰花瓣。

他今天是好坏的园丁，末了还要举起手指，让身下的人看清缠绕在指尖的晶莹剔透，自己还一脸得意扬扬。

姜南风被他弄得泪水涟涟，又没法出声，怕动了情的吟唱会吵醒一门之隔的孩子们。

她蓦地拉住陆鲸的手掌，张嘴含住那两根手指，贝齿轻咬，舌尖妖娆，水汪汪的一双黑眸还故作无辜地看向陆鲸。

陆鲸敛了笑，眸色慢慢沉下去，像一片让人看不透的深海，唯独倒映着他的白月光。

有了小孩儿之后，欢爱就没法像以前那样打持久战，陆鲸每次都像又凶又狠的虎鲸，争分夺秒，要在最短的时间内让姜南风多次飞上云端。

他们经历过太多次在兴致最高涨的时候被忽然醒过来的小孩儿打断，有次更离谱，婴儿时期的莎琳晚上睡不稳，突然哭闹起来，正埋头苦干的陆鲸被狠心的妻子直接推下了床。

不过许是因为两个娃娃今晚和其他小孩儿玩疯了太累了，夫妻二人终于尽了一次兴。

姜南风懒洋洋地躺在陆鲸的怀里，连手指都不乐意动了。

她告诉陆鲸自己在睡前给游烨看了亲生父母合照的事。

陆鲸声音沙哑地问："弟弟看了之后有什么反应？"

姜南风摇摇头："没什么，他就说了句'这样看，好像我更像妈妈'……"

"嗯……"陆鲸的鼻尖轻蹭过她的耳郭，陆鲸温柔得像平静的大海,"等回广州了,我找一天跟他好好聊一下。妈咪,你放心哟。"

姜南风"嘻嘻"地笑了两声:"好的,爹地。"

游烨迷迷糊糊间醒了一会儿,床柜下的小夜灯很温暖,客厅的方向有父母聊天的细微声音传来。

他做了一个很短但又很熟悉的梦。

梦里,在一间能看见璀璨高塔的屋子里,他不会站立也不会走路,只能在彩色的爬行垫上"咿咿呀呀"地爬,有一男一女两个大人在旁边陪着他,笑着唤他。

原来游烨也有梦到过几次这个场景,"妈妈"的模样很清楚——她黑色长发,皮肤很白,眼睛大大的。但在今晚之前,"爸爸"的模样一直是模糊的,很像画坏的蜡笔画,只有一张黑色的嘴对着他笑,让他感到害怕。

他被吓醒过,醒来后一直哭。姜南风过来抱他并问他怎么了,他没说实话。

不过这次在游烨的梦中,"爸爸"的模样终于清晰了一些,不再是黑乎乎的一张嘴,而且"爸爸"还和"妈妈"一起,唤他"乖仔"。

身旁的小猪仔这时翻了个身,小脚直接往旁边用来挡床的高背椅上蹬,游烨心惊,赶紧抱住妹妹,怕她往床边滚过去撞到椅子。

小猪仔蹭蹭枕头继续睡过去,游烨松了口气,把她乱蹬的脚丫抓回被子里,再掖好被角。

隔着被子他轻轻拍着妹妹,自己也合上眼,闻着甜甜的奶香准备再次入睡。

睡着前他心里想着一句话:爸爸妈妈,我现在过得很好,你们在天上要一直看着我。

番外二
小孩子

陆鲸前段时间刚完成了一个项目，要了个假期，所以一家四口这次会在汕头多停留几天，夫妻俩主要想让两个小孩儿对这个沿海小城多留下一些印象。

前几年先是因为姜南风怀孕，后是因为朱莎莉的病情，一家人不怎么常回来。朱莎莉逝世后，陆鲸和姜南风聊过未来，两个人不约而同地觉得小城市的生活节奏更适合他们俩，都萌生过从省城搬回来长住的念头。

如果明后年陆鲸能"提前退休"，他们会考虑在这边买套房子，像巫时迁现在住的那个小区就挺好，或许两家人又能再一次当"金厝边"。

周四，一家人去了公元厂。

厂子于2005年宣布停产，正好是姜南风上大学的那一年。和好运楼一样，时间让这里一点儿一点儿地变老，如今部分厂房和办公楼出租给他人，剩余的建筑物有的坍塌有的破败。木门年久失修，墙角挂满蛛网，连从窗户漏进来的阳光似乎也要安静一些，这里越来越像一张泛黄的老照片了。

去年为了纪念公元厂创始人"中国感光工业之父"林希之先生的一百周年诞辰，工厂与社会上其他机构合作，利用厂里的老厂房、老办公楼、老车间办了一个摄影展览。

展览邀请了本地多位著名的摄影师使用公元牌胶卷拍摄作品,其中包括巫时迁。巫大摄影师为了使这件事情变得更加有意义,提交的拍摄作品是坐在病床上微笑的朱莎莉。

老厂子、老胶卷、老相机、老公元人。

站在巫时迁拍摄的那张照片前,别说陆鲸和姜南风了,就连游烨都多少有些伤感。

他从小就知道自己和其他小朋友有不同的地方,但外婆总把"亲孙仔"这句话挂在嘴边,让他慢慢淡化掉了那种"与众不同"的感觉。

游烨吸了吸鼻子,心想:外婆这张照片拍得真好看。

晚饭后,小莎琳闹着想吃芋泥白果,鼓着腮帮说:"昨晚没吃饱所以现在很饿。"

这种毫无逻辑但天真烂漫的童言童语让姜南风笑到快飙泪,陆鲸则在一旁摇头叹气,说:"你小时候肯定也跟妈妈说过这句话。"

芋泥白果这种甜点一般是潮菜酒楼宴席的最后一道菜,由于工序烦琐,寻常甜汤铺很少专门做。姜南风在手机上搜了一下,发现有一家叫"燕巢"的甜汤铺卖芋泥白果,而且还是减糖减油版。

甜汤铺店面不大,人气可不小,门口已有几名顾客排队等候了。有位围着店铺围裙的女子正在和客人攀谈,手中还端着一盘冬瓜册,示意等候的客人吃着等。

女子有一双漂亮的凤眼,左耳上戴着助听器。

她脸上温柔的笑容一直吸引着姜南风的目光。

客人们唤她"燕老板"。

许飞燕看见莎琳,眼睛一亮,弯下腰把冬瓜册递到小女孩儿面前:"妹妹吃瓜册。"

莎琳还听不太懂本地话,疑惑地抬头看向了母亲。姜南风替她翻译,从盘子里拈了一根冬瓜册,送到女儿嘴边:"甜甜的,你试试看。"

陆鲸也拿了两根,一根给游烨,说:"已经好多年没吃过这个了,以前我阿公讲究,过年都会自己做。"

老板娘笑笑:"我们家的瓜册也都是手工做的。"

姜南风和女儿分吃了一根。她有些惊喜,感觉找到了快被遗忘的那抹味道。

被告知冬瓜册可以预购,姜南风加了店铺的客服工作人员的微信,准备带十包八包冬瓜册回广州,送给陆嘉颖尝尝。

这么多年了,小姨时不时会因为再也吃不到陆程做的冬瓜册和柑饼而难过。

小小的甜汤铺装修别致,气氛温馨,姜南风本以为这是一家以花样噱头吸引年轻客人打卡的网红店铺,没想到店里有不少客人和他们一样都是全家出动,还有一对白发苍苍的老夫妇。两个人分吃一碗椰汁海石花,一人一勺,甜蜜程度丝毫不输旁边的年轻情侣。

陆鲸扫码下好单,见妻子有些放空,便问:"怎么一直看着那对阿伯阿姆?"

姜南风羡慕地说道:"他们好甜啊!你看,你看,阿伯还会给阿姆擦嘴。"

陆鲸拿湿纸巾给小孩儿擦手,笑道:"放心,等你老了我也会给你喂饭擦嘴。以前我们不是还说过,等你走不动了我就买轮椅,推着你去环游世界,跑主题公园玩?哦,到那个年纪我们还能买老年票,划算不少。"

姜南风白他一眼,也笑:"谁推谁还不一定呢,说不定是我推你。"

陆鲸沉沉地笑了几声,说:"也行。"

周五晚上,在陈母的力邀下,姜南风一家去了陈熙家吃饭。

前些年陈芊在广州求学,朱莎莉和姜南风对她很是照顾,每个周末都唤她来家里改善伙食。陈母一直将这些事记挂在心里,怎么都要姜南风他们到家里来吃顿家常便饭。

说是家常便饭,陈母最后做了七菜一汤,有鱼有肉,把饭桌摆了个满满当当。

饭后,三个小孩儿玩得不亦乐乎,陈熙接到电话临时回市局了。陆鲸看了看时间,问黄欢欢和陈母能不能帮忙看一下兄妹俩,说他想和姜南风下楼在附近散散步消消食。

黄欢欢自然应下,让他们俩去拖手仔晒月光。

陈熙住的小区离好运楼走路不过十分钟,两个人牵着手,很有默契地往老厝的方向走。

他们对这附近的一草一木、一砖一瓦都很熟悉,哪里变了,哪里没变,都一清二楚。

内街街口的单车铺早没了,容纳了许多秘密的邮筒和电话亭都被拆掉了,部分老店已易主,独留那棵盘根虬枝的老榕树在街口看着人来人往。

但也有新生,老戏台前方空地脏乱差的问题在前几年终于得到了解决,如今在原来红亭的旧址上,重新建起了一座亭子。

听闻当年亭子仅被人拆了亭身,施工队掀开红亭原址的路面,意外地发现了深埋在土中的八根亭子柱基,而且完好无损。

复建后的亭子安安静静地伫立在几条马路的交汇处,月半弯悄悄爬上亭尖,皎洁的月光在攒尖重檐样式的亭盖上流淌。

不少附近的爷爷奶奶带着孙儿在亭内休憩唠家常,外扩小喇叭播放着潮剧,小娃娃们就在不远处宽敞的老戏台上玩过家家,或合唱《孤勇者》。

姜南风的心里难免感慨万千,以前觉得好高好大的平台,现在轻轻松松就能跨上去,迈开腿,她只需几步就能从一端走到另一端。

他们和许多年前一样,女孩儿在戏台上方嘻嘻哈哈,男孩儿在戏台下方默默陪着。陆鲸嘴角挂笑,像亭尖上的月牙弯弯似的。

有家长过来抱走自家的娃娃,姜南风也想下来,这时看到陆鲸忽然朝她张开了双臂。

姜南风会意,到底有些不好意思,细声道:"旁边有人耶。"

陆鲸挑眉:"有什么问题?我抱我家的'小孩儿'。"

姜南风笑得比糖水樱桃还甜,轻轻往前一跃,下一秒就被陆鲸稳稳地接住了。

假期的最后两天,他们进了南澳岛。

近几年这个小岛名声在外,去年还有知名导演在这边取景拍电影,所以一年四季无论淡季旺季,游客一直络绎不绝。

岛上的民宿遍地开花,姜南风在一家民宿基地订了两间树屋。兄妹俩开心得不行,爬上爬下跟猴子似的,推开窗假装泰山和珍妮……晚上,他们一家人还能躺在床上数星星。

多年后,他们故地重游,海边的风景也变了些许模样。

大排档变成了观景平台,沙滩上也没有了私自卖烟火的小贩……还好陆鲸做了准备,提前从附近的村里买了冲天炮和仙女棒,准备让家里的三个小孩儿欢喜欢喜。

咸腥的海风依然不小,仙女棒得擦火好几次才能燃起来,姜南风像孩童那般高高地举起烟火。

火花是簌簌掉落的星屑,小莎琳特别兴奋,蹦蹦跳跳地一直想要去追星星,还嘟着嘴想去吹,仿佛那是蛋糕上可以许愿的蜡烛。游烨就一直在旁护着,每次妹妹快要摔倒时,他的手都会及时拉住她。

陆鲸在旁拿着手机,将新的画面记录下来。

从高考后的青春六人行,到"太阳系"求婚夜,再到今晚的一家四口,原来不知不觉他们已经跨过了十七年。

年年岁岁,朝朝暮暮,来来往往,同一片海,见证了不同时期的他和姜南风。

陆鲸希望未来也要如此。

少年、青年、中年、老年,直到银发爬上额间,他也要牵着姜南风的手,来这片海看那无限好的夕阳。

番外三
陆嘉颖

陆嘉颖又拆了一包冬瓜册的包装封条，拈起一根，咬下一截，含在舌尖，静候糖分一点点化掉的那个过程。

蔡睿洗完澡从浴室里走出来，有些讶异："你刚不是刷过牙了？怎么又吃起来了？"

陆嘉颖的外甥一家今天回广，晚上他们来家里吃饭，带了大包小包的手信，其中有好几包这糖冬瓜。

蔡睿听见他们聊天，说这个小零食是嘉颖的父亲在世时会做给她吃的。

陆嘉颖很喜欢，刚才饭后看美剧时两个人已经吃掉了一包。

"忍不住啊，太好吃啦，清清甜甜，又不会太腻。"陆嘉颖声音含糊，举了一根冲他晃晃，"你要吗？"

"要啊。"

蔡睿跪在床上，张嘴衔住，但没有咬断，晃了晃，示意陆嘉颖咬住另一端。

"都五十岁出头的人了，还玩细路仔那一套？"陆嘉颖甩了他一个眼刀，但明显没怎么用力，像猫爪软绵绵地挠。

蔡睿笑得眼角堆起了浅浅的纹路。一根冬瓜册本就不长，他们各咬了一口就已经嘴唇碰上嘴唇，接着就是唇舌交缠。

两个人在一起多年，早就深知彼此的身体反应，蔡睿把陆嘉颖的绸面睡裙揉出深浅皱痕，直接问陆嘉颖："要吗？"

男人的声音好哑，听得陆嘉的颖耳朵像被烟熏过，她扯掉蔡睿腰间的浴巾，沿着男人依然结实的腹部线条一直往下。

陆嘉颖贝齿轻咬红唇，笑道："当然要了。"

蔡睿呼吸渐急，目光已变得极有侵略性。

在这件事上他们一向合拍，甚至越来越契合。他知道陆嘉颖喜欢什么，而陆嘉颖也知道如何做，就能轻轻松松地勾得他心甘情愿地匍匐在她的裙边。

蔡睿掰着手指认真地算过，他和陆嘉颖交往原来已经快十五年了，比不少夫妻相处的时间还要长，这让他身边的亲戚朋友都大受震撼。

蔡睿猜，估计连陆嘉颖都没想过能和他拍拖那么久。

和陆嘉颖在一起之前，蔡睿自认是浪子一名，虽不至于胡搞瞎搞，但感情一段接一段，极少有空窗期，年轻气盛时从没考虑过"稳定"这个词。

蔡睿与陆嘉颖的前男友许俊凯相识，故而早就听闻许俊凯的这任女朋友挺有本事——童装厂女老板，做事雷厉风行，谈生意不输男的，而且思想挺前卫，据说她不打算结婚也不打算生小孩儿。

在一次朋友的聚会里，许俊凯带了陆嘉颖出席。蔡睿多少有些意外——原来陆嘉颖不是他想象中的那种成熟妖艳型靓女。

她穿衣风格是挺年轻时尚的，发色十分夸张。总之她看上去就像是二十岁左右那种爱玩的女生，并不是他钟意的类型。

只不过就算蔡睿不上心，像陆嘉颖这种特立独行的女子，必然会成为许多人口中的谈资。有人嘲笑她天真，有人说许家是不会同意这种事的，有人说她以后肯定会低头妥协。

几年后，许、陆两个人分手了。

陆嘉颖并没有妥协。

许俊凯有了新的对象，而且是奔着结婚去的。

还是有人落井下石，几个男人在KTV包房里"叽叽喳喳"地说着陆嘉颖闲话时，蔡睿没忍住，把吸了一半的烟弹到他们身上，骂他们一群"男人老狗"口臭到爆。

这个女人不需要一段美好完整的婚姻来证明自己的人生是成功的，不需要一个聪明乖巧的小孩儿来证明自己的人生是无憾的。她身体健康，思想独立，有足够的经济能力去做自己爱做的事，别人凭什么对她的生活指指点点？

很快，蔡睿收到了许俊凯的请帖。本来他只想托朋友递个红包，后来却鬼使神差地决定去喝喜酒。

也不知道脑子是不是进了水，他竟觉得或许能在喜宴上重遇到那位"奇女子"。

结果没有，他听朋友说，许俊凯没有给陆嘉颖递请帖。

蔡睿没等到清蒸东星斑上菜就已经提前离席——他担心等到新人来敬酒的时候他会说些不过大脑的话。

他没多想，觉得自己只是单纯地替陆嘉颖抱不平。

当晚，他总觉得哪儿哪儿都不舒坦。有朋友约他去新冶[①]，他便应了约。

庆幸应了约，蔡睿在夜店里偶遇了陆嘉颖。

第一眼他差点儿认不出来，几年时间竟能让陆嘉颖完全变了个模样。她倚着吧台，头发不再染得鬼五马六，长发黑顺柔亮，白皙的肩头是冲破厚云的月光。

她面前的威士忌杯子已空，指间轻夹着一根香烟，许久才吸上一口，再缓慢地呼出。白烟袅袅升起，被舞池的灯光揉成五颜六色。

她安静地看着烟雾消散，而蔡睿在不远处的卡座里，也安静地看着她。

伤心买醉的单身女子像自动散发香气的饵料，很快吸引来虎视眈眈的鱼群。有几个年轻男人上前搭讪，环境嘈杂。蔡睿听不见双方对话，只看到陆嘉颖明显不悦的表情。

他刚站起身，就见陆嘉颖将手里还在燃烧的烟头直接弹到了对方的衣服上。

那瞬间，蔡睿仿佛觉得自己的心脏也被簌簌掉落的火星灼出了一个

[①] 广州千禧年代特别火的酒吧。

小洞。

他上前拦住开始动手动脚的男客人,他的身高够高,肩膀够壮,只是低着头面无表情地睨了对方两眼,几个人就骂骂咧咧地走了。

蔡睿跟陆嘉颖打招呼,可万万没想到,陆嘉颖认不出他,满眼警惕地问:"你是谁?"

这下轮到蔡睿乐了。他自报家门,陆嘉颖半晌才想起来两个人以前见过一面,唤了酒保多加一杯威士忌。

蔡睿拿出烟盒给陆嘉颖递了根烟。她摇摇头,见说戒烟了。见蔡睿瞥了一眼还躺在地上的烟头,她耸耸肩,说:"我答应了我爸少抽烟的,偶尔破一下戒。"

蔡睿没问她今晚为什么破了戒,他的心里清楚原因。

他们在舞池里贴身热舞,来来回回碰撞的眼神,在荧光里交汇成一摊黏腻,都是成熟男女,自然都明白那眼神中藏着什么心照不宣的意思。

可蔡睿那晚没能带陆嘉颖回家。上的士之前,陆嘉颖语气戏谑地说今晚要再痛哭一场来告别上一段感情,所以没心情想那档子事。

蔡睿同样没啥心情,再多喝几杯酒就回家了。躺在床上的时候,他总想起陆嘉颖丢到搭讪者身上的那个烟头。

落在他心脏上的那颗火星似乎没有熄灭,风一吹,那个小洞便被火花烧得大了一些。

无论是在生意上还是生活中,蔡睿向来是个行动派。第二天中午他直接跑到陆嘉颖公司去了,把人吓了一跳。

陆嘉颖这一天化了挺厚的妆,比前一晚在夜店时还浓。尤其是眼下,她涂了浓浓的一层粉底,像是为了掩盖什么证据。蔡睿的心脏微微刺疼,他硬拉着陆嘉颖去吃午饭。

后来蔡睿追了陆嘉颖小半年,两个人正式在一起了。

朋友们得知二人的恋情,都觉得他们这是一段开放式的关系,却没想到他们这些年来的伴侣都只有对方。

在一起的第一个五年,蔡睿甚至有些恍惚,觉得时间怎么过得这么快。

而且他的脑子里完全没有想要和陆嘉颖分开的念头,相反,他萌生了未来只想与陆嘉颖结伴同行的想法。

年轻时的陆嘉颖是一坛新酒，口感辛辣，岁月使这坛烈酒一年比一年越发醇香，其中滋味只会让人一年比一年更加难以忘怀。他就是心心念念着这一口。

蔡睿比陆嘉颖大三岁，过了五十岁这道坎，便有了些危机感。

他的身材已经维持得比同龄人的身材好很多了，可陆嘉颖的状态比他的状态更夸张，健身房的教练一开始猜她还不到三十岁。多金貌美的小富婆上课，自然有年轻男子跟在她身后递水递毛巾，殷勤地唤她"嘉颖姐姐"。

蔡睿厚着脸皮跟着她一起去上团课，什么飞盘、陆冲、腰旗橄榄球一个都没落下。他依然用身高优势和凶巴巴的坏人脸，意图赶跑"汪汪叫的小狗"，殊不知现在的年轻人是初生牛犊不怕虎，说姐姐又没结婚，同时有多个追求者是很正常的事。

蔡睿气坏了，载着陆嘉颖直奔太古汇，冲进CHAUMET（尚美巴黎）订下一枚大钻戒。

以陆嘉颖的经济条件，她想买几枚钻戒就买几枚，根本不用稀罕他送的这枚，可意义始终不一样。他仍希望能单膝跪地，亲手为她戴上戒指。

虽然没有一纸婚书，但他早当陆嘉颖是终身伴侣了。

一场激战后，陆嘉颖已经睡着了。蔡睿借着窗外的月光，安静地看了她一会儿，接着沉沉地笑了几声。

他拿起床柜上还没封口的那袋糖冬瓜，默默吃了几根。

蔡睿和陆嘉颖在一起的时候，陆父已经走了多年。

虽然如今每年的清明节都会陪陆嘉颖去祭拜家人，可没能亲口跟陆父说"未来陆嘉颖就由我来照顾，请老爷子放心"，蔡睿多少还是留了点儿遗憾。

过了几天，陆嘉颖晚上回家，发现蔡睿正在厨房里倒腾着半个大冬瓜，切得汁水横流。

他们俩都不擅长厨艺，喜欢吃遍城中的大小餐厅，也请了做饭阿姨，所以陆嘉颖很疑惑这时蔡睿的操作，问："你这是要煲冬瓜汤吗？"

蔡睿神情认真，努力地想把冬瓜切成大小接近的长条。他说："不是，我给你做冬瓜册。"

　　陆嘉颖心一软，走过去蓦地从背后抱住了他："你怎么对我那么好啊？"

　　蔡睿被吓了一跳，赶紧收好菜刀，一低头，就看见了陆嘉颖中指上那枚璀璨的钻戒。

　　他提了提嘴角，说："你值得。"

番外四
朱莎莉

朱莎莉和自己约定了"五年之期"。

尽管预后良好,她也没有掉以轻心——智能手机很方便,她能在网上查到不少关于胶质瘤复发的病例。南风和陆鲸也没刻意瞒她,她知道这病的复发率有多少,且复发后的致死率有多高。

朱莎莉进了两三个病友的微信群,认识了不少和她一样长了脑瘤的病友们,还有其他患癌的病友。他们会分享彼此的病情,互相鼓励,互相帮助。

群里有好几个得了三级或四级胶质瘤的病友,其中有位四级胶质瘤的病友放弃了治疗——过了一段时间大家再呼唤他,他已是无人应答的状态。

朱莎莉既庆幸又忧伤,庆幸自己或许能比别的病友多活个几年,但也忧伤自己能陪伴女儿的时间或许只剩几年。

她在日记本里写上许多件尚有遗憾的事,许许多多,希望自己能在五年内逐一完成。

排头位的就是姜南风和陆鲸的婚事,不过这方面不用她操太多的心,两个小年轻比她还积极。买房、求婚、摆酒,两个人一口气完成了她许多个"心愿"。

两个人拍婚纱照的那天,朱莎莉被姜南风领着一起去了摄影工作室。

一开始女儿撒娇说"希望老妈能在旁边看着自己穿婚纱",朱莎莉答应了。没想到几个人到了工作室,朱莎莉被姜南风拉着一同在梳妆台前坐下,接着就见服装师取了好几套白色婚纱过来让朱莎莉挑选。

那时候朱莎莉才反应过来,她的"心愿清单"或许被姜南风"偷看"到了,因为其中有一个心愿是:希望再穿一次婚纱。

朱莎莉和姜杰结婚的时候,他们在影楼里拍过一组照片。

她到现在还能记得那套婚纱很闷很热,纱质粗硬的头纱磨得她的锁骨有些痒,"珍珠"项链和耳坠轻飘飘的,而她的脸蛋儿被画得红彤彤的,好似孙猴子。

连姜杰都被化妆师涂上了些口红。新婚的两个人站在"皇宫"背景纸板前方,合捧一束塑料制成的白色马蹄莲,按摄影师的指示,笑得露出一口大白牙。

离婚后,朱莎莉把原本放在相框中的婚纱照收进了相册中。

她想再拍一次婚纱照,只有一个人的也行。

姜南风满足了母亲的心愿。朱莎莉身穿款式复古的婚纱,蕾丝头纱柔软,妆容自然但不失精致。当时她新生的头发长度还不及耳,经过发型师巧妙的打理,整体风格倒是带了一丝孩子气。

姜南风还拿出了一套淡水珍珠项链和耳坠亲手帮她戴上,笑道:"我老妈真漂亮。"

镜子里的这对母女笑起来时都有酒窝浅浅陷下去。朱莎莉的眼眶有些发烫,她语气自豪地说:"那是,不然怎么会生出这么漂亮的女儿?"

和许多老太太一样,朱莎莉的心愿逃不开"带娃娃"这一项,她也在女儿结婚后的第二年就完成了这个目标。

但是这个心愿的代价实在是太大了,朱莎莉恨不得用自己"偷"得的几年生命去跟杨樱交换。可惜,她没办法。

游烨在他们家住了下来,每个人的生活都因为这个小豆丁的到来有了不少变化,尤其是姜南风和陆鲸。

两个人虽有备孕计划,但在带孩子这件事上都还是菜鸟,所有的事情都需要从头学起,学习更加熟练地换尿不湿,学习弄明白游烨不同的表情和行为代表的含义，学习如何成为合格的新手爸妈。

朱莎莉也跟着学，且发觉旧时代的育儿方法和观念已经不适用了。三个人花了不少时间，终于从一开始的手忙脚乱，慢慢变得游刃有余。

游烨的到来，也让朱莎莉想让"五年之期"变得更长一些。她想看着孩子长大，多一点点也好。她想听见他喊"外婆"，想送他上幼儿园，想在夏夜里唱着童谣哄他睡觉。

好在朱莎莉的心愿一个个达成，她一次次复查的结果也都显示情况良好。在游烨准备上幼儿园小小班的时候，姜南风怀孕了。

姜南风的孕期反应跟朱莎莉当初怀孩子时很相似，两个人都在孕早期对气味的反应尤其强烈，孕吐频繁，平时喜欢吃的食物这时一吃就吐。

于是，朱莎莉又开始了新的学习。她变着法子给姜南风做不同的食物，买不同的甜酸梅干，看看哪一种能让女儿更喜欢、更舒服一点儿。

姜南风临近预产期，朱莎莉开始帮女儿收拾待产包，就像当初给准备上大学的女儿收拾行李箱那样。

时间跑得飞快，偶尔会令人产生一种微妙的恍惚感，会让人分不清到底这一天是哪一天？怎么好像似曾相识？

收拾东西的时候，姜南风心血来潮，提起了"上山虎"的事。

她顺便问朱莎莉还记不记得生娃娃时的具体经过。

朱莎莉撒撒嘴，说："这么重要的事情怎么可能忘？"

当年她睡着睡着忽然感到阵痛，起身时发现原来已经破水了。姜杰也醒来，手忙脚乱地收拾好东西。天还灰蒙蒙的，街上没三轮车，姜杰让她侧坐在单车上，一只手紧紧地扶着她，另一只手扶着车头，推着她去了两个路口外的医院。

姜南风没怎么经历过痛经，所以对网上说的"分娩阵痛等于痛经的五六倍"这件事表示无法理解，便问朱莎莉到底是多痛。

朱莎莉想了想，摇摇头，说有多痛是记不得了，只记得每次她一痛，姜杰就会赶紧停下来，揽着她直到这阵痛楚过去了，再继续往医院的方向走。

据说她躺上急诊病床的时候，已经能看到小娃娃的头毛了。她被推进产房后非常快就听见了嘹亮的哭声，全程快得没什么实感。直到助产士把皱巴巴、红彤彤的小孩儿放到她的怀里,她一颗心才轻飘飘地落下了。

那一刻天正好亮起来了,晨光让世间万物变得美好,直达她心脏最软的那块地方。

被问及为什么要起"姜南风"这个名字,朱莎莉笑得有些不好意思。

只因她住院的那两天正值酷暑,好在病房朝南,晚上睡觉时推开窗,能有裹挟着海洋味道的凉风吹进来,让人一夜好眠。

南风……南风,念起来很好听,朱莎莉便这么定下了女儿的名字。

一个星期后,姜南风产下一女。小娃娃跟她们一样,都有浅浅的小酒窝。朱莎莉抱着娃娃欢喜得不行,问陆鲸他们夫妻俩有没有提前想好孩子的名字。

陆鲸正坐在床旁,拿毛巾给闭眼小憩的姜南风细心地擦拭手脚,轻声道:"莎琳,我们之前说好了,女孩儿叫莎琳,男孩儿叫嘉利。"

朱莎莉顿了顿,这两个名字的意思相当明显。

她笑了笑,对怀里的小娃娃说:"小莎琳呀……你的名字真好听。"

小莎琳一岁半的时候,是朱莎莉术后第五年,那些病友群里走了不少人,但也新进来了不少病友。

张学友又一次开起巡回演唱会,陆鲸依然早早买好了票。

朱莎莉和年轻人们一样挥着荧光棒,心想:自己的心愿清单差不多已经都完成了。

2021年的农历新年后,朱莎莉的视力再一次模糊,这次她选择了只做化疗,不动手术。

最后一段时光她是在病房里度过的,虽然是单人病房,但平日里总是很热闹。大家轮流来看她,游烨会给外婆唱幼儿园里新学的歌,莎琳就在旁边蹦蹦跳跳。

工友们这几年明显都有了老态,来看她的时候,大家提起了公元厂要开展览的事。朱莎莉有些遗憾,笑着说估计自己没机会回老厂子去看展了。

后来巫时迁来了,说想给她拍张照用于展览,问她可不可以。

那天朱莎莉的精神状态算不上太好,但她仍然立刻应承下来。

姜南风也在场她简单地帮妈妈补了点儿腮红和口红,整理好病床旁的杂物，推开窗，迎进来一室的南风。

朱莎莉坐在病床上，冲着巫时迁的镜头，轻轻提了提嘴角。

姜南风跟巫时迁讨了胶卷底片，冲洗出照片，装进相框里，放在自己的工作桌上方的显眼位置上。旁边还有另外好几个相框，分别装了一家四口的照片、她与陆鲸的婚纱照、游烨和莎琳的合照。

还有一个相框，装着她这次回老厝时带回来的一张老照片。

照片是在好运楼203的客厅里拍的，年轻的朱莎莉抱着还是婴儿时期的姜南风，正朝着相机笑。窗户上倒映着一团闪光，但也能看得出来，拿相机的人是姜杰。

这张照片的背后，朱莎莉写了一句话：

"谢谢你，选择我来做你的妈妈。"